星を創る者たち

星之创造者

[日] 谷甲州 ——— 著　丁丁虫 ——— 译

新 星 出 版 社　NEW STAR PRESS

HOSHI WO TSUKURU MONOTACHI by KOUSHU TANI

Copyright © 2013、2017 KOUSHU TANI

Original Japanese edition published by KAWADE SHOBO SHINSHA Ltd. Publishers

All rights reserved.

Chinese (in Simplified character only)translation copyright © 2024 by Chengdu Eight Light Minutes Culture Communications Co., Ltd.

Chinese (in Simplified character only) translation rights arranged with KAWADE SHOBO SHINSHA Ltd. Publishers through BARDON CHINESE CREATIVE AGENCY LIMITED, Hong Kong.

著作版权合同登记号：01-2021-5336

图书在版编目（CIP）数据

星之创造者 /（日）谷甲州著；丁丁虫译. —北京：新星出版社，2024.5
ISBN 978-7-5133-5241-3

Ⅰ. ①星… Ⅱ. ①谷… ②丁… Ⅲ. ①短篇小说 – 小说集 – 日本 – 现代 Ⅳ. ① I313.45

中国国家版本馆 CIP 数据核字 (2023) 第 249379 号

光分科幻文库

星之创造者

[日] 谷甲州 著；丁丁虫 译

责任编辑	吴燕慧
监　　制	黄　艳
责任印制	李珊珊

出 版 人	马汝军
出版发行	新星出版社
	（北京市西城区车公庄大街丙 3 号楼 8001 100044）
网　　址	www.newstarpress.com
法律顾问	北京市岳成律师事务所
印　　刷	北京美图印务有限公司
开　　本	910mm×1230mm　1/32
印　　张	8.625
字　　数	214 千字
版　　次	2024 年 5 月第 1 版　　2024 年 5 月第 1 次印刷
书　　号	ISBN 978-7-5133-5241-3
定　　价	58.00 元

版权专有，侵权必究。如有印装错误，请与出版社联系。
总机：010-88310888　　传真：010-65270449　　销售中心：010-88310811

目录

哥白尼隧道　1

极冠基地　35

热极基准点　75

美杜莎复合体　109

灼热的维纳斯　145

大马士革第三工区　183

星之创造者　215

作者后记　267

译后记：谷甲州的土木魂　269

I

哥白尼隧道

月球隧道塌方事件

1

高压输送系统的效率下降了。

又来了……

技术主任山崎烦躁地操作着控制终端。可能是输送管的什么地方出了故障。他推测十有八九是被碎石屑堵住了。

作为系统核心的高压输送机和两处中继泵应该没有问题,即使出了故障,也可以迅速换上备用机;而且之前早就针对这种情况准备了预案,所以不会因为故障导致停工。

但这种方法不适用于输送管。管道的数量本来就不多,据说是因为规格特殊,无法量产,只能一根根手工生产,完全不够用。

山崎主任猜对了,看显示的数据,好像的确是管道的问题。这个没法交给维修机器人,只能自己去现场,亲眼看看情况。

他伸手去取气密服的头盔时,被操作员克里希那看到了。山崎向一脸困惑的克里希那简单解释了情况:

"输送管后方四百米左右的流速越来越慢。从正洞[1]的前端算,应该是一百米左右的地方吧……我去看看情况。"

正在控制台上忙碌的克里希那听了他的话之后,只是习以为常地说了一句"又来了吗"。他忙着调节掘进设备,没工夫关心高压输送系统的

---

1. 正洞,指要求施工的主线隧道。

故障。

山崎主任戴好头盔，开始检查附属设备。他俩在工程作业时都直接穿着坑内用气密服，虽然这种气密服没有室外用的那么重、负担大，但实际上工作一项接一项，根本没时间穿脱。

确定气密服封闭正常后，山崎主任启动了通信机，然后试着呼叫克里希那：

"根据情况，可能会中断岩屑的高压输送，也可能会做空载输送，你准备一下。"

"知道了。其实应该暂停工程，彻底检修，但实在是没那个时间吧？"克里希那说道。

山崎主任没回答。这当然不是无视，相反，他也很想彻底拆解系统，把输送管送回总部工厂，进行彻底的检修维护。但是，那会导致整个工程陷入长期停滞状态，而且不是只有山崎主任负责的超前导坑[1]工程延迟，紧随其后的正洞工程也将不得不停下来。

目前超前导坑的挖掘区域，在正洞前方五百米左右。从施工流程上考虑，这种距离的间隔是比较合理的。距离太近会因为界面重叠引发混乱，距离太远又会导致高压输送系统的效率下降。

所以没法按照山崎主任的想法，对输送管进行全面检修维护。利用高压输送系统的施工技术，是他所在公司自主研发的。公司为此还申请了许多相关专利，所以对核心技术的管理非常慎重。

生产输送管的工作虽然会外包给其他公司，但最后的一个步骤"内侧工序"却从不发包——不是公司直营的工厂，就不能完成这道工序。定期的保养和修理也在直营的工厂进行，但或许由于产能限制，工期常

---

1. 超前导坑，又称指向导坑。因隧道断面较大或围岩条件差等，在隧道开挖断面内超前掌子面开挖的小断面坑道。

常推迟。

在管道内侧磨损的情况下继续超负荷使用,结果自然会导致管道堵塞。按照计划,超前导坑很快就应该抵达相邻工区,那样便能获得一些喘息时间。但在此之前,只能按现在的情况继续施工。

山崎主任确认设备没有异常后,便走进了气闸舱。气闸舱很狭小,山崎主任和克里希那所在的控制单元只能保证最低限度的工作空间,这里是从运输车辆改造而来的,而且还要优先保证控制台周边操作和监控设备的空间。

相应的,这也影响到了气闸舱的设计。山崎主任的体格绝不算魁梧,但每次通过照样很费劲。身穿气密服的状态下更加痛苦,连舱门都很难关上。所以,用来调整气压的时间就很短。

气闸舱内的减压很快就结束了,气密服膨胀起来,更显拥挤。山崎主任飞快地打开外门,耽误的时间多了,胳膊腿都会卡住,连出都出不去了。他连挤带爬地穿过了舱门。

但就算到了外面,也逃不过束缚的压迫感。超前导坑的内径只有三米左右,控制单元就被塞在这样狭小的隧道里。

单元的气闸舱只设在掌子面[1]。因此,要检查后方的输送管,需要从车辆旁边穿过去。但车辆和隧道间的缝隙很窄,只能勉强供一人通过。

虽然尽力不接触墙壁,但毕竟空间有限。一旦没掌握好平衡,让气密服接触到了墙壁,头盔里立刻就会传来巨大的声音。因为掘进设备和岩屑粉碎机正在全功率运行,噪音会顺着墙壁传过来。

在掌子面附近,就算用通信机交流也十分困难。山崎主任扭动身体,来到控制单元后方才终于逃离了闭塞感。隧道的内径虽然不大,但总算

---

1. 掌子面,又称礃子面,是坑道施工中的一个术语。即开挖坑道(采煤、采矿或隧道工程中)不断向前推进的工作面。

能喘口气了。

大概是因为这一头不像掌子面那一头那样塞满了各种设备，墙面上等距离设置的指示灯朝黑暗深处延伸成了一条直线。

这个工区的隧道没有弧度，也没有坡度变化，所以指示灯连绵向前直至视线尽头。朝那个方向稍微走几步，噪音就像从未有过一般，四下里寂静无声。

但安装在隧道顶上的输送管还在不停地振动。当然，声音并没有传过来，但还是可以感受到管道仿佛在呻吟。

可能是受到无休无止的振动影响，细沙从顶上围岩中极为细小的裂缝里一点一点落下来。

如果是在地球上，这么细微的沙粒落下来的话，会飘浮在大气中，难以收拾。沙子的粒径极小，所以称为粉尘更合适。不过在近乎真空状态的月面，它们只是形成了蜘蛛丝一般的细线。

仔细看去，隧道内部到处都是细沙堆成的小山，但报告中说这个工区的岩体很稳定。因为不可能发生地壳变动，所以并没有采取预防塌方的措施，在挖掘超前导坑的阶段，没有做临时支撑物。

这就和没有防护直接开挖的坑道没什么区别，洞壁都是裸露的岩体，结果就形成了沙子的通道。虽然安全性上没有问题，但看起来很不舒服。丝线般的细沙，总让人感觉像塌方的前兆。

这也可能是一种无穷无尽的压迫感导致的，山崎主任头顶上的岩体厚度超过一千米，即使他不主动想起，但还是难以摆脱那种恐慌感。

客观来说，防止塌方的准备措施可以说是万无一失。通过超前钻探仔细调查掌子面周边的地质发现，即使掘进设备打破了细沙的滞留层，也不会有大量细沙喷出。

根据具体情况，也会采取预先向钻孔中注入硬化剂稳定地基的方法；

不过通常是在大范围钻探的钻孔中进行"除沙"，防止喷沙。

即使有些地方的流沙量很多，堆积的高度也不会超过控制单元。单元起到了防沙堤的作用，阻止细沙继续流出。非常时期还可以将单元内设为真空状态，从紧急逃生口逃到外面。

就算塌方会毁坏设备，也不至于威胁到施工人员的生命安全。但明知道这一点，山崎主任还是隐隐地有些担心。看着滴落的细沙丝，他很难彻底放下心来。

希望是杞人忧天吧。

山崎主任决定不去多想，他用力踩着地面，走近机器人作业车辆。这些作业车停在控制单元的正洞附近，它们虽然种类不同，但都是履带型，并可以根据用途更换附件。

但山崎主任从来只把它们当作交通工具。据说习惯操控这些机器人之后工作会很轻松，可他并不认为有那么大的价值。现场的情况千变万化，作业环境并非一成不变。说极端点，每次使用它们都要重新调整。

开发这些东西原本是为了工厂内的维护工作，它们其实并不适合出现在经常发生突发状况的工程施工现场。至少，不能让机器人来处理故障。

山崎主任坐到座椅上，把操控方式切换为手动。他刚开始打算只开一台，但启动的时候改了主意，就又带上了管道维修专用机器人。虽然不太指望它，但毕竟是个工具。

系统效率还在不停下降，再不快点处理，输送管就要彻底堵死了。到那时候，除了拆开清扫，很难有别的选择；虽然也能在现场应急修理，但修理期间只能停止施工。

作为技术人员，他并不想让这种情况发生。

2

哥白尼隧道是一条全长足有一百二十千米的超长隧道。

计划是在月面赤道地区的航空港与中纬度地区城市群之间，铺设一条高速铁路。如果建成，不要说月球，哪怕放在地球上，也是史无前例的巨大交通隧道工程。

月面城市群的规模正急速膨胀，但各城市之间至今没有相互往来的"横向"公共交通设施。要去其他城市时，只能通过环月轨道上的空间站中转。

多次往返环月轨道的"纵向"交通手段，可以说最具安全性。部分城市之间也会使用沿弹道轨迹运行的穿梭机为旅客提供便利。但即便如此，这种方式也仅限于部分城市。

此外，也可以使用适合月面运输的车辆直接前往其他城市。但显然这种方法只适用于相近的城市，而且安全性上也有问题。还有小部分城市群建立了基于铁路的输送系统，但数量不多。

不过，考虑到将来的人口增长和物流扩大，建设铁路网是必要的。小规模的旅客运输固然可以使用穿梭机，但大量的物资运输则不行。和主流印象不同的是，其实月面的环境很适合铁路运输。

就现实来说，铁路运输在移动速度上也没有问题。月面并不大，铁路运输不会和其他运输方式在速度上有很大差异。比如说，从这里到月球背面的城市只有五千千米左右。这点距离放在地球上，也只比横穿北美大陆稍长一点。以最快的直线电动机车计算，几个小时就能跑完全程。而且月面上已经具备了直线电动机的生产设备与维护技术，这些都是生产车辆的关键要素。

月面上必须这么做。因为在地球周边区域建设的大规模轨道建筑中，除初期建筑之外，其余都是由月面负责物资供应的。月面建设了若干质量投射装置，持续将大量物资投射到预定的太空轨道上去。

驱动那些质量投射装置的就是直线电动机，而且在实际使用中也承受了月面严酷的环境考验。这些质量投射装置至今仍在使用，而且将它们用于大规模外行星轨道的新系统开发计划，也被提上议事日程。

质量投射装置的驱动技术和建设时的施工工序，可以应用到月面的铁路建设上。但铁路所要铺设的轨道，要比长度有限的投射轨道长太多了。

因此，建设费用会很高，而且即便能保证资金，还有别的问题。基本上，连接现有城市的铁路线都无法挑选建设地址，有时明知地质情况不稳定，也必须开展工程建设。

与之相对的是，月面的质量投射装置，哪怕是最大规模的重型投射轨道，全长也只有二十千米左右。由于基本上仅用于运输货物，所以加速度设置得很大，而且月球上第一宇宙速度也只有地球的五分之一左右，让整体设计显得很紧凑。

未来可投入使用的旅客专线，有可能是建设加速度较小的长距离投射轨道。但那应该是很久以后的事情了。现在月面的铁路建设技术，恐怕会被用到将来的投射轨道设计中去。

就目前而言，质量投射装置的建设经验首先会应用在铁路的建设上。虽然经受了实际考验，但没有在距离短且地质不稳定的地段上，铺设投射轨道的案例。所以二十千米规模的轨道，完全可以做到全线铺设在稳定的裸露岩体上。

哪怕堆积了很厚的表岩屑[1]，只要把桩基打进地下的岩体中，就可以解决问题；或者去掉表岩屑，直接在裸露出来的岩体上施工。

但是铺设铁路不能用这些方法。有时会出现表岩屑很厚，导致无法确定岩体位置的情况。这些表岩屑通常厚达数米至数十米，但这种厚度所能提供的支撑力并不像岩体那么强。

即使能承受静态的负荷，它们也承受不了高速铁路的振动。表岩屑是经过漫长岁月形成的。昼夜温差、陨石撞击等导致岩石碎裂，化作细微的粉尘，覆盖在月球表面。

与地球上的表层土不同，表岩屑中没有水和有机物，而且月球表面没有大气，地形不会受到侵蚀，也没有地壳变化、火山活动，所以如果是普通构造物，直接在表岩屑上打地基再施工也不会有问题。

然而，铺设高速铁路并没有那么简单。轨条上持续不断的振动和车体释放的热量，会导致表岩屑层流动。当然，直线电动机自身没有驱动装置，运行时的振动可以降到很低。

更大的问题在于，列车通过时产生的负荷重量变化。铁路投入运行后，支撑轨条的路基会不断承受巨大的外力。再加上夜间零下一百七十摄氏度的极端低温环境下，列车作为热源，对轨条的影响也无法忽视。

极度干燥的表岩屑支撑不了负荷重量，每次列车通过的时候都会下沉。即使强行铺设，也需要长期维护，最坏的情况下，还可能导致重大事故发生。

如果是地球上的轨道，倒是可以指望表层土提供一定的支撑力，但在表岩屑层中追求支撑力是不可能的。表岩屑中没有水分，而表层土对

---

1. 表岩屑，岩石表面堆积层的总称，在行星科学中用于指代流星体冲撞产生的飞溅颗粒物。

负荷的支撑力，很大程度上来自于水的附着力。

粒子间液膜的表面张力让土壤凝集，并随着干燥的过程收紧土壤颗粒。所以在基础调查阶段，据说也讨论过用洒水令表岩屑固化的"洒水加固法"。

但这个方法太不现实，即使有效，成本也太高。另外，碾压干燥状态下的表岩屑也没什么效果。最终还是采取了与应对地球上软弱地基[1]没什么差别的方法。

把桩基打进岩体，在上面建造承台[2]，再铺设轨条。也就是相当于无视表岩屑的存在，在岩体上建设高架铁路。在建设刚开始的时候，主要采用这个方法。

但在最早的铁路轨道竣工后不久，便暴露了新的问题。月面的昼夜温度差可达三百摄氏度，所以构造物和车身每隔三十天[3]就会经历膨胀和收缩，导致部件的疲劳度大幅上升，可用年限缩短。

此外，掉落的宇宙尘也会造成影响。这些问题迫使人们讨论在表岩屑之下更深的位置挖掘隧道的可能性。将一部分线路改为地下铁路，来保护轨条和车身不受温度变化和宇宙尘的影响。

也就是说，一开始的目的是减少维护量，但很快发现在施工上是隧道更有利。月球没有地下水，施工过程中不会遭遇异常出水、基岩软弱之类的问题。

所以不用说施工成本，工期上也是有利的。地球上只能在具有良好

---

1. 软弱地基，指主要由淤泥、淤泥质土、冲填土、杂填土或其他高压缩性土层构成的地基。
2. 承台，为承受、分布由墩身传递的荷载，在桩基顶部设置的联结各桩顶的钢筋混凝土平台。
3. 三十天，月球一天相当于地球三十天。

地质条件的路段使用的新奥法[1]，在月球上可以普遍使用。月球表面工程中成为障碍的干燥土质，在地下工程中反而提高了作业的效率。

很多时候，地下水是地球上隧道工程的主要障碍，有时候异常出水会导致掌子面崩塌，有时候侧面渗出的水会淹没施工中的隧道。

就算可以阻止涌水，也不能消除强大的水压。如果是干燥的土质，隧道内壁承受的土压不会超过一定值。但如果地下水位比隧道的位置更高，就会产生足以压垮临时支撑物的压力。

相比之下，月球上的隧道工程要轻松很多。不过，月球铁路建设的主流方式依然是地表铺设。隧道工程固然有优势，但综合考虑还是地表铺设的成本更低。

目前的情况是，仅限于地基状态糟糕、地表铺设很困难的情况下，才会选择地下铺设铁路。反过来说，如果解决了成本问题，月球铁路网就会全面地铁化。

因此，以月球为大本营的建筑公司，竞相开发低成本的施工方法。山崎主任他们所在的建筑公司也不例外，由于公司在月球建设上的成果不多，所以在开发新方法上更为积极。

隧道工程在将来也可能很有市场，因此公司不遗余力进行研发。而研发成果就是与挖掘有关的岩屑处理方法，毕竟隧道工程的掘进速度取决于岩屑的转运效率和地质的状态。

月面的地质稳定，所以只要能提高岩屑的转运效率，就能提升掘进速度。相反，即使使用高性能的掘进设备，如果岩屑运出较慢，作业也无法快速推进。也就是说，岩屑的转运效率决定了掘进速度，也直接关系到建设成本。

---

1. 新奥法，以隧道工程经验和岩体力学的理论为基础，将锚杆和喷射混凝土组合在一起，作为主要支护手段的一种施工方法，已成为现代隧道工程新技术标志之一。

山崎所在的公司研发出的方法是先粉碎岩屑，再通过管道进行高压输送：掘进设备在掌子面切割岩体，安放在后方的粉碎机将岩屑粉碎成细碎的沙粒，粉碎完成后，再用惰性气体输送出去。

原理很简单，但实现起来却面临若干技术问题。粉碎机早就有了，但性能还需要大幅度提升。另外，还得开发新系统，将高压输送的混合气体从岩屑中分离出来，仅把惰性气体回送到掌子面。

研发初期担心惰性气体从管道中泄露而产生损耗，但实际上这并不是很严重的问题。因为惰性气体在月球上也能生产，作为原材料的矿石也比较容易获得。

就这样一点一点解决了堆积如山的问题，最终投入使用。在实际采用该方法之前，又多次进行操作演练，解决了一个又一个预料之中的故障。但终于到了施工阶段，却出现了预料之外的问题。

输送管似乎有问题，经常出现效率下降的情况。尽管如此，却没时间从根源上修改设计。结果就是山崎主任这些现场的技术人员被迫增加了工作量，他们要用过往的经验和积累的技术，解决预料之外的故障。

这是个难度大、回报少的工作，但山崎主任没什么不满，也不是因为他有什么使命感。哥白尼隧道是第一个尝试这种方法的工程，他对工程中将会出现的各种问题早就有心理准备；而且他也认为，处理故障本来就是技术人员的职责。

技术人员守在工程第一线，就是为了应对预料之外的情况。如果一切都按计划进行，就不需要人类的参与，有机器便足够了。所以他没什么不满。和其他技术人员一样，山崎主任严肃认真地完成着工作。

3

山崎主任停下了机器人作业车辆。

这是从掌子面往后约四百米的地方,墙上画着表示中继泵所在位置的符号。中继泵设置在穿过内壁的横洞里,固定在顶部的两根输送管中,只有输送岩屑的管道连接在泵上。

岩屑的丢弃点在十千米以外的地方。如果没有中继泵增加压力,岩屑可能半路就停了。最坏的情况下,还会彻底堵住管道,动都动不了。恐怕目前不断恶化的输送效率问题,就发生在这里和下个泵站之间。

下个泵站位于正洞的工程段内。超前导坑的输送管会在那里与正洞的管道汇合。正洞的泵功率很大,输送管的直径也很粗,岩屑不大可能在那一带停滞。

带着这样的想法,山崎主任望向输送管的前端。不远处可以看到工作灯的白色光线,那是正洞的工程现场,距离还不到一百米,正以拓宽超前导坑的形式推进正洞工程。

正洞竣工后会成为单洞双轨隧道,所以拓宽率超过两倍。掘进设备开进超前导坑,挖削侧壁和顶部,拓宽断面。这会产生数倍于超前导坑的岩屑量,不过工程本身很顺利。

在开挖超前导坑的过程中,他们预先探明了地质条件,所以就算出现了预料外的事故,也能很快应对。比如说,岩体脆弱,有塌方危险时,可以从超前导坑注入硬化剂。

不过，正洞工程发生事故的可能性非常非常低。如果要发生事故，更可能发生在超前导坑的掌子面一带。那是与危险常伴的工程一线，但正因如此，才是非常重要的地方。

大概是因为看到了正洞的工作灯，山崎主任意识到要尽快想办法转移中继泵。在准确掌握地质状况的情况下，应该也可以选择方式更简单的全断面开挖法[1]。但目前的作业工序复杂，所以只能掘进超前导坑。

这其中也包含工程进行中的泵管转移。山崎主任一边考虑尽可能不影响其他工程的方案，一边爬上车辆的工作台。现在输送管就在他触手可及的地方。

他从工具箱里取出测声器，贴在一根输送管上。顿时传来宛如沙尘暴般的摩擦声。好像不止输送管发出的噪音，连正洞的机械声都传过来了。

山崎主任调整着过滤功能，同时侧耳细听。从混合气体流动的声音中能够听出来，输送效率下降的地方好像不是这里。他直接在工作台上指挥车辆移动，同时呼叫克里希那。

"我是山崎。现在的位置在……距离正洞挖掘现场一百米处，从中继泵稍微往正洞走一点。输送效率还是低吗？"

克里希那回复的声音稍微有点延迟，不知道是不是错觉，听起来没什么干劲，大概是太累了。

"现在的状态没有改变。没有马上停止的迹象，但也没有好转的迹象。不过如果原因和以前一样的话，过一段时间好像还会继续降低。"

克里希那的推测应该没错。输送量降低的原因只可能是——产生的旋涡导致了岩屑流的紊乱。岩屑粉附着在管道轻微弯曲的部分上，阻碍

---

[1]. 全断面开挖法，又称全断面掘进法。按巷（隧）道设计开挖断面，一次开挖到位的施工方法。

了流动，进而产生旋涡。

随着时间推移，旋涡不断增大，还会导致另一侧的管壁上出现旋涡，结果是流动方向不再与管道的中心线保持一致。也就是说，出现了流向紊乱，但旋涡并不能自然消除。如果放置不管，状况只会不断恶化。

山崎主任大致估计了一下位置，让车辆停下来。他设置了第二个测声器，与第一个的声音进行比较。有些区别。他用检验锤敲了敲管道，检查回声，然后一边慢慢移动，一边重复敲击。

是这儿吗？

他最后靠的是直觉，不过应该没错。山崎主任感觉自己仿佛看到了输送管内部产生的旋涡。

他说："我知道了。是距离泵站十米左右的地方。这个地方应该没有接口，但管道可能有一点点弯曲。"

"是施工的时候没有做好吧。管道本身不应该这么容易弯曲的。"

"不知道。总之我用振动器试试看。能暂停输送岩屑吗？"

"要进行空载输送吗？时间不长应该没事。太长的话，配电盘会出状况，请您尽快。电力自动分配系统的运作也不太好。"克里希那有气无力地说。

这回换电力系统出问题了吗——山崎主任没把这句话说出口。他打算尽快解决问题，于是向作业车辆输入命令，安装振动器，好给输送管施加振动。

与此同时，他又让另一辆作业车辆朝正洞方向移动。他打算在旋涡附近和下游处这两个地方同时施加振动，然后再用高压气体冲刷，这样应该能消除旋涡。但就在这时，他生出了一种奇怪的感觉。

这种感觉来自他的头顶上方。山崎主任抬头望向内壁的顶部，看起来没什么异常。为防万一，他又用灯仔细照了一圈，结果还是没发现什么变化,看起来和往常一样。

大概是错觉吧,山崎主任想。他正要继续手头的工作,却猛然意识到哪里不对——细沙的丝线断了。堆积的细沙小山还在原处,但是掉落的沙线却不见了。

不止一个地方。作业车辆的车灯照射范围内,散布着好几堆小山,但没有一处有落沙。不知什么原因,落沙停止了。

山崎主任有些不安。他伸手去摸内壁,又竖起耳朵仔细听。他听见岩体深处传来细微的声响。那是一种很奇怪的声音,一种不应该出现在这里的声音——听起来仿佛是远方寺庙里的梵钟之声。

是山鸣吗?山崎主任想。还装在输送管上的测声器似乎也采集到了同样的声音。两种声音混合在一起,让人难以分辨出位置。也可能并不存在确定的音源,而是整个岩体发出的低鸣。

声音又来了。不知道是不是错觉,好像比刚才更响了。山崎主任心头一惊,往后退了一步。巨大的危险似乎正在逼近,不过现在疏散人员好像还太早了。

为了进一步确认情况,他又拿出一个新的测声器,直接装到岩体上,仔细调整了音量。设置好过滤功能后,他侧耳细听。测声器里传来更加清晰的声音。

声音不止一种。除了宛如梵钟的低音之外,还混合了许多杂乱的声音,很难一一分辨出来,但有点像海潮声,还有敲击某种东西的声响。而且音源正在一点点靠近,仿佛有什么东西正穿过岩体内部,从而引发地鸣一样。这让山崎主任觉得自己马上要被什么东西踩扁了。不过那宛如巨人脚步声的奇怪声音正在慢慢拉长,声音虽然仍在不断靠近,但频率却在逐渐降低。

然后过了某个时间点,声音停了,但这恐怕不是结束。虽然不清楚是怎么回事，但刚才的怪声好像只是前兆。山崎主任觉得这是某种能量在汇聚，预示着要发生大规模异常变化了。

他想，如果要疏散人员，就得趁现在。虽然不知道在发生什么，但他能感觉到危险在逼近。山崎主任从工作台上下来，打算把这个情况通知给克里希那。但就在此时，真正的异常情况发生了。

起初还是怪声，声音和刚才一样，但程度完全不同。突如其来的巨响在头盔里骤然炸起，仿佛雷鸣一般，轰鸣声反复不断。

山崎主任立刻降低了通信机的音量，但轰鸣声并未停止，关掉测声器还是听得见。声音似乎是通过气密服的靴子直接传过来的。在月球上当然不会有雷电，这显然是有什么更大规模的能量要释放出来。

"水声"夹杂在轰鸣声中传来，声音嘈杂得如同暴雨突降。当然，这种地方不可能下雨，也不会漏水。似乎是细沙正从顶部迅速蔓延的裂缝中掉落。

掉落的细沙量远远超出了以前的规模。而且短短的时间里，掉落的势头愈发猛烈，此前涓涓细流般的优雅无影无踪。也许是因为岩体内部的高压，细沙犹如暴雨一般喷涌而出。

原地不动很危险。山崎主任跳上作业车辆，以最快速度后退。这是他刹那间的判断，徒步根本来不及逃走。由于太着急，车辆狠狠撞上内壁。他飞快调整方向，继续后退。

山崎主任聚精会神地驾驶车辆，退到自己认为安全的地方才停下。他这才有时间回头看，但看到的景象却让他相当吃惊——原本空无一物的空间里，出现了一堵墙壁。

山崎主任搞不清状况，用灯照过去看才明白过来。是沿着裂缝落下的沙幕，看起来像一堵墙。眼前的景象十分神奇，喷涌的地方不停移动，结果细沙构成的帘幕就像活物一般随之而动。

这看起来又像在风中摇摆的窗帘。沙子毫不停歇,像瀑布一样不停地下落。这种势头下,一部分岩体好像也剥落了,细沙汇合成更粗的沙流,接二连三地喷出来。

这是……塌方?

望着眼前宛如虚幻的景象,山崎主任茫然无措。明明事情就发生在眼前,却让人难以置信,可这毫无疑问是真的。沙幕乱舞,下落的势头开始减弱了。

细沙的喷出量并没有减少,反而还在增加。堆积的细沙抬高了隧道的地面,只是沙幕变短了而已。山崎主任眼睁睁地看着细沙堆到了隧道的顶部,沙幕也随之消失了。

山崎主任一下子没反应过来这意味着什么,但简而言之,他好像被活埋了。通往外部的唯一出口,被掉落的沙子封死;另一头只有掌子面,他走投无路了。

他感觉脚下有什么东西在动。近在咫尺的沙坡好像承受不了他的重量,开始崩塌了。沙子已经淹到了作业车辆的履带部分。

4

他的耳朵里还有细微的声音在响。

好像是有人正压低声音说着什么。这时候山崎主任才想起来通信机的音量还关得很小。他赶紧把音量调回正常,声音一下就清楚了。

是克里希那。他在用没有起伏的声音呼叫山崎主任,催促山崎主任收到呼叫立刻回答。事故一发生，他好像就呼叫了。山崎主任连忙做出回应。

他先报了名字，然后简要说明了眼前的情况。克里希那阴沉的声音突然变得明快起来。他飞快地说："没受伤吧？太好了。您一直没回应，我担心死了。要是连主任都被埋了，我该怎么办……"

这话说得让山崎主任很担心，可能正洞那边也遭受了很大的损害。他觉得不对劲，正要开口询问，克里希那却抢先说了：

"正洞那边出了大事。掌子面附近的洞顶塌了，山塌了之类的……好像是一台掘进设备连同附件都被沙子埋了，不过操作员躲得快，大家都没事。"

山崎主任眼前一黑。正洞也塌方的话，对他们的救援行动可能会大幅度延迟。被堵在超前导坑里的两个人，不可能靠自己的力量逃出去。唯一的希望是正洞的掘进设备，结果也被塌方埋掉了。

在这个状态下，重建工作也无法顺利进行。就算能把他们救出去，大概也要花费很长时间。而最坏的情况是，他们可能都坚持不到救援的到来。

山崎主任沉默了。

克里希那像是在催他："正洞的高木统辖主任要求通话。我现在转接，请您和他说明情况吧。可视范围的情况就行，他希望您说明一下现状。"

"接过来吧。"

山崎主任稍微松了一口气。克里希那所在的控制单元，和正洞的作业点之间是用有线电话连接的。隧道虽然被沙子埋了，电话线还通着。即使堆积的沙子阻断了无线通信，但还是有办法和正洞联系的。

电话很快被转接过去，正洞的高木统辖主任着急地问："沙子现在到哪儿了？"

山崎主任看了看墙面的标记。掉落的沙子形成了松散的沙坡，埋住了超前导坑。山崎主任估算了一下位置，回答说："沙子将全断面埋至点124附近。但是标记被沙子挡住了，无法确定准确位置。沙坡从那个位置延伸到点124十米左右的地方。坡度在三十左右。"

"这么说来……中继泵没事？"

"沙子停在距离泵站五米左右的地方。目前中继泵还在工作，转速也没下降。"

"听好了，不管发生什么，一定要保护好泵站，绝对不能让它被沙子埋掉。只要泵没被埋住，而且输送管保持畅通，那就没问题，可以制定重建计划。但如果这两样东西不工作了，那就很难办了。

"我和克里希那也说过，趁现在赶紧用空载输送把管道里的岩屑全部输送出去。你可以认为，只要管道不堵塞，生命线就没问题。"

不需要再确认这件事的意义了。事故损害虽然很大，但高压输送系统似乎并没有丧失功能，沙子也已经停止喷涌，所以只要管道没事，应该就可以用于补给物资。只是超前导坑的输送管较细，无法供人员钻出。

控制单元储备了备用氧气等物资，但数量并不多，如果救援不及时，很快就会耗尽。不过只要能确保补给线，长期困守也是有可能坚持下来的。管道不仅可以提供生存所需的物资，也能输送维修工程所需的材料。

但也得泵站没被掩埋才行。泵站不是只为了运走管道内的岩屑和输送补给物资。中继泵一旦被掩埋，管道运输就很困难了。

即使泵管被埋了，输入气体还是可能的。但如果要输送气体之外的物资，中继泵只会成为障碍。如果不在泵的正洞附近开放管道，救援物资就无法通过。

山崎主任轻轻叹了口气。虽然没有迫在眉睫的危险,但还是无法靠自己的力量扭转乾坤。超前导坑的掘进设备没有受损,可无法转换方向,也就不能自行挖出逃脱通道。

不过,挖沙子还是没问题的。都是干燥至极的细沙,看起来单靠人力就足够了。但如果乱挖一气,沙坡说不定又会当场崩塌。

简单来说,现在的情况就是,堆积在隧道内的沙子起到了堤坝的作用。或者也可以说,是喷出的沙子堵住了喷沙的裂缝。这种情况下,不要说挖开沙子,就连稍微施加一点外力,都很危险。

结果还是只能等待救援。但是正洞那边的情况恐怕也差不多,应该也受困于不稳定的沙堆斜面。山崎主任很想问问要怎么解决这个问题,不然实在放不下心。

他本打算装作冷静,但声音还是比较急躁。

高木统辖主任却十分镇定地说:"我们从这边注入硬化剂,先对塌方地区周边做固化,然后再一点点把沙子挖出来。虽然费时又费力,但是安全可靠。"

这是最佳选择吧,山崎主任想。在探测到地基不稳定的时候必定会进行硬化剂的注入工作。施工方在施工前应该做过充分调查。掌子面的钻孔勘探、物理探测都是常用调查手段。

尽管如此,他还是没有事先察觉到大量流沙。作为技术人员,山崎主任对此既感到自责,又有些无能为力,毕竟人力有时而穷。山崎猜想,大概是流动的沙子从探测范围之外被推过来了。

现在回想起来,输送效率的下降说不定正是事故的前兆。或许是大量细沙的堆积带来的压力变化,让岩体朝隧道内侧挤压,造成输送管变形。山崎主任又产生了新的疑问。

"但是正洞的机器会不会也受损很严重？有时候粗看好像没什么异常，其实进了沙子，无法正常运行。硬化剂注入设备，还有钻孔机都没问题吗？"

"说实话，手上的设备都被埋在沙子里了。不过不用担心，我会请求其他工区支援，把设备搬过来的。虽然不太清楚详细情况，不过其他地方好像受损并不严重。"

"从另一头的掌子面搬过来吗？还是说……"

"主要考虑从其他竖井搬设备。也会从另一头的掌子面调配，不过光那些估计不够。"

高木统辖主任的话语依旧很轻快，没什么犹豫，言语中饱含了救援山崎二人，还有修复受损地区的热切情绪。因为他们都知道，如果不用尽全力把控局面，就无法克服危机。

哥白尼隧道的施工现场一共划分成十个工区，其中有两处地方竣工时会成为洞口。除这两处直接开挖外，为了缩短工期，其他全是先从地表挖出竖井，再进行挖掘的。

为了让竖井底部和隧道开通后的路面平齐，所以朝两侧开挖。山崎主任他们的超前导坑，也是从竖井底部开始掘进的。因此，从"另一头的掌子面"搬运设备，倒也并不困难。

只要从完成后的隧道路面移动，就和水平移动没什么差别。但是，从其他竖井搬过来的话，作业量就会大大增加。特别是大型掘进设备，必须拆开之后才能通过竖井。

这就需要把设备先运到地面，再移动到事故现场附近的竖井，然后小心地降到竖井底部。就这已经是相当大的作业量了，但高木统辖主任下了决心。犹豫了片刻，山崎主任还是问出了关心的问题：

"那么除沙工作多久能结束？"

"具体日程还没确定。不过相较于说明书，实际中硬化剂的注入要更深更密。考虑到这一点，至少需要十天吧。"

"十天……是地球日吗？"

山崎主任有心理准备，但还是很沮丧。不全是因为想到救援要花这么长的时间，更主要的是，虽然自己遇上了自然灾害，可他实在受不了整整十天都无所事事。

他们一直以效率为先，拼命工作，所以这次要停工这么久实在太可惜。山崎主任很想说说自己的遗憾，但最终并没有对高木统辖主任说出口。和正洞的通信结束以后，他又呼叫了克里希那：

"你听到刚才说的内容了吗？"

"嗯，因为不是私密通话。不说这个了，现在突然没了事情，接下来该考虑怎么打发这十天了。"

克里希那的语气听起来很开心。他根本不是在抱怨，反而像是很享受这种状况。山崎主任疑惑地问他，明明要关整整十天，为什么还这么平静？

结果克里希那好像很不可思议，反而问他："整整十天不用工作，还能领工资，而且还有灾害补偿、危险补助。另外又没地方用钱，给家里寄的钱可以比平时更多。这不就像是中了奖吗？"

山崎主任苦笑起来。虽然说是日系企业，但公司里的外国人很多。有些工种，日本人反而是少数。所以他本应该已经习惯思维方式的差异才对。

然而他还是常常会对出乎自己意料的反应感到困惑。如果只是文化或者习惯差异倒也罢了，但工作态度都好像有着根本性的差异。

克里希那声音欢快地接着说："目前没有发现任何问题。高压输送系统的效率正在不断上升，情况甚至比事故发生前更好。现在正通过空载输送排出岩屑,只要能维持目前的状况,很快就能重新开工。"

山崎主任花了一点时间才理解这句话的含义。克里希那说的事情太让人意外,他一下子没反应过来,就重新问了一遍,确认自己没有听错。原本运行不畅的系统似乎恢复了,旋涡也全部消失了。

"大概是沙子产生的压力导致管道弯曲,现在埋住隧道以后,管道就恢复原样了。安装管道的顶部岩体,原本一直积累着反向的压力。"

就是这个原因吧,山崎主任想。喷出的沙子颗粒非常细,而且非常干燥,所以沙子间的摩擦几乎可以无视。这导致它的运动表现就像液体一样。

流入隧道内的沙子填满了所有的缝隙,也产生了相应的压力,裸露的岩体也不例外。流沙从下往上推挤,抵消了原本的弯曲。所以,管道内部产生的旋涡也消失了。

沙子就像液体一样流动……

像液体一样?

山崎主任打了个寒战。他朝脚下的沙堆望去,不知道是不是错觉,沙子的量好像比刚才更多了。他的心里咯噔一下,把作业车辆的灯切换成广域照明模式。矿物质沙坡近在眼前。山崎主任脸色煞白。

沙坡正悄无声息地移动着。

5

太大意了。

山崎主任的全部心思都在躲避当下的危机上，却没看到隐藏的问题。如果他能冷静观察事态，应该会察觉到预兆。至少沙子刚开始喷出的时候，他不就意识到可能会出事了吗？

喷出的沙子流动性非常高，不然大量的沙子不可能在那么短的时间内流动。恐怕是正洞发生的塌方导致封闭在岩体深处的沙子移动了。

一开始的沙流还是小规模的。可一旦形成路径，接下来的喷出量将势如破竹。因为掉落的沙子会磨平岩石的缝隙，拓宽路径。

于是岩体内的积沙便会失去支撑开始崩塌，从而获得更强大的动压力。积沙应该是在漫长的岁月中形成的，裸露在地表的岩石由于昼夜的剧烈温差而粉碎，成为没有水分的干燥细沙。所以，沙子既是固体，又具有近乎液体的特性。随着岁月的流逝，细沙掉落到地壳的缝隙间，在岩体内部形成积沙。

本来这样不会有问题，月面没有气候变化，沙子也不会跑到岩体外部。但是由于施工，沙子又开始流动了。而且目前还在持续流出。堆积的沙子把流出口的裂缝埋住时，山崎主任以为流沙停止了，但其实并不是。只要将流动的沙子想象成液体，自然会明白。

沙子进入所有的缝隙中，并不断施加压力。而且，积沙的内部摩擦力并不足以支撑自身的重量。

必须尽快制定对策，否则沙子会一直涌到掌子面，吞没他们二人并压坏控制单元。

山崎主任慌忙跳上作业车辆准备后退。他打算返回控制单元，和克里希那讨论之后，准备好必要的设备再来一趟。但是没走多远，沙坡就崩塌了。

好像是作业车辆的振动导致沙坡崩塌了。沙坡在他眼前多次崩塌，被推翻的旧沙沿着斜面滑落。崩塌的沙山深处出现了新的沙坡。那沙坡就像长了脚一样，一步步前进。

山崎主任赶紧关掉作业车辆的电源。没时间返回控制单元了，必须马上采取措施，否则就来不及了。此时，沙坡上端附近出现了波动。他感觉不妙，沙子似乎又要喷出来了。

山崎主任深深吸了一口气，让自己平静下来。冷静点，他对自己说。然后他呼叫克里希那，说明了目前的情况，接着又说："把硬化剂全部拿来，不用钻孔机，直接喷到坡面[1]上。准备工作就拜托你了，剩下的交给机器人。把所有能够自行移动的车辆都用上。没时间了，尽快把机器和材料准备起来。"

说话期间，沙坡还在不断移动。沙坡的末端已经到达中继泵所在的横洞下面了。那个不稳定的沙坡还在不断崩塌，似乎是因为自动行驶的作业车辆群产生的振动传了过来。

克里希那跳下作业车辆，山崎主任向他说明了作业步骤：

"拿作业车辆当沙包用，建一条防护墙。横向并排挡住沙坡，用硬化剂填充缝隙。但是不能光靠硬化剂。把机器人放到缝隙后面，靠它们阻挡沙子。"

"沙坡的行进速度有多快？来得及变更管道，保护输送管吗？"

"不，优先构建防护墙。沙子的前进速度比预想的快很多。不能再拖了，不然中继泵会被埋掉。"

这就是结论。两人开始埋头工作。他们把带来的机器人车中大型的两辆横向排好阻挡沙坡。振动让沙坡又开始崩塌，但只能听之任之。好在办法有效，沙坡的末端被挡住了，不再前进。

然后他们再把小型机器人车装到大车上面。控制中枢好像进了沙子，

---

1. 坡面，这里指人工制造的斜坡。

作业车辆乱动了几下之后就无法操控了。两人把它强行推上去，再喷入硬化剂。彻底硬化需要时间，不过应该也有一定的强度。

两人默默工作着。单靠作业车辆还不够，他们又做了应急的沙包，堵住缝隙。气密服中两人汗流浃背，头盔的面罩里都是汗水，视线情况极其恶劣。他们的气密服不适合这种重体力劳动。

持续而剧烈的运动让他们快缺氧晕倒了。感觉过了很久，山崎主任终于停下了手上的动作，工作做完了。导坑的全断面都被紧急制作的防护墙堵住，沙子也停止流动了。

到极限了。山崎主任再也站不住，跪倒在了地上。克里希那也是一样。两人都累得筋疲力尽，这是前所未有的体验。在低重力环境下，居然站都站不住了。

"好像……总算……赶上了……"

山崎主任大口喘着粗气，好不容易挤出话来。真是太危险了，硬化剂已经见底了，带来的机器和材料也几乎一点儿都不剩，连喷空的硬化剂瓶子也用作了防护墙的材料。

正因为如此，才有成就感。虽然不能判断之后会怎么样，但目前看来似乎没什么问题。尽管没做强度计算就强行堆上，至少防护墙坚固稳定。可是克里希那的反应却并不乐观，他看起来毫不开心，反而怀疑地说："真的没事吗？我可不觉得这样就行了……"

山崎主任皱起眉头。他不清楚克里希那到底是什么意思。克里希那不是个无缘无故悲观的人，这话里应该有某种含义，但是他听不出来。山崎主任沉默不语，克里希那倒是坦然说了下去：

"我们说不定没机会见证工程的竣工了。哪怕可能性很小，但也应该先做好准备。也就是说，在我们的有生之年，工程不能完成的情况下，要考虑如何将工作交给下一任。"

这意思是写遗书吗？

山崎主任这样理解克里希那的意思。他是说，考虑到救援有可能不及时，应该留下事故相关的记录吧。那也许是他的真心话，但在目前的状况下，反倒更像是个拙劣的冷笑话。

不过也不能装没听见，无视等于同意。

山崎主任开口道："你看，我们肯定能获救，而且在工程结束之前也不会撤离一线，所以你说的没有意义。怎么想是你的自由，但不要再在我面前提了。

"自然的力量确实强大得无可估量，但人类的思考能力也绝不是毫无用处的。说白了，正因为相信这一点，人才能努力工作。如果抱有怀疑，那就别做什么工程师了。"

山崎主任一口气说完，没有丝毫后悔。这番话也许会让接下来等待救援的漫长时间变得尴尬，但即使如此，山崎主任也不想让步。要是在这一点上含糊其词，反而会让事情变得很麻烦。

但克里希那不为所动，相反，他一脸困惑地望着山崎主任。他接下来说的话，让山崎主任平静了下来。

"您好像有什么误解……我并不是说等不到救援。如果情况允许，我很想见证这项工程的竣工。但它不见得能在我退休之前完成。如果工期超出预计，可能就得交给下一任了。"

原来是这个意思，山崎主任想。他之前无法理解克里希那的思维方式，现在多少也能理解了。但尽管如此，还是有些地方不明白。他并不认为工期会延长那么多，关于这一点，克里希那未免太悲观了。

山崎主任问出了自己心中的疑惑。克里希那回答得很爽快：

"对于这种预期使用寿命以千年为单位的基础工程，我觉得不可能在短短几年的建设时间内完工。更不用说施工区域是我们根本不熟悉的世界。地球上好歹还积累了各种经验和知识，这里可什么都没有。

"主任刚才说，人类的能力绝不会输给自然，这的确没错。人类可以说具有无限的可能性，但正因如此，才更应该投入充足的时间，不是吗？可是看现在的做法，我总感觉太急了。"

可能是这样的吧，山崎主任想。克里希那的话很合理，富有说服力，但他从感情上无法接受这种想法。最重要的是，现状不允许。如果把工期拉长，财政状况马上就会恶化。

未竣工的工程只会吞噬大量资金，不会产生财富。而且从踏上施工地点开始，就产生了维护管理费。另外还有投入使用的设备的折旧费。

只要是还需要依靠贷款来维持建设资金，这一现实就不能无视。虽然这么想，但他也不得不承认克里希那的想法有道理。不管投入多少资金，建设事业不是更应该投入足够的时间吗？

大部分古代建筑遗迹，都是历经漫长岁月修建而成的。有的建筑甚至花费了数百年时间才完工。山崎主任在印度见过其中一座。那是一种完全不同的体验。他在那里第一次认识到文明的差异。

那间寺庙是座独立建筑，同时也是件精致的巨型美术工艺品。整座建筑都是"雕刻"艺术，是好几代人从石山上挖出来的。这是一个不可思议的故事。

见证寺庙开工的人，没有一个能看到完工后的寺庙。甚至连他们的儿子、孙子都看不到。就算让所有抱在怀里的婴儿长大以后参与到建设工程中去，他们也无法庆祝工程的竣工。

但是，那些人还是下定决心启动了工程。他们想给不可能谋面的子孙留下未来的遗产。和这种工程相比，现在遇到的工程计划修改等等，简直都是无比琐碎又无足轻重的问题。尽管不考虑时代背景，硬要比较两种工程显得有些荒唐，但好像也值得思考思考。

我们是不是太急躁了?

山崎主任想来想去也得不出结论。但就算他们错了,也无法回头。如果随意更改计划,只会造成社会上的混乱。不过,无条件地接受现状,好像也很不负责任。

"现在……不动了吗?"

忽然,有人说话,还是克里希那。不过这话太突兀了,山崎主任一下子没明白意思。他没作声,克里希那有点着急地补了一句:

"防护墙的右下方。我好像看到那边在动……"

远去的现实一下子又回来了。山崎主任问了一声"哪里"后,就凑到防护墙的旁边去看。可是已经不用确认了,沙子正在从那里流出来。流沙细如丝线,但势头很快。

山崎主任脸色煞白。本应该均匀喷涂了硬化剂的墙面,不知什么时候变形了。好像是还没固化的时候,沙子的压力就变高了。短时间里,沙流就变大了,而且势头也越来越猛。

就在这时,其他地方也开始出现裂缝,沙子从裂开的缝隙间喷涌而出。不可能再修补了。就算想补,也没有硬化剂了。甚至所有的物资都用到防护墙上了。

几个地方喷出的沙流很快汇集到一起,并成一股。山崎主任刚才看到的"随风摇摆的窗帘"再度突破防护墙,出现在眼前。在那沙幕乱舞之中,修建防护墙的材料被推开了。

两人想把墙推回去,结果反而加速了墙壁的变形。防护墙的全面崩塌恐怕只是时间问题,继续留在这堵墙旁边已经没有任何意义了。

溢出的沙子很快就到了膝盖附近,也有沙子慢慢流进了放置中继泵的横洞里,已经不可能阻挡沙子的喷涌了。在短短的时间内,沙子的动压好像又高了,喷涌势头丝毫没有减弱的迹象。

"撤退吧。只能放弃这里……"

还没来得及说完，堆在墙上的作业车辆就动了。沙子从敞开的缝隙间化作洪流喷涌而出。两人只得退到相对安全的地方。回头一看，防护墙已经被沙尘完全笼罩了。

视线很快又恢复了清晰，但墙已经不见了。只来得及看到残骸般的东西，可转眼之后又全都埋在了沙子里。保障他们生存的泵站，也被沙流吞没了。

山崎主任茫然地看着这一切，就像在旁观自己被埋了一样。再不赶紧采取对策，他们就真要死了，也别想等到工程竣工的那一天了。

但是山崎主任还没有放弃希望。放弃还太早，应该还有办法吧。他一开始就没考虑要躲进控制单元。即使可以通过加固来承受沙子的压力，也不可能坚持到救援赶来。

不要说食物和水，就连储备的氧气都不够维持生命。就算氧气能补充，没有二氧化碳吸附剂，结果还是一样。如果中继泵安全，还能补给物资，但在目前的状态下，那是没有希望的。

"那个……输送高压气体会不会有用？现在说不定还来得及。"

克里希那犹犹豫豫地说。但是这句话太突然了，山崎主任一下子没明白含义。他无声地示意克里希那继续，有种病急乱投医的感觉。不管是什么胡思乱想的方案，现在也只能试试了。

山崎主任本没有抱什么期待，但听完克里希那的说明，他欢呼起来。这个办法说不定真能挡住沙子的喷涌。

解决方法很简单。

让输送管送来的惰性气体充满导坑，靠气压阻挡沙子的前进。在他们开始作业的几小时后，沙子就停止喷涌了。沙子毕竟不是液体，静压没那么大。只要停住沙流，沙坡就不会继续移动。

也可能是沙坡的摩擦力到了上限，在喷涌量即将下降时施加气体的压力，沙子就不再流动了。接下来的事情就简单了。在挖出中继泵的时候，沙子也没动，于是他们拿到了补给物资。

我们太急了吗？

在救援到来前的漫长时间里，山崎主任一直在控制单元内思考这个问题。那之后，克里希那没有再提起这个话题。山崎主任也没提及，可他一直都没有忘记，反倒随着时间的流逝在脑海里愈发清晰。

但是，他仍旧没有找到答案。他知道，自己一个人再怎么想，也得不出结论。不过因为有非常非常充足的时间思考，所以似乎看到了一点方向。很简单，不要急着下结论。接下来用自己的人生去慢慢寻找答案，这样也不错吧。

某种意义上说，这好像是在回避问题，但这个选择也有合理的一面。因为问的是草率决定的对错，所以急于做出结论恰恰是没有意义的。还是应该专心做好眼前的工作，保持精神上的从容吧。

山崎主任是这么想的，也是这么相信的。不过，他还是忍不住觉得自己可能错了。

II

极冠基地

火星基地失火事件

1

起因是二氧化碳浓度上升。

有个传感器超过了基准值,不过还没达到危险范围。超出的数值很小,施工人员不至于马上面临危险,所以器材主任立川并没有把问题想得太严重。

不过也不能置之不理。立川的本职工作是管理所有器材,同时也兼任安全管理责任人。当下的情况虽然没有恶化趋势,但数值好像也不会自然下降。他应该在关注状况变化的同时加强监控。

立川操作着工区中央控制室的终端,试着弄清目前的情况。首先他调出工区的整体平面图,虽然他记得所有传感器的位置,不过还是对照图纸确认了一遍。

显示异常的传感器位于最近才刚开始第一次加压的区域。那里的施工现场被临时半球整个盖住,然后加压,形成一个不用穿气密服也能工作的空间。完成以后,半球会成为基地维护车辆的整修场。

就是这个半球里的某个地方,似乎出了什么问题。

为了进一步了解情况,立川把加压区域单独放大显示,并在画面上叠加施工进展情况,还有正在作业的人员所在位置,想看看有没有什么可能导致二氧化碳浓度上升的情况。

此外他还叠加了临时空调设备的部署图,同时模拟出相应的空气流向,然而还是找不到原因。传感器周围并没有什么东西能成为二氧化碳浓度上升的源头，他也没收到过空调系统故障的报告。

说起来也挺奇怪的，从一开始立川就预想到会有这样的状况。看情况应该是有什么东西在燃烧，但只有去现场才能找到原因。仅靠远距离的监控数据，能掌握的信息毕竟有限。

立川又看了一眼终端画面。虽然还不清楚原因，但有几点可以确定。至少这不像是作业疏忽导致的二氧化碳浓度上升。尽管不能完全排除这种可能性，但如果真是这个原因，现场的施工人员应该会注意到异常。

身为安全管理责任人，立川很为此担忧。虽然没有报告称有任何可见异常，但在无人发现的地方，事态可能正在悄悄恶化。

然而一般来说，只要是按照正常的流程施工，二氧化碳浓度不可能大幅上升。

由于担心发生火灾，加压半球内部严禁带入和使用火种。更不要说会产生火花的焊接、切割作业，就连有可能产生静电的工作，原则上也不会在半球里进行。

如果加压区域内发生火灾，很可能酿成重大事故。即便是小规模火灾，也会使封闭空间内充满燃烧过的废气，导致施工人员中毒。燃烧还会消耗氧气，令施工人员呼吸困难。

此外，火灾还会导致半球的气密系统破损，无法维持生存环境。而气压的急速下降，以及火灾带来的损伤，有可能导致半球坍塌。尽管事先制定了紧急情况下的灭火方案，但不能完全依靠它。

可以说，为了彻底消除火灾隐患，一切能做的都已经做到极致了，施工现场根本没有火源。而且在设计阶段就取消了施工中的加热和燃烧操作，还特意选择了不会引发火灾的施工方案。除非好几重偶然性叠加在一起，否则不可能起火燃烧。

但实在没有进一步的信息，立川忍不住想：这么说来，会是单纯的测量误差吗?

数值虽然有点异常,但并不是很严重。如果不是在火星,而是在地球上,恐怕都不会被当成异常情况。

而且由于施工方法不一样,很多地方并不会安装传感器。反正是开放环境,二氧化碳浓度略微有点异常,并不算什么大问题。只要浓度不是特别高,不去管它也可以。可能过段时间就恢复正常了。

也就是说,虽然出现了异常数值,但也只是这么高而已,可能并不需要太关注。二氧化碳浓度的升高可能还有其他原因,不见得一定是燃烧引起的。比如以前发生过这样的情况:多名施工人员集中进入同一个地方,他们的呼吸导致二氧化碳浓度升高。

此外,目前的工程进展很顺利,每天都会开启新的加压区域,空调系统的功能也不断提升。不过还是有一部分区域没赶上工程进度,二氧化碳的吸收处理不够及时,结果就导致传感器数据偏离基准值。

这个推测来自综合防灾管理系统的分析结果。现场办公室主控电脑的常驻系统并没有对异常数据发出警报,那是它在综合分析施工现场各处的传感器数据后做出的判断。

不过无论如何,立川主任还是不想坐视不管。即使不至于发展到要避难的地步,但说不定会引发器材故障。从器材使用管理负责人的角度出发,立川也不能听之任之。

就算没有安全管理责任人这个身份,他也想弄清楚原因。这样也有助于把事故消弭于未然。现在不严重,不代表它不会发展成严重事故。

重大事故与工伤意外之间必然存在着细微的联系。日常工作中产生的些许失误,积累起来会导致工程的全面崩溃。要避免这种情况发生,平时就绝不能放过细微的前兆。

时间也是让立川主任在意的因素。快到施工人员的休息时间了,为了缩短工期，一些小组会轮换人员，继续作业。而有些工程的工序很复杂，无法赶在预定日期前完成的情况并不少见。

一些项目的进度延迟，会给其他工程带去很大的影响。也就是说，这些项目有可能成为整个工程的瓶颈，所以需要集中投入器材和人员。如果这样还会延迟，那就需要投入多个工作组协同作业。

在工程管理不善的地方，品质管理往往也不够仔细。这会进一步增加建设成本，带来经济上的巨大损失。为此需要进行严格的工程管理，只要没有重大的问题，就不会停止作业、检修设备。

立川一边想着，一边忙着操作终端。他必须抓紧时间，一旦人员调换，前面的数据就没意义了。而且可能在他还没找到原因时，二氧化碳的浓度就恢复正常了。他想赶在那之前弄清状况。

突然，立川停下了手上的动作。又有新的地方出现了异常，也是二氧化碳浓度超过了基准值。这不可能是观测误差，异常数值正在缓慢上升。

"难道……火灾在蔓延？"

立川脱口而出。从目前的情况来看，无法排除这种可能。他甚至考虑要不要切换终端，发布紧急疏散指令。不过他最终还是没有那么做，因为无法确定到底发生了什么。

可以确定的是，情况很严重。如果只是一个地方的二氧化碳浓度升高，还可以说是偶然。但先后有两个地方出现异常，说明其中存在某种关联性，只是自己还没找到共同点。两个地方都在半球内部，但相距很远。

空调系统导致的空气流动并不能解释这种情况，因为两个地方的换气系统是相互独立的。一个传感器周边滞留的二氧化碳，应该不会流动到另一个传感器周围。

立川不知道到底发生了什么，他把终端画面切换到监控摄像头的画面。新出现异常的传感器位于画面深处。立川把它的周围放大，但还是没有看到什么奇怪的地方。

传感器周围没有人，只有堆积的建筑材料。按照工程表，那个地方目前还没有开始施工。立川有点奇怪，他怎么看都找不到二氧化碳的排放源。

然而传感器的数值依然高居不下。虽然没有达到危险级别，但好像也不会返回正常值。现场到底发生了什么？

2

立川继续操作终端，寻找原因。

他很快就找到了自己要找的东西。在距离两处传感器不远的地方，有一个小组正在作业。他们是专业公司的派遣人员[1]，参与火星极地的地基改造和基础设施建设工程。立川把终端切换到语音通话模式，呼叫操作员鹭津。

之所以切换到语音通话模式，是不想让对方紧张。立川担心视频通话会让对方觉得自己在质问他。但是他等了半天都无人应答。"呼叫中"在终端画面上闪烁不停。

对方的终端画面上应该只显示了立川的名字。也许他发现是立川，

---

1. 派遣人员，指与招聘机构签订劳动合同，但被派往其他公司工作的员工。

所以没有接。毕竟在作业过程中，操作员不可能离开驾驶座。

可能还是去现场看看更快。就在立川这么想的时候，通话忽然接通了。紧接着，建设用机器人作业设备的声音混杂在一起传了过来。他这才明白是怎么回事，难怪对方应答这么慢。

听传来的噪音，好像鹫津一个人在操控好几台机器人。虽说自动化程度越来越高，但人员的负担也跟着越来越大，忙得连安全管理责任人的电话都没时间接了。

果然，鹫津的声音很不耐烦。立川正要报自己的名字，就被他打断了：

"器材主任吗？现在忙不过来，等一下行吗？忙过这一段，我联系你。"

"马上就好，我就是问问安全管理上的事。我这边发现二氧化碳浓度异常，现场是不是有什么情况？烟雾啊，异味什么的。具体地点……"

立川无视鹫津的话，抢着说下去，哪怕让对方觉得自己太不识相。这时候不能客气，根本不能相信对方说的等一下联系，人一忙起来，什么都忘了。

这个建设项目中，许多工作都需要特殊技术，因此相当多的工作都委托给了外包公司。立川所在的公司直接负责的工程建设不到总项目的一半，可以说大部分都在依靠外包公司或转包公司的技术。

所以合作公司（外包公司等）的施工人员架子很大。就算面对甲方公司的员工，也不太当回事。如果有什么地方不满意，他们会毫不客气地指出来。这可能是因为特殊技术的专家集体意识很强，但好像也不仅仅是这个原因。

大概是把古老时代那种简单粗暴的行业体制直接继承下来了。尽管他们在特定的施工技术层面具有其他公司望尘莫及的技术自信，但全都是小公司，规模不大，员工也少，公司高层或老板亲自上阵干活的情况也不少见。

正因为如此，他们都有着很强的团结力。普通员工也对公司的利益很敏感，会像经营者一样思考问题。结果就是，很多时候连安全管理责任人都会受排挤。因为如果要把安全措施贯彻到位，那么不管什么工作，效率都会下降。

鹫津有些困惑地打断了立川的话。立川以为他知道什么情况，结果也没说出什么内容。

"那个……没注意啊。我这边看哪儿都是死角。"

听起来鹫津不像是在撒谎，但总感觉吞吞吐吐的。立川可以肯定，有些重要的事情鹫津没说。但是逼对方坦白也不是自己的本意。如果安全管理责任人和施工人员针锋相对，结果只会适得其反。

对鹫津来说，立川恐怕是个讨厌的家伙，整天给自己带来毫无意义的多余工作。以前没有安全管理责任人指手画脚时，也没发生过事故，更不需要束手束脚地遵守什么安全基准。只要按经验做事，总能避免危险。

所以他们似乎打算继续按自己的做法工作，而且越是老练的员工，越有这样的倾向。作为安全管理责任人，必须从改变他们的意识开始着手。

立川默默等待着，他并不想说服对方，鹫津应该会自己往下说。果然，没等多久，鹫津又开口了：

"可能是香烟。我以前看到过烟头，但是没看到在哪儿吸的。"

"香烟？"

这个出乎意料的词，让立川目瞪口呆。他完全没想到原因是抽香烟的火，而且根本就没想过这种可能性。他以为在当今的时代，不要说搞到香烟很难，人们连抽烟的习惯也差不多消失了。

有人在严禁烟火的施工现场吞云吐雾。虽然不清楚长期抽烟和二氧化碳浓度上升之间的因果关系，但两者都让人难以接受。立川必须尽快弄清关联并制定对策。

鹫津压低声音继续说："是哪个组的人，我不说你也应该知道。我能说的就是这些，剩下的你自己看着办吧。另外……烟头的事情别说是我讲的。要是让他们知道是我讲的，那就太尴尬了。"

说完这些，鹫津主动切断了通话。他好像真的很忙，挂断之前还能听到机器人的作业声。立川没有叫住他，也没那个必要。鹫津说得没错，谁在抽烟，他自己猜得到。

立川查了查，想弄清楚在传感器探测到异常的时候，哪个公司在附近工作。结果和他想的一样，是那家地球上的中型建筑公司，最近刚刚参与施工。公司总部位于俄罗斯远东地区，但在火星上没什么业绩。

在这个工程项目中，他们负责建筑的外围工程和保养管理工作。这家公司本来就擅长在西伯利亚那种寒冷地区施工，也有建设大规模建筑的实际成果。听说，他们就是依靠那些技术来火星发展的。

所以这家公司的大部分员工都是来自地球的移民。也许是对工作的看法有根本性的差异，他们经常和其他公司的施工人员，甚至和甲方的技术人员发生冲突。不过，他们的工作态度绝对无可挑剔。可以说，他们对待工作近乎狂热，对严酷的工作环境也没有丝毫怨言。只是，大部分员工都听不太懂日语或者英语，大概是一直以公司直营业务为中心，没什么机会使用外语吧。

只有一线的负责人能直接交流讨论工作。可那位负责人好像管不住麾下的员工，毕竟就连严禁烟火这个基本要求，都无法让员工遵守。不然也不会有人躲着立川他们，在施工现场抽烟。虽然还没有确认实际情况，尚不能断言，但问题的根源好像很深。因为抽烟是会上瘾的。戒烟有多难，就连没抽过烟的立川都很清楚。

从另一方面说，他们在严酷的工作环境中毫无怨言地工作，乐趣本来就不多，如果再取缔香烟，很可能会让他们心存芥蒂。虽然也有无烟型的替代品，但立川并不认为那可以解决问题。

还不如干脆在施工现场建一个临时抽烟室。

这种做法好像更为现实。但就在这时，立川觉得不太对劲。终端的数据在变。立川望向画面，皱起了眉头。传感器的数值在降低，虽然还是有些偏差，但确实降到了正常值范围内。

然而问题并没解决。只有刚才异常的两处传感器的二氧化碳浓度降低了，而本来没有问题的其他传感器，数值不知什么时候又变高了。

3

表示减压结束的指示灯无声地闪烁着。

立川轻轻伸了伸四肢，检查气密服的状态。原本裹在身上的气密服明显膨胀起来。与此同时，身体的动作也变得轻盈流畅。

他打开气闸舱的外门，走到室外。这是仅供施工人员出入的小型气闸舱。几辆为非加压区域特别定制的作业车辆罩着防尘罩停在外面。

前面是直接连接北部平原的未施工区域。这里没有露天施工场地，所以没什么阻挡视线的东西。荒凉的火星大地一望无际。

沿着作业车辆的行驶轨迹，立川朝发生异常的加压半球走去。他不想开车,一方面距离没那么远,另一方面也是担心开车会遗漏某些情况。他想趁这个机会顺便检查一下加压半球的外观,还有外部的附属设施。

因为外部气体也可能流入半球。当然,从常识上说,这种可能性几乎为零。一次加压的半球,内部充满了0.6个大气压的混合气体,而火星的大气压还不到地球的百分之一。所以半球内的混合气体有可能往外泄露,但外面的气体不可能混进半球里。不过道理归道理,还是不能完全排除这种可能性。火星上的大气再怎么稀薄,毕竟还是存在的,而且大部分都是二氧化碳。

会不会因为某种原因,导致大气中的二氧化碳混进了半球内部?比如说这样一种可能性:现场的消防设施是喷射二氧化碳的,而在遇到火势猛烈、有蔓延危险的时候,则可以给大气加压,用它填充半球。如果这些消防设施出现了故障,就可能导致火星大气进入半球。还有更简单的情况,有人从外面把干冰带进来了。比如在经过气闸舱的时候,虽然进行了检查,但没发现干冰碎片附着在气密服或者靴子上。

立川从加压建筑里出来,就是想顺便验证一下这些可能性。如果只是调查半球内部的情况,完全可以从加压通道走,没必要穿气密服,也省了调整气压的步骤。

目前他还没有得出明确的结论,也没弄清状况,无法判断到底是什么原因。可能是香烟导致异常,或者说,这是最有可能的原因。

三处传感器检测到异常,其中两处都位于监控摄像头的死角。另外,立川虽然没有亲眼看到,但据说现场有烟头,这些事实证据都很明确。但是,第三个传感器报出的异常又让他感到很奇怪。

第三个传感器距离施工人员的通道很近,还有监控摄像头。看监控画面,好像没什么地方能让人躲起来抽烟。但它距离气闸舱很近,立川只能自己去看看。

绕过建筑的拐角，炫目的光线直射过来。感知到光线的遮阳板自动调暗，让人可以直视光源。那是太阳的光线，太阳轻飘飘地浮在低处，几乎触到火星地平线。

北半球现在正是夏季。这里是靠近极冠边缘的高纬度地区，晚上太阳也不会落山，而只是在低空横向移动，一天绕天空转一圈。旋转期间的高度多少也有变化，但并不会距离火星地平线太远。

在地球上，这叫作白夜。但火星的天空却透着淡淡的茜红色，所以叫薄红夜或白桃夜更妥帖，不过并没有一个统一的叫法。干冰像雾霾般升腾起来，整片天空看上去灰蒙蒙的。

大概是因为极冠很小，立川想。放眼北望，可以看到白色的细条状地形，其中有一部分在阳光下熠熠生辉。那是极冠的本体。越靠近那一侧，天空就越白。

现在看起来还很遥远，但到了冬天，极冠就会扩展到这一带附近。裸露在地表的岩屑、堆积的火山灰等等，都会被干冰覆盖。只不过眼下这个季节，干冰都消失了。

气密服上的传感器数值显示周围气温略低于零下四十摄氏度。这个温度下，大气中的二氧化碳无法以固体（干冰）的形式存在，只会升华。

只有太阳光照不到的阴影处和地下才会存在干冰。目之所及的范围内，看不到白雪般的东西。火星的公转周期将近两年，相应的，极地的夏天也会持续很长时间。

再厚的干冰层，也不大可能维持到现在这个季节。考虑到这一点，传感器异常的原因恐怕不会是干冰。

不过可能性再低，也不能完全否定。有些火星年份的盛夏季节也会下干冰雪。立川朝南方的天空望去，但是没有看到云层，似乎并没有会给极地带来降雪的恶劣天气。寒冬的极端低温确实难挨，但气候本身是稳定的。火星上有时候会刮起肆虐整个星球的"红色沙尘暴",但也不至于刮到这里来。

只不过,排除天气的因素并不能解决问题。立川打起精神,急匆匆往前走。视野随着脚步逐渐开阔,直到整个施工现场的全貌呈现在眼前。与此同时,露天现场的忙碌声响也直接传了过来。

立川一下子没反应过来。搬运器材的运输车辆和重型设备的工作噪声震耳欲聋。立川隔了一会儿才明白发生了什么,慌忙调整气密服的收音器。他刚才提高了灵敏度,本想听听上空刮过的风声,但在施工现场的声源进入视线的时候,巨大的噪声也传到了耳朵里。他手忙脚乱地切换回普通模式,降低灵敏度,才终于摆脱了噪声。大气中的音速比地球上慢,远处的作业显得有些迟缓。

不过,大型建筑机械的强大压迫感没有受到丝毫影响。它们用流畅的动作挖掘大地、铲平丘陵,整理出平整的地面。连续的动作让人感受到暴力美学般的强势,同时动作又非常细腻精巧。

有的操作员能用足以容纳中型运输车的巨大铲斗做出精细的动作,简直与人力挖掘不相上下,可谓令人叹为观止的神技。只是近年来,具有这种技术的人越来越少了。

为了削减成本,在建设工程中正在推进机械化操作。建筑重机、运输车辆的全自动化也越来越多。必须依靠人力的建设工程主要集中在加压区域内部。露天场地的施工人员数量,今后还会进一步缩减。

立川早在地质勘探阶段就参与了这个项目,但施工现场的情况已经发生了巨大的变化。当初施工方法都还没有确定,需要从开发器材、训练施工人员开始。而到了现在,整个工程一线都在急速推进无人化。

大约十年前,北部平原水资源综合开发项目——通称"极冠基地"的建设工程正式启动之后,这种趋势愈发明显。

第一期工程开工的时候，露天现场的施工人员数量远远多于现在。施工设备多数是中型的，由操作员和助手两个人操作，所以工作效率很低，单价远高于产量。

但在第二期工程接近中期的现在，露天现场已经很少能看到人影。施工设备和辅助车辆也都纷纷大型化，建设成本大幅降低。另外，随着加压施工法的确立，施工人员的劳动环境也有了飞跃性的提升。

而象征这种技术革新的，就是与露天现场毗邻的加压半球建筑群。作业区域的加压分为两个阶段。首先在露天现场加固或构建地基，然后再把整个区域用临时半球覆盖起来。这是为了第一次加压。半球内部加压到0.6个大气压，在里面不穿气密服、不戴呼吸辅助器具也能工作。这个气压值相当于地球海拔四千米以上的高原地带气压，但氧气分压和海平面的分压相同。

在这个状态下组装建筑的外围，然后再撤掉临时半球。建筑内部已经进行了二次加压，充了一个大气压的混合气体，和竣工时的内部环境一样。

换句话说，二次加压之后的作业环境，和地球上的室内工程没什么差别。再加上重力较低，可能二次加压的作业环境更轻松。和一次加压相比，二次加压更接近地球环境，施工人员的健康检查也能够简化。

既然如此，把两者统一起来如何？基于这样的想法，人们也研究了在第一次加压阶段实现一个大气压的施工方案，但有许多问题需要解决，如半球的构造强度、气密度的维持等等。

即使解决了所有技术上的问题，也无法避免成本的增加。这不仅是建设单价的增加，在内外气压差增大的情况下，维护管理的工作也会随之增加。由于存在这些问题，许多企业还是把加压施工分成两个阶段。

仅仅在半球内加压，也可以用其他形式实现。比如说，把它作为长期性的生存空间重新设计，而不是作为调整施工环境的临时设施。当然，这样的设计思路，肯定和临时半球的设计差异很大。

半球的耐久性和可靠性都需要大幅提升。建设用临时半球只需要保证足够的施工空间，而长期性的半球，内部将会直接作为城市使用，至少几十年内都会有人居住、生活。

所以，那将是完全不同的技术体系。不过也不能说那种需求完全和施工现场无关。将来，长期性的半球建设技术，未必不会用到建设用的临时半球上。

在地球外修建的人类生活空间，往往倾向于和地球上的环境尽可能保持一致。虽然将来的事情谁也说不准，但现在人们都比较遵循这一原则，尽可能统一规格。然而在建筑行业，还是有意识地忽略这一倾向。这可以说是成本优先的旧体制残留的影响，不过现实情况大不相同，变化十分迅速。露天现场用的气密服中，已经引进了内部压力和地球一致的一个大气压型。虽然尚未普及，但也确实正逐渐取代旧式的0.4个大气压型气密服。

这也导致了怪异的情况。以加压半球为中心的露天现场作业反而变得困难起来。原本之所以将加压半球的环境定为0.6个大气压，是为了节省穿脱气密服的步骤。从现有的建筑或者二次加压区域去外面的时候，必须清除血液中的氮气。与之相对，如果是在加压半球内部的施工人员，调整气压所需的时间则会大幅缩短。

实际上，之所以保持半球内的减压状态，也许只是为了降低建设单价。不管怎么样，现在的施工方法不大可能一直沿用下去。如果回收再利用的半球建筑材料需要计算折旧费用，那很可能会出现新情况。目前虽然有些不方便，但只能继续使用现在的施工方法。这就是当下的结论。

立川沿着形状多样的半球往前走。探测到异常的加压半球，就在区域的尽头。

　　半球的外观没有什么异常，反而是其他的临时半球多少有些需要改进的地方。总之不像有什么严重问题，不过看起来需要继续保持密切监控。半球的本体部分有些发黑，而且不止一个，每个半球都有同样的发黑现象。从摄像头拍摄的画面中看不出来，但肉眼一下子就能分辨。所有半球都没有刚装配时的明亮色泽。

　　这不是阳光导致的褪色，而是沙尘随风吹来，附着在表面的结果。由于半球的形态、刮风的方向不同，所以情况也各不相同。和装配的时期关系不大。

　　如果风从四面八方均匀吹来，那么四面都会变色。但如果因为地形或其他建筑的影响，某个方向的风被挡住了，那么这个方向就不会覆盖沙尘。另外，如果半球表面有皱褶，那么沙尘也会沉积在那里，形成皱褶状的纹理。

　　如果出现了很明显的皱褶纹理，就要怀疑是不是结构上存在缺陷。有可能是装配时的施工管理不严格，导致应力集中在一个地方。理想情况是整体都有均等的污染，但变色过于明显又会出现新的问题。

　　因为堆积的沙尘重量有导致半球破损的危险。虽然一般认为不会彻底压垮半球，但也不能如此肯定。而且铺设临时半球、给工程现场加压的施工方法，并没有积累那么多的实际经验。

　　虽然没听说发生过事故，但实际采取这一方式的工程案例比较少，没什么参考价值。作为安全管理责任人，需要为预想之外的事故制定万全的对策。

　　如果有的半球外部很脏，那么慎重起见，至少应当先采取清理沙尘这样的措施。立川想到这里，又仔细观察了半球外围周边。难得出来一次，光看半球还不够。

他回想每一个担心的地方，依次检查确认。就在距离目的地很近的时候，他听到了奇怪的声音。立川不禁紧张起来。透过气密服的通信机传来的响声，是表示发生大规模灾害的紧急信号。

4

立川立刻做出反应。他确认自己周围没有异常，随即开始操作安装在气密服手腕上的终端。就在他把通信机切换到紧急模式的时候，一直响个不停的信号声降低了。

紧急广播开始播放。预先录制好的合成语音不断发出灾害警报，但并没有说明具体发生了什么。目前阶段最优先的是提醒所有人注意，通报情况还是次要的。

没过多久，广播中加入了新的内容。合成语音在告知所有人应当采取什么行动，但还是没有说到底发生了什么。广播只是在重复平时训练中采取的行动。

通信机传来的声音很平稳："加压区域内的所有人员请注意，马上停止工作，准备转移。关闭电源，收拾工具，到指定场所集合。"

室外作业的人员，要做的基本上也和加压区域内的施工人员一样，不同的是停止作业后不要转移，原地待命。在情况不明的时候随意行动，有可能引发二次事故。

某些情况下，室外施工人员还可能成为救援行动的主要力量。为了应对这种情况，所有重型机械和车辆的当前位置都在实时更新，正在使用的气密服也是一样。设备和气密服上的终端会不停发送自身的位置坐标。

立川对情况一无所知，这让他很是焦躁，坐立不安。不过等待的时间没有太长，他很快意识到线路被切换了。紧急广播被打断，一个粗鲁的声音伴随着杂音闯了进来：

"修配厂半球附近的是立川主任吗？听到了请回答。"

"是，我一个人在这里。"

立川当即回答道。他很想问问到底发生了什么，但还是忍住了。通话对象是值班的巴塔拉伊，危机管理总部的人员大概还没有到位，值班人员在代理总部部长的职责。如果现在立川就抛出一连串问题，只会让他混乱。巴塔拉伊的语气终于放松了一些：

"太好了！您没事啊！那边的情况怎么样？半球内部好像起火了，您那边安全吗？室外摄像头拍到半球里好像在冒烟……"

起火？

立川吃惊地四下张望，同时将室外设置的摄像头和自己的位置重合在一起。周围有好几个半球，但似乎并没有发生火灾。

他感到有些奇怪，正要再问问巴塔拉伊的时候，终于发现了异常。

云。

上空的细条状云伸得很长。那是半透明的，犹如雾霾一样淡淡的云。不注意的话，还以为是遮阳板变色了。

立川顺着淡云寻找火灾的源头。他倒吸了一口冷气。源头就是眼前的半球。紧急排放阀处于开启状态，可能是为了释放火灾热量产生的高气压。从立川所在的位置不能直接看到排放阀，只能从扩散的烟层分辨。

这么说，二氧化碳浓度上升的原因是火灾……

这个事实沉甸甸地压在他心头。如果能够及时处理，情况大概不至于这么严重。不过客观地说，及时处理的可能性很低。立川并不认为能够阻止火灾。

传感器的异常值很小，而且两个地方都恢复到正常值。没人能在那样的情况下预判火灾。而且现在应该优先灭火，之后再调查原因。

看来火灾的影响并没有波及半球外侧。半球外部没有显著的变形和膨胀，也没有迹象显示热量传到了外墙上。应该是小规模的火灾，情况也许并不严重。

但是巴塔拉伊的报告却让立川的乐观烟消云散。他向立川问过半球的情况后，紧接着就告诉立川，半球内部还有五个人。而通往外部的唯一加压通道受火灾的影响，无法使用。

还有五个人？

立川一下子无法相信这个事实。从火灾发生的时间推算，这等于把正在半球内工作的所有人都困在里面了。其中恐怕也包括操作员鹫津。巴塔拉伊接着说："情况很不理想。通道像烟囱一样，里面全都是烟，一股接着一股。消防队进都进不去，光是阻挡烟雾就已经手忙脚乱了。救援队放弃从通道进去的方案，打算从外面接近火灾现场。"

"穿上气密服，从气闸舱进入半球？太花时间了吧。"

想法不错，但太花时间。1气压型的气密服数量很少，救援队只能使用旧式装备。但是，穿0.4气压型的气密服需要很长时间调整气压。

所以还是派正在露天现场作业的人员进入半球更加现实。情况危急，行动迟缓可能会引发更严重的问题。但关键在于，现在基本上没几个人正好穿着气密服。

立川下定决心。没时间等待救援队赶来了。

"知道了。我马上从气闸舱进去。这样我就是单独行动了,所以请你协助我。里面有五个人没错吧?"

巴塔拉伊没有马上回答,应该是立川说中了他暗藏的想法。不过他并没有表示反对,估计他也知道没有其他的选择。过了片刻,他还是说了声"好",然后又说:"没错,其他所有人的位置都确认过了,只有里面的五个人联系不上。其中一个是操作员,但驾驶室的通信终端没有应答。他报告了火灾发生的消息,然后就再也联系不上了。"

这种情况令人担忧。在加压区域内工作的人员,并没有携带通信终端或通信机。按巴塔拉伊的说法,半球的场内电话并没有失效,但无人接听。

立川有点不知所措。这等于完全不知道内部的情况。巴塔拉伊似乎也意识到了这个问题,他问道:"需要了解火灾发生时的作业状况吗?可以调查,就是要花点时间。"

"现在不需要。已经查过了。"

立川发现二氧化碳浓度异常的时候,就确认过当时的人员配置状况,所以不需要重新调查内部情况,而且也没那个时间。他把自己接下来的行动计划告诉巴塔拉伊,然后钻进一个气闸舱,关上外门。

没时间执行正规程序,只能在紧急模式下强行开门。等不及舱内的气压上升,立川手动打开内门。刹那间,混合气体涌进气闸舱内。产生的雾气让他眼前一片雪白,呼啸的风声紧随其后。这时候立川的身体已经被冲到了半空,撞到外门,然后掉落在地。冲击力让他喘不过气来。还好生命辅助系统没有异常,只是身体不能适应变化而已。

只能等待。立川在心中计时:五秒不到,雾气扩散开去;十秒之后,呼吸恢复正常。检测到气密服内外的气压差,自动调节功能开始启动。现在气密服还在收缩,他难以行动,不过应该很快就好了。

立川并不打算脱掉气密服。半球内充满烟雾,也可能产生有毒气体,还是维持封闭环境,继续使用生命辅助系统为好。

立川放低身子,开始前进。烟雾导致可视范围很小。半球的直径足有五十米,而他并不知道自己在哪里,仿佛一个迷路的孩子,只能依靠地面上绘制的施工标识。

立川一边回想人员配置情况,一边搜索。没过多久,他便发现了两个人。两人交叠着倒在一起。立川用通信机的外放功能进行呼叫,但没有反应,两人似乎都失去了意识。

想到最坏的情况,立川的心情很沉重。不过这两人没有明显的外伤,而且都在自主呼吸,只是比较微弱。立川从墙角的急救箱里拿来氧气呼吸器,给昏倒的两人戴上。

他把氧气供应量调到最大,等待他们恢复。效果立竿见影。死尸般的两人,脸上开始出现血色。立川放下了心。虽然他们的意识还没恢复,但呼吸明显变得规律起来。

缺氧导致昏倒反而是件好事。从结果上说,它让两人避开了烟雾,能够呼吸地表附近没受污染的混合气体。现在这样应该就不用担心了,不过还不能乐观。氧气呼吸器只剩下两套。

不算立川自己,连等待救援的人都不够用。这个半球内部没有其他的急救箱了。不过立川马上就找到了解决方法。他把备用吸嘴接到呼吸器上,让两人共用一个。

现在没时间把两人搬到安全地带了。他留下发光棒做标记,接下来只能交给后续的救援队处理。立川继续搜索,他准备穿过烟雾,前往施工人员所在的区域。

可能是氧气供应不足的缘故,火势有所下降。火源附近传来的热量也不像原来那么可怕,但烟雾变得更浓了。还是要抓紧,不能磨蹭,否则就来不及了。

第三个人、第四个人，都在预想的地方找到了。情况和前两个人一样，都是缺氧昏倒，失去意识。立川用了两套氧气呼吸器，做了应急处理。还剩下最后一个人——操作员鹫津。

立川有点着急。从他钻过气闸舱开始，已经过了三分钟。如果只是昏迷，还是很有可能苏醒的，但如果是更为严重的情况，说不定就会来不及救援。立川按捺住焦急不安的心，赶往鹫津的工作地点。

但驾驶室内没有人。立川放眼四周，还是没找到。他呼叫巴塔拉伊询问，然而也没有新的信息。

他是冲进去灭火了吗？

立川下意识想道。烟雾更加浓密，能见度极低，但还是能看到火源的位置。火势好像又变强了，那边的烟里都是红光。高温仿佛正透过具有隔热功能的气密服传过来。

立川根据记忆搜索驾驶室周围。强制要求搭载的灭火器不在收纳位置上，也没有滚落在附近。恐怕是鹫津拿了灭火器，冲去火源灭火了。

但那只是用于车辆灭火的小型灭火器，不可能扑灭势头猛烈的大火。而且很可能还没来得及打开灭火器，人就因为吸入烟雾而昏倒了。虽然不清楚火灾发生的原因，但燃烧的势头有些超乎他的想象。

立川犹豫了。救援鹫津远比前面四人困难，而且也更为危险。他并不打算放弃，但也许更好的做法是等待救援队到来。那样更安全，也更可靠。

不过立川也没犹豫很久。烟雾的浓度还在上升。目前不清楚怎么回事，但好像和刚才的燃烧情况不一样。火势没什么明显的变化，然而范围似乎更大。如果现在再不采取行动，可能真的来不及了。

立川这么想的时候，身体已经行动了。他趴在地上，爬向不远处的热源。放低身子步行已经没意义了。他穿着气密服,头低不到烟层下面。

立川贴着地面看,终于勉强看清了周围的情况,总算比只能靠手摸索好一点。他小心翼翼地前进,很热,很闷。气密服是室外用的,带有冷却器,但早就到极限了。

气密服并不适合在这高浓度的气体中使用。立川稍微动一动,汗水都会淌下来,遮阳板也起了雾,更看不清周围。不过他并不打算回头。再加把劲,他对自己说,然后爬过了最后一段距离。

立川在预估的位置发现了鹫津。他距离火源很近,抱着空了的灭火器倒在地上。立川把急救箱里拿来的初步应急工具包贴在了鹫津的脖子上。

但可能没什么用。鹫津的情况要比其他四个人糟糕得多。他已经没有了自主呼吸,右臂也有烧伤的痕迹。说不定心跳都停止了。

立川的预感得到了证实。工具包的画面上显示出"心肺功能停止"的文字,不过随后又显示"是否执行急救措施",立川说了一声"暂停",停止了工具包的行动。

他并不是打算放弃救人,而是要先离开火灾现场,否则连他都会被烧死。当下要先撤到安全地点。急救措施只能等到那之后再做。鹫津的衣角也开始起火,可能是溅到了火星。

立川拽着鹫津的身体,躲到了热气暂时到不了的地方。单单这个动作,就已经让他上气不接下气了。但现在还不能休息。在指示暂停之后,工具包就开始提示过去的时间了。

除了显示在画面上,声音提示也开始读出推测的心肺功能停止时长。立川急忙让鹫津仰面躺在地上,撕开他的衣服,露出胸部,装上工具包。

他把泡沫状的绷带喷在上面,裹住整个胸部,又用同样的泡沫保护烧伤的部位。这些泡沫都在几秒内硬化,固定住鹫津的胸部和右臂。只有弹开泡沫的工具包带着显示画面露在左胸上。立川简单说了几个字:

"解除暂停,执行。"

停了一会儿,工具包提示说:"启动AED,请退后。"

没时间退后了。立川只能稍稍挪动自己沉重的身子,往后缩一缩。紧接着,随着咚的一声,鹫津的身体动了一下。稍过片刻,工具包报告说,检测到心脏的跳动。

立川放下了悬着的心。但是,鹫津还是无法自主呼吸。即使插上了氧气呼吸器,情况也是一样。他的脸色依然很苍白,和死人没什么区别。必须做人工呼吸,但立川已经没有力气了。

幸好工具包可以代为执行短时间的人工呼吸。不需要立川下令,工具包已经开始动作。随着指示灯的闪烁频率,硬化的泡沫有规律地上下移动着。

工具包的电池通常可以维持一小时,但刚刚做过AED,耗费了一些电量,所以时间不好估计。有可能坚持很长时间,但也有可能连一分钟都坚持不到。

然而立川已经累得不行了,他没信心自己去做人工呼吸。甚至连逃出半球都很难。如果工具包的电池耗尽,之前的行动也全都白费了。立川意识朦胧地想。

5

模模糊糊的声音从很远的地方传来。

紧接着眼前的烟雾开始水平流动，然后又被吹回来。视线变得稍微清晰了一点，感觉有什么东西在动。救援队好像穿过了气闸舱。需要告知他们自己的方位，但立川连这点力气都没有了。

刚才好像有人叫他叫了半天。通信机里又响起喊声，但回话也让立川很痛苦。然后，好几个人出现在眼前。立川猜他们是救援队，随后就昏了过去。

昏迷的时间应该不太长。吹在脸颊上的凉风让他恢复了意识。头盔已经被摘下来了，他身上还穿着气密服，头盔结合处往外冒着白雾。

他好像在大型运输车里。运输车已经离开半球，正在行驶中。气密服就像蒸笼，躺在车里，汗水似乎马上就要从脖子周围流出来。立川像知了蜕皮那样扭着身子脱掉了气密服。

到这时候，他才终于有余力去看车内的情况。车内的加压空间并不大，而且塞了将近十个人。一半是获救者，全都挤在一起。

大家差不多都恢复了意识，唯有鹫津还闭着眼睛，不过和刚才相比，情况已经好了很多。他脸上有了血色，神色也正常了，还恢复了自主呼吸。

"他没事。烧伤很严重，不过没有生命危险。"

给伤员做好应急处理的救援队队员说完，又从纸箱里拿出一瓶水递给立川。立川道了声谢，接过来喝了几大口。虽然只是白水，却竟然这么甘甜。

救援队队员看立川喝完，这才小心翼翼地说："我想您肯定很累，但最好尽快去危机管理总部。所长有些事情想问。"

立川不用问也知道所长想问什么。除了火灾，不可能有别的事了。救援队正在全力救助伤员，没有精力去做别的事。最接近火灾现场的，只有他自己了。

这么说来，消防队现在人手不够吗？

很有可能。立川在半球内部看到的只有救援队，并没看到灭火的迹象。所长到底打算怎么处理这个情况？立川很想知道，甚至连疲惫都忘了。就算叫他不要去，他也会去的。

运输车辆一路颠簸着在工地里行驶。不知道是不是在走弯道，车身倾斜得很厉害。虽然车是通用型的，但舒适度倒也不算很差。它平稳地驶过了弯道。

立川凑到窗边，望向发生火灾的半球。前进方向变了，本来逐渐远去的半球倒是可以看得很清楚。半球很多，不过起火的半球一眼就能分辨出来。

因为云层很低。冲进半球之前，立川就看到了那些半透明状、如同淡淡雾霾般的云。不知道是不是因为一直在冒烟，云看起来比刚才更浓，扩散的范围也更广了。

立川有种不祥的预感。虽然还没到黑云压城的地步，但也已经差不多了，天空明显变得更黑。紧急排放的烟雾量应该很少，但外部环境接近真空，所以扩散得很广。

这会对环境造成不可忽视的影响吧。

立川带着些许不安，走进危机管理总部。说是总部，其实也没有专用的房间，通常都是临时征用工区中央控制室的房间。所以危机管理总部的成员，平时也是工区办公室的干部。总部长由所长兼任，根据需要添加成员。立川身为安全管理责任人，在发生事故的时候，也会成为总部成员。

立川多次参加过应急训练，本以为自己对整体氛围很熟悉了，但走进管理总部的时候，还是觉得很奇怪，似乎少了某种本来应该有的东西。

立川一开始甚至怀疑自己是不是走错了房间。但包括总部长田冈所长在内，其他人员基本都在，只是没看到巴塔拉伊。但他不是常驻人员，不在也正常。

立川有点搞不清楚情况，不禁停下了脚步。田冈所长注意到他，便抬手打了声招呼，动作中看不到任何紧张感，就像走在路上看到朋友时抬手招呼一样。

不光所长是这样，其他人的反应也差不多。立川本以为会充满紧张感，没想到却这么随意。不过，立川猜得到他们不紧张的原因——这些人还没有危机意识。

按照立川所掌握的信息，情况很严重，必须马上处理。虽然能将火势控制在半球内，不至于蔓延到相邻的建筑，但半球本身还在燃烧。目前他没有得到任何可以乐观的信息。

难道是情况正在好转，只是自己不知道？立川很想弄清这一点，于是朝所长走去。不过不等他开口，田冈所长就先慰问了他两句，然后带着温和的表情说："最新的消息来了。大部分传感器都检测到温度降低。虽然有几处例外，但应该是测量误差。照这样看，整体火势可以说正在减弱。就算不去主动灭火，火灾也会自然熄灭。"

立川也不得不同意"火势正在减弱"的说法。在现场救援鹫津的时候,他在火源的近距离处也感受到了这一点。但是,火势虽然减弱,却不能就此放心。因为火势有可能短时间内又变得猛烈起来。

而且还有其他需要担心的地方。火势减弱的时候,有可能也是火势蔓延到相邻区域的时候。新燃料的温度低,需要一点时间才能烧起来。在这段时间里,温度确实会下降,但这只是暂时现象。

只看表面的火势做判断是很危险的,立川想。但所长好像很有信心,他直视着立川接着说:

"不过我也不想坐等火势减弱,什么都不做。我计划把半球对外的所有通道都封锁起来,往半球里输送二氧化碳。通过加压送气,把剩余的氧气和烟雾一起排出来。只要失去了氧气供应,不管什么火,应该都烧不下去。"

立川想,是要这样吗?所长等一干成员都很乐观。这种方法确实不用派消防队进去冒险。只要能阻止火势蔓延,就可以在灭火的同时,把损失控制在最小范围内。

但立川还是有些怀疑。他的怀疑来自刚才看到的黑云。仅仅是火灾导致的热膨胀,就排出了那么多烟雾。如果采取强制排放的措施,把气体排放出去,说不定真会破坏火星的环境。

"这……已经开始输送二氧化碳了吗?"

"不,还没有。在行动之前,我想确定一点:半球内部不可能还有幸存者,对吧?"

叫他过来是为了确认这个吗?立川想。田冈所长很慎重。仅有巴塔拉伊和救援队队员的报告还不够,还想听听立川这个救援者的意见。

他当即回答道:"应该不会有幸存者。获救的施工人员也没提到里面还有人。但是……我不同意输送二氧化碳的措施。因为必须顾及对环境的影响。最坏的情况下,它可能造成局部温室效应,导致极冠缩小。"

如果真发生那种情况，项目就失去了意义。这个项目的目的是有效利用北极周边的水资源。如果极冠后退，项目就失去了前提条件。到那时候，就必须重新规划选址，从根本上改变设计方案。

立川想要强调这一点，但所长并没有说话，表情也没有改变，只是盯着立川。立川没有别的选择，只能继续往下说：

"所以我认为，不应该强行送气。如果火势正在减弱，那么不去管它，火自然会灭。只是……"

立川停住了。如果不去管它，火自然会灭——他意识到自己并不能断定这一点。他甚至感觉，如果不去管它，情况说不定会恶化。但是，他也很难赞同强行输送二氧化碳的办法。

立川思来想去，却不知道该怎么解释。

田冈所长点点头表示理解，接着开口道："我可能没说清楚。实际上根据传感器的信息，我简单计算了一下。在不主动采取灭火行动的情况下，火自然熄灭至少需要十个小时。最坏的话，时间还可能翻倍。由于信息不全面，我不敢断言，但明火消失以后仍有可能留有火种。而在解除封锁的时候，就会重新燃烧……"

"十个小时……那么久吗……"

所长没有直接回答，而是转去操作旁边的终端。他把一个画面切换成估算数据。数据显示，燃烧的是堆积在加压区域的外墙材料。这是种阻燃塑料，主要起隔热作用。

这种材料内部具有无数气泡，原本是阻止热量传递的，而且施工上又追求轻量化，所以最终选择了它。轻型材料可以减轻施工时的负担，对建筑结构也比较有利。而且建成以后只会接触近似于真空的火星大气，因此不像内装材料那样要求具备严格的不燃性。在规格上，也没有以不燃材料为标准，只满足了阻燃材料的标准。然而现在就是这些材料，开始以超乎想象的程度燃烧起来。

可能是给半球内部输送混合气体的循环系统发生了故障，立川想。故障导致氧气浓度高的混合气体滞留在某些区域，让原本不能起火燃烧的材料起火了。

为了在低气压下保证充分的氧气分压，半球内的氧气浓度设置的要比地球大气更高。从理论上说，半球内部每个地方的氧气分压应该相同，但实际测量结果发现，不同地点，氧气浓度并不一致。

这并不仅仅是因为混合气体的循环系统不够完善，更是因为没法应对气流的变化。随着工程的进行，半球的内部情况也在迅速变化。主体结构每天都会升高，向着半球顶部飞速爬升。另一方面，地上仅有的空地也会堆起搬进来的材料。临时结构的形状千变万化，不断侵占半球的内部空间。连通道都变得如同迷宫一般曲曲折折、错综复杂，使得情况更加混乱。

由于半球具有这么复杂的内部构造，所以几乎不可能让气流均匀流动到每个角落。结果就是，混合气体在半球内部的分布并不均匀，不同地方会产生不同的偏差。

如果没有充足的氧气供应，施工人员就会昏倒，所以习惯上会把氧气浓度设置得更高。对施工人员来说，这是他们应有的权利，即便是管理方的安全管理责任人也无法轻易改动。然而混合气体的气压低，氧气含量略微增加就会带来很大的影响。

目前看来，正是这些原因交织在一起，引发了严重的问题。

田冈所长又说："火灾持续这么久，对整体环境的影响也无法无视。我们关心的不仅是环境变化，还有短期的气象变化。在火灾的影响下出现的上升气流，有可能带来雷雨或者龙卷风。"

"气象……变化？"

立川感到很意外，不禁重复了一遍这个词。考虑方向虽然不同，但所长的想法和自己的并没有很大差别。这让立川有些安心，但问题并不会就此解决，所长还没有说出结论。立川默默等待着。

所长接着说："你说得没错，到目前为止，排放的烟尘量已经很多了。不能忽视它们对环境和气象造成的影响。不过，相关的数据太多，估算起来很不容易。要获得足够精准的内容，需要进行精确的模拟测算。单单是构建模型、输入数据，大概就要花费相当多的时间和精力。虽然不是完全不可能，但也不是能在施工现场完成的工作。"

即使如此，田冈所长也不想无视这个问题。他找到了一种巧妙的解决方法。方法很简单，就是估算两种不同情况下排出烟尘的总量。

结果出乎意料。即使注入二氧化碳，强行排出半球内的氧气而产生的烟尘量，也和火自然熄灭产生的量差不多。也就是说，在对环境的影响上，两种方式没什么差别。

而考虑到半球自身已成为一个巨大的热源，反倒是强行灭火的方法更有利。所长还考虑过其他的办法，比如投入重型机械并摧毁半球，但最终认为要投入的劳动力太多，并没有什么有利之处。

"是我考虑不周。我收回前面的意见。"立川心悦诚服地向所长道歉。

田冈所长连连摆手说道："其实谁也不知道哪种判断正确。影响火星自然环境这么大的问题，不可能仅靠简单的数学计算就能得出结论。不管怎么样，这是一次很好的学习机会。我也很感谢你提的意见。"

说着话，所长露出满足的笑容。但那笑容并没有持续多久。剧烈的震动和爆炸声接连从外面传来。

6

一开始立川还以为爆炸发生在起火的半球里。

所有人都没想过其他的可能性。联系了在通道待命的消防队，对方也表示不清楚具体情况，不得要领地说了半天，大家才发现爆炸发生在别的地方。

立川有种不祥的预感。事故接二连三地发生，却完全搞不清实际情况，这让他非常焦躁。时间就在一无所知的状态下一点一点过去了。

突然又来了一个报告。出现在监控摄像画面中的人员一脸困惑地说："通信楼地下的检查井在往外冒烟。不过没有爆炸的迹象。好像是检查井里面有什么东西在烧。"

"通信楼？那地方怎么会起火？"

"是不是搞错了？"其他人问道。他们的语气中带着困惑。

立川也感到很奇怪。通信楼已经完工了，正在进行内部装修。不过由于物资搬运延迟，导致工程中断，所以虽然已经进行了二次加压，但现在里面并没有人，当然也不可能有明火。而且通信楼距离发生火灾的半球很远，火势不会蔓延过去。不管怎么想，那种地方都不应该发生火灾。

立川半信半疑地把终端画面切换过去，随后立刻惊叫了一声。没错，通信楼的地下部分正在冒烟。烟尘导致画面不太清晰，但能看出确实是检查井在往外喷烟。

立川很诧异。这太奇怪了，没有投入使用的检查井应该还处于封闭状态。虽然不像气密门那样封闭严实，但也和密封差不多，至少不会有缝隙。那么多的烟是从哪儿来的？

田冈所长的反应很迅速。他只看了片刻，就知道该做什么了。他一边操作终端，一边迅速下达指令。

"让在A-6待命的工作队去通信楼确认情况，向我汇报。预计会产生有毒气体，记得带上有急救证的人。"

"另外，再编一支消防队。不要疏忽，情况还可能进一步恶化。其他工区可能会请求增援。"

这句话让房间里的气氛陡然紧张起来。刚才的轻松氛围消失得无影无踪。所长让人重播录像，他要确认爆炸声响起时的情况。

画面很快切换过去，显示的地方和刚才一样，只是没有飘出的烟雾，所以很不起眼。如果没有地上铺的通信线缆，简直就是间刚刚竣工的毛坯房，看不出任何特别的地方。

只有一处例外，就是检查井。那是为了维护、检查和管理通信线缆而设置的。但检查井的本体部分埋在地下，画面上能看到的只有井盖。立川仔细看了半天，也没看到有什么类似烟雾的东西。

画面一角显示的时间是爆炸前十秒。一开始是暂停状态，随后开始播放。画面一成不变地过了十秒钟，然后就到了爆炸的时刻。

刹那间，画面剧烈摇晃起来。没有声音，但仿佛听到了爆炸声似的。井盖弹起来，井口喷出了烟雾。好像是检查井内部或者管道里发生了爆炸。只是爆炸规模不大，盖子只弹起十厘米左右。可能是掉落的位置偏了，烟雾从缝隙间不断喷出。然后就和现在的画面一样了，浓烟让屏幕变得混浊不清。

"爆炸应该是发生在管道的某个部位。如果是检查井里的爆炸，不会那么简单。不可能只有烟。"

所长盯着画面若有所思地说。

立川也是同样的看法。爆炸的时候没有闪光，冲击波和烟雾喷出之间也有时间差，又不像是相邻的检查井发生的爆炸。至少还没有其他检查井爆炸的报告。可能是连接各检查井的管道某处流入了可燃性气体，然后遇火燃烧了。但是爆炸的原因目前还没查清。这是接下来必须调查的。

刚这么一想，引发爆炸的过程突然浮现在立川的脑海里。加压半球的火灾、二氧化碳浓度的上升，好像都能用同样的原因解释。原因并不复杂，是管道内部的通信线缆成了导火索。

立川的推测没错。检测到二氧化碳浓度上升的传感器全都位于管道开口附近。工程建设中的检查井虽然还没完工，但管道和通信线缆的铺设都完成了。

通信线缆是工程用的临时线路，管道内部维持着一次加压的状态。那些临时的通信线缆因为某种原因烧了起来。虽然无法确定最初的起火原因，但大致可以推测几种可能。

一种可能是通信线缆过热，另一种可能是香烟的火。当然也有可能是其他原因起火，产生的热量导致通信线缆起火。总之，通信线缆起火，随后火势便顺着线缆逐渐扩散。

而且线缆燃烧时和刚才的外墙材料类似，边冒烟边燃烧。当然，这种情况下不至于发生爆炸，估计还有别的原因，可能是某种更容易燃烧的物质滞留在管道内部，引发了爆炸。

难道是……氢燃料管道？

立川回想着爆炸时的画面，思考这一可能性。露天现场使用的重型机械和运输车辆，主要都是电力驱动的。如果要用燃料电池或氢发动机做动力源,那么除了氢气之外,还必须搭载氧气。相比之下,更有效率的做法是建设独立的发电系统,给车辆提供电力。水可以由一期工程建设完成的工厂挖掘,再经过加工生产出液氢,驱动发电系统,循环利用。

将来应该会采用核聚变发电系统,不过现行的方案足以用来给现场车辆提供电力了。而液氢工厂的内部管道有可能发生了破损,泄漏了液氢。

立川把终端画面切换到通信线缆的管道,又在上面叠加显示液氢的管道。他的手微微颤抖起来。喷出烟雾的检查井附近,正是管道的交叉处。

如果管道内的通信线缆燃烧,产生的热量很可能导致永久冻土层融化。冻土通常不会变成泥土,但如果温度超过零摄氏度,这种变化还是有可能发生的。然而输送燃料的高压管道,在设计之初就没考虑过这样的情况。

如果温度超过了预计,管道连接处就会产生巨大的应力,结果会导致高压液氢从管道里喷出,渗透地表,然后流入通信线缆的管道……

那就完了,立川想。整个施工现场将化作火海,包括田冈所长在内全员都要殉职。但是所长神色平静,站在立川身后盯着画面,然后仿佛终于下了决心似的开口说:"让待命的施工人员立刻撤退到安全地点,然后组成特别作业组,封锁弱电检查井。往管道里注入惰性气体,阻止火势蔓延。"

所长飞快下达指令。室内弥漫的阴郁氛围随即一扫而空。所有人都投身到通信联络、信息收集之中。有些人从房间里飞奔出去,去做出发的准备。

但是,他们的应对还是有点晚了。在立川发现问题的几分钟之后,又收到了紧急联络信息。第二工区正在建设的核聚变工厂发生了爆炸。详细情况不明，不过据说也是管理大楼地下的检查井喷出了火焰。

立川咬紧牙关。他们晚了一步。事态再这样发展下去，连靠近检查井都会很困难。到那时候，也就无法人为灭火，只能等待火自然熄灭，但这就意味着放弃施工现场了。就算能修好受灾的建筑，工程进度也要大幅延迟。立川这样想着，然而事态的发展却比他的预想更加迅速。一位成员用悲痛的声音汇报了新的消息：

"是加压仓库。检查井附近喷火了，现在正在燃烧……"

寒意蹿过立川的脊背。加压仓库与他们所在的这幢楼很近，里面存放了食物和饮用水等生活必需品。空气循环系统也安装在这里，如果这里起火，将无法维持整个施工现场的生存环境。

田冈所长立刻调整目前的消防方案，要求全力扑灭加压仓库的火灾，把其他地点的灭火行动先往后排，眼下先控制火势蔓延，看看情况再说。

另一方面，田冈所长打算把大量人力调拨过去处理管道内的火灾。这当然很不容易。单说封锁开口部，即检查井，就需要相当多的人力。再往管道内注入惰性气体，显然更加困难。

现在并不清楚通信线缆的受损情况，但首先必须计算出需要多少惰性气体。此外，还要给火势有可能蔓延到的建筑按重要性以及是否有替代建筑进行排序，以此决定灭火工作的优先级。

条件限制，不得不这么做。惰性气体的供应量有限，没办法给所有通信线缆都通上惰性气体。只能给每条管道排上优先级，从影响大的区域开始灭火。

而且即使成功注入了惰性气体，也不见得就能顺利灭火。气化了的液氢有可能和惰性气体混在一起，残留在管道内部。此外，即便只对有限的区域充气，要使管道内部充满惰性气体，也需要很长时间。

如果火灾在这段时间里继续蔓延开来，那真是不可收拾了。

立川凑近田冈所长说："我觉得往管道注入惰性气体不是最好的办法。见效之前说不定惰性气体会先耗尽。"

田冈所长看着立川，一言不发。他的眼神似乎在问："有其他的办法吗？"

立川接着说："应该往管道里注水。这个办法更可靠，见效也更快。"

田冈所长大吃一惊。他瞪大了眼睛，一下子没有说话。不过这也是正常的。水是很珍贵的资源，在工程未完成的阶段，开采水源需要耗费极大的成本。立川居然要把那么珍贵的资源用来灭火？！

而且水一旦注入，回收将会极其困难。埋设管道的地下温度很低，在灭火的同时，管道内的水也会开始冻结。结冰时的膨胀有可能损伤管道。到那时候，便只能重新铺设管道了。

当然这种方式的优势也很大。相比于惰性气体，水的比热更大，灭火更为彻底，也不会残留氢气。而且只需用水灌满检查井，也就无须封锁管道了。只要不考虑高昂的成本，供应量也不成问题。

但是田冈所长并没有马上回答。他罕见地露出了犹豫的神色。在他犹豫的过程中，事态还在继续恶化。预料之外的报告一个接一个。输电系统好像也出了问题，灭火现场缺少足够的电力供应。

立川认为，恐怕是埋设在地下的输电线路效率下降了。不过电力供应的源头并没有被火灾波及，应该还在正常产生电力。

输电系统很不耐热。极地的地下是稳定的低温环境，输电系统也是以此为前提设计的。所以火灾导致温度上升以后，输电线的阻抗也就急剧上升。消耗的电力化作热量，那些热量又进一步导致阻抗增大。

必须下决心了，再这样下去，灭火都会受影响。最糟糕的情况下，可能会彻底破坏加压区域内的环境，导致不穿气密服根本没法行动。现在应该还来得及。注水本身费不了多少时间，需要的只是做决定。

"好，注水吧。"田冈所长说。

和预想的相反，他的表情并不沉重，反而有种如释重负的感觉。所长指示立川去组建应急工程队。单靠工区内存储的水，估计一下子就见底了。

不够的部分只能从工区外调用，即请求已经投入使用的第一期工程的工厂和相邻工区的支援。利用现有的管道，再加上临时性的应急工程，应该就能把水引过来。

讨论完具体的工作步骤，田冈所长严肃地说："情况很严重，结果难以预期，不过还是很有可能解决的。但是不能示弱，不能害怕，否则损失就会无限扩大。重要的是希望，不要丧失希望。要用破釜沉舟的决心去面对，问题便迎刃而解。让我们共同奋斗。但有一点要注意，千万不要蛮干硬上。"

所长的话还没说完，立川便跑了起来。虽然还看不到任何希望，但他心里却怀着一种自己都不明所以的乐观。

III

热极基准点

水星工区地震事件

1

这东西现在已经很少见了。

哑光薄膜上印着密密麻麻的数字。薄膜的手感和高级纸张差不多，但比纸张更轻薄，而且还能重复使用，很适用于没有生产能力的边境基地。不过其实并没有什么人用它打印。数据都可以在终端画面上直接显示，没必要打印出来看。

此时，常驻技术员秋山正对着这叠打印薄膜发呆。

总感觉很奇怪。导线测量[1]产生误差并不稀奇，而且误差都在允许范围内。一百千米的测量距离里会产生几厘米的差值，误差相当于千万分之一，所以秋山奇怪的并不是误差，而是打印出来的数据具有明显的偏向性。也就是说，误差都朝着一个方向偏离。

误差有两种，一种是有方向性的误差，另一种是随机产生的误差。两者通常会混在一起，所以很难分辨出方向性。但这次的测量结果却带有明显的方向性。

原因有很多。可能性最大的是测量设备的问题。如果设备调整不到位，每次测量都会产生同样的误差，自然会积累出同样的方向性。但他检查了测量设备，并没有发现异常。

原因应该不是测量设备，秋山一边想着，一边重新翻看打印薄膜。

---

1. 导线测量，指将一系列测量控制点依相邻次序连成折线形式，并测定各折线边的边长和转折角，再根据起始数据推算各测点平面坐标的技术与方法。

这是秋山的做事风格，他虽然是工程技术人员，但做事更接近于研究者，相比于工作效率，更喜欢追根究底。

他知道在终端上查看数据更方便，可以随时检索，也可以立刻进行数据加工。但终端不像打印文件那样，能一点一点检查数据，毕竟滚动画面的时候可能会错过重要的信息。而且没有手动翻阅的触感，就很难静下心来思考。这确实也算是一种怪癖，但秋山并不想改。

所以秋山的工作台周围堆满了打印薄膜，而且都是散放的，常常翻倒。薄膜用光的时候，他会把废纸挑出来重复利用。

基地内储备的薄膜差不多都被秋山独占了，反正这东西也没有人用。不过只要有人抱怨找不到薄膜，罪魁祸首肯定是他。卡洛里基地所在的水星尚在开发初期，补给措施还不完善。

秋山拿着一叠打印薄膜出了房间。自己一个人埋头苦想，很容易钻进牛角尖，还是要多听听其他技术人员的意见。不需要非得是测量领域的专家，越是门外汉，说不定越能发现事物的本质。

穿过无人的通道，秋山走向勘探科的作业楼。眼下已经是入夜的时期，大部分常驻技术员都去现场工作了，剩下的只有基地的维护管理员和通信员几个人而已。

秋山不想放过误差的问题。不过说实话，他本来也应该去现场了。水星的一天很长，太阳升起之后轻易不会落山。而且水星距离太阳比较近，所以白天的地表温度很高，有的地方甚至超过四百摄氏度。

即使有水星规格的气密服，这个温度也很危险。而且在高温下，裸露的岩石会发生膨胀，以致无法测量出正确的距离。所以现场作业大多需要在太阳落山以后再做。

和秋山预想的一样，物理勘探技师巴默在作业楼里。他皱着眉头，正在研究像是岩石标本的石头，给人感觉很难靠近。不过秋山并不打算和他客气。巴默确实有点不好打交道，但对秋山来说，他是位可靠的同事。

秋山随手把手里的打印薄膜放到旁边的工作台上。听到声音，巴默慢慢抬起头来。秋山没有预先联系他，但他从秋山的表情中看出对方有事找他。巴默瞥了一眼打印薄膜，然后又埋头继续研究他的标本去了。

"不行，没空，我现在很忙。要是去现场，你一个人去。"

巴默冷冰冰地说。他确实很忙，工作台周围堆满了样品。其他人都去了现场，这里除了巴默没有别人。

现在这个时期，在作业楼里铺开这么多样品，说明事情很急。但秋山只想听听巴默的意见，并不是让他陪自己去现场。如果问题比较大，可能还要重新测量。假设真是这样，秋山自己一个人也够了。

秋山本想说"不占你多少时间，就商量几句"，来打消他的误解，但实际说出口的意思完全相反。

"这个主意不错……对啊，应该拉上勘探专家重做现场调查。"

啪的一声巨响，岩石标本从巴默手里掉了下来，落在地上。他本想把标本放到工作台的测量设备上，结果没放稳。标本砸到脚趾，他整张脸都白了。

"没事吧？"秋山关心地问。标本虽然不大，但也有成年人的拳头大小。水星地表的重力不大，差不多是地球的三分之一。可这么一块石头砸到脚上，估计也让人吃不消。

不过巴默的举动也让人很不解。在岩石标本即将落到地上的时候，秋山分明看到巴默自己伸出脚凑到石头下面。也许他是想把岩石标本踢走？

秋山感到很奇怪，但是又没办法问。因为巴默一脸愤愤不平地说："我不想跟你生气，但是你能不能稍微长点脑子？你开个玩笑不要紧，但差点让我把珍贵的标本弄坏了。你知不知道我费了多大劲才把它从地质调查科借出来？这是好歹用脚接住了，要是没接住，那就惨了……"

秋山根本没听巴默在说什么。他在看打印薄膜，思考最好的方案。不仅是对测量科最好的方案，也要对巴默的勘探科有利。

也许是因为秋山没反应，巴默说着说着也失去了气势，他一脸疲惫地望向秋山，叹了一口气，开始收拾工作台。他手忙脚乱地把乱七八糟的标本收进箱子里，关掉测量设备的电源，锁住活动部分。

2

秋山不明所以地问："怎么？结束了？"

"我现在专心听你说。别理解错了，我只是听你说，不是答应帮忙。你在旁边说话，我没办法集中精神工作。所以你也帮帮忙，最好一分钟讲完。"

巴默一脸不耐烦地说。他似乎有些敏感，抱起胳膊瞪着秋山。看这样子，还真不能浪费时间。秋山开门见山地说："测量的误差有两种，系统误差和随机误差。前者有方向性，后者随机产生。理解了这个区别，你再来看这个……"

秋山正要摊开打印薄膜，巴默赶紧拦住了他，"等等，我没听明白。要找门外汉商量，还是先解释清楚，不然反而浪费时间。"

预料中的反应。秋山一口气说下去：

"比方说，用长度为一百米的卷尺测量两点间的距离。如果卷尺的精度准确,就可以直接把测量的结果当作成果提交出去。如果测量重复了十次,那么路线长度就可以视为一千米。但如果卷尺实际上是一百零一米,那么每次测量就会产生接近一米的误差,把一百零一米的距离测成一百米。重复十次,两点间测量出的距离将比实际距离短,本来一千米,却可能测成990.099米。

"这是系统误差。每次测量都会朝同一个方向偏离,所以整体误差和测量次数成正比。这大多是因为测量设备有问题,当然也可能有其他原因。但是,无论哪种情况,理论上都可以做出预测,因此也有办法去除误差。

"与之相对的是随机误差,它表现为正反两个方向。必然性的误差积累在一起相互抵消,最终趋近于零。不过也不会完全抵消。它会和测量次数的平方根成正比,逐渐积累。"

秋山说到这里,把打印薄膜拿起来,观察巴默的反应。

好像不坏。巴默微微探出身子,在听他说话。虽然不算很热心,但确实是在听。

不过巴默还抱着胳膊,好像仍没有放下戒心,依旧用犀利的眼神盯着秋山。秋山没有气馁,他迅速铺开打印薄膜,给巴默看数据。

"这是大型投射轨道预定建设地点的导线测量结果表。用现场周边预先设置好的两个控制点做起点和终点,建立附合导线。如果能够加入更多的控制点,可靠性还能提升,不过按现在的情况……"

听着听着,巴默的表情逐渐严肃起来。可能是没作说明的陌生术语太多了。但秋山很有把握,就算这样子,巴默也会上钩。已经过了一分钟,但是巴默连提都没提。

秋山接着说:"这种情况下,控制点的坐标是确定的,所以导线测量的起点和终点坐标都是已知的,按道理说,应该能够精确地确定中间点的坐标。但是实际计算发现，这里产生了无法忽视的误差。

"当然，系统误差已经处理掉了。假设测量设备没有调整到位，然后根据这个前提消除了误差。还有水星表面产生的球面误差、重力异常导致的测量误差等等，也都处理了。但结果还是产生了带有方向性的误差。虽然都没超出允许范围，但几乎所有导线点都必须加上偏离修正。这就是修正的实际结果。你看，追加距离和修正值根本不成比例。"

秋山一边说，一边铺开打印薄膜相应的部分。那一页前后都加了密密麻麻的标注。在门外汉看来都是些莫名其妙的涂鸦，不过巴默像是感觉到了什么，默默地盯着打印薄膜。

这个情况让秋山松了一口气，他补充解释道："先说一下，谁都不知道各个地点的真实坐标，只能运用统计方法修正误差，获得最佳值，也就是计算出可能性最高的数值。所以准确地说，并不是误差具有方向性，而是修正值有偏向……"

"会不会不是测量的问题，而是预先设置的点移动了？"

巴默忽然问。秋山顿了一下，他有点犹豫该不该如实回答，不过也不想糊弄过去。

他想了想才说："会。从误差的偏向方式上，大致可以推算出位置。以导线点 $K61$ 到 $K64$ 的区域为界，如果这里出现不一致，就可以解释误差的产生。换句话说，它意味着在确定了控制点的坐标后，到开展导线测量之前的这段时间里，控制点所在的地面发生了移动。"

巴默倒吸了一口冷气。这很正常。秋山指出的区域，正是要建设大规模质量投射装置的地方。而这又是以行星间轨道投射为前提的。在卡洛里基地负责的地基调查任务中，这可以说是最大、最重要的工程。

而现在秋山说的是，设置在那个建设预定地点的观测点可能在移动。

如果情况属实，那么水星开发计划就要彻底推翻重来。因为这不是一个观测点移动的问题，而是一片大陆在移动。

秋山也很想搞清这个问题，他问道："这一带附近，有没有可能发生地壳变动？"

"从常识考虑，回答只可能是'没有'。如果发生了足以导致控制点偏离的地壳变动，我们应该会观测到地震性的震动。但在设置了测量控制点之后的这么短的时间里，并没有记录到这种情况。

"而且一般来说，水星的地壳很稳定。伴随收缩产生的皱脊[1]应该在十亿年前就形成了。靠近地表的地层不断冷却，火山也只有活动过的痕迹，目前并没有观测到活跃的火山。

"太阳的潮汐力确实很大，受它的影响，水星地震很频繁，但规模都很小，而且无一例外，震源都在地下超过六百千米的深处。可能是地幔与地核的交界处发生了某种变化。它和测量误差应该没有关系。只是……"

巴默犹豫了一会儿，不过时间不长。秋山无声地催促他接着说，巴默的目光转向工作台上的样品箱。

"即使进入稳定期后，还是有可能发生地壳变动的。从行星轨道上拍到过类似的痕迹，可能年代很新，不过并不确定。如果是最近形成的，那么接下来也有可能发生同样的地壳变动。

"在这种情况下，地壳变动会伴随着大规模的地震。和地幔下层附近发生的地震相比，它的规模和破坏力非常大，还会产生改变地形的剧烈震动，但没办法预测什么时候会发生。说不定一百万年后才会发生，但也有可能马上就发生。这些都是地质年代上的'最近'，所以并不矛

---

1. 皱脊，是一种在行星上经常被发现的地貌类型，其特征是在行星表面可能延伸数百公里的低矮、蜿蜒的山脊。

盾。换句话说,实际上相当于我们一无所知。

"不过再怎么说,放着不管也很让人不放心。我想尽早着手,哪怕先做些预备调查也好。"

"地壳变动的痕迹……在什么地方?热极附近吗?"

巴默的手在微微颤抖。他慢慢把手指点到摊开的打印薄膜上。

秋山一阵心悸。那正是地表观测数据出现不一致的地点。

3

卡洛里基地是水星开发的最前线。

从早期的科学观测时代,到制定了具体建设计划的今天,卡洛里基地一直是水星开发最重要的基地。水星上还有其他基地,但卡洛里基地的重要性是无可比拟的。

测量坐标的原点和水准原点[1]就设置在基地旁边,从这一点也能看出它的重要性。基地建在卡洛里盆地的南面,靠近热极之一的赤道地带,所以正午的地表温度甚至会达到四百五十摄氏度。

之所以要在这么严酷的环境下建设基地,是因为热极周边适合建设大规模投射轨道。当然,为了启动这个水星地表最初的正式开发项目,必须从基础性的环境维护和构建测量网着手。

项目的核心目标是挖掘和提炼重金属。将这些金属通过大型质量投

---

1. 水准原点,水准测量传递海拔高程的基准点。

射装置，发射至行星间轨道。轨道不会用于人员运输，而是作为货运专线使用，所以最大设计加速度预定为100G。

加速度很大，投射装置的轨道长度也有几十千米。如此巨大的工程，同时又是精密机械，对精确性的要求很高。施工上的微小失误便可能酿成重大事故，所以测量也必须小心谨慎。

早在正式开发太阳系的时候，水星就被视为重金属的供应源。虽然它的质量大概只有地球的二十分之一，但密度却和地球差不多。整个太阳系只有水星才是这样。

许多行星和卫星的体积小，逃逸速度小，不存在大气，因此轨道输送成本自然很低，所以也会用来供应各种资源。比如外行星的卫星群出产的重氢、小行星出产的金属，以及月球的加工制品等等。

地球也能出产这些资源，但必须克服厚重的大气层，从重力井底部拽出来，所以送往轨道的运输成本很高。相比之下，小型天体在运输成本上具有压倒性的优势。然而直径小的卫星和小行星密度都很小，不太可能供应大量重金属。小行星带也会出产重金属，但供应能力有限。如果能够高效输送水星蕴藏的重金属，太阳系内的建设成本就会大幅降低。

可是水星的开发一开始就存在诸多难题。虽然能以可接受的成本生产足量的重金属，但缺少合适的方法把它们输送到预定宇宙区域。水星的轨道太特殊了，无法采用现有的运输手段。

水星的自转周期约为五十九日，但这并不是水星上的一天。以太阳为基准的恒星日，是水星自转周期的三倍，约一百七十六个地球日。因为水星的公转周期是八十八个地球日，与自转周期的比例为3:2。而且水星的离心率足有0.2，通过近日点的时候，赤道上必然会有一个点正对太阳。这就是卡洛里盆地南侧的热极，以及内侧的另一个点。如果在热极观测太阳，每经过两次公转，便会观测到一次太阳经过中天的景象。这个时间水星接收到的太阳热量，是远日点的两倍以上。而且近日点附近的水星轨道速度快，超过自转角速度，所以近日点前后的二十天内，太阳会在天顶逆行。

换句话说，太阳在最靠近水星的距离下，长期处于水星的热极上空。这必然导致水星地表温度上升。每次经过近日点时，都会出现四百摄氏度以上的高温。而夜间温度则明显下降，昼夜温差超过六百摄氏度。在这样的情况下，连维持生存环境都很困难，但却很早就决定在这里建设大规模质量投射装置。因为多次试开采的结果发现，热极周边很可能存在有价值的矿床。

质量投射装置的建设项目，与矿床的开发紧密相关。关于运输手段，人们还考虑过太空电梯，但很快就发现并不现实。水星的自转周期太长，同步卫星轨道高达二十四万千米。就算能建太空电梯，也很不合算。而且同步卫星自身很容易受到太阳的干扰，脱离轨道。于是就变成在地表建设大规模质量投射装置。理由之一是在环境比较相似的月面，大规模质量投射装置取得了很好的成绩。

尽管确定了基本构想，还是存在许多待解决的问题。单单是自转周期太长这一点，就构成了使用上的障碍。

因为本项目中建设的质量投射装置，是以投射到行星间轨道为目标的，所以它的基本构造与卫星轨道专用线的差别不大，只是投射时的速度不同，行星间轨道用的投射装置更大罢了。但是，两者的使用方法完全不同。

卫星轨道专用线没有投射时间的限制，在该天体的任何时间段都能投射。而对行星间轨道的投射，时间段是受限的。因为通常需要让投射方向和行星的公转方向保持一致。或者说，要利用质量投射装置所在行星的轨道速度，将物体投射到行星间轨道上去。

水星是内行星，平均轨道速度高达每秒四十八千米。如果投射速度能够抵消这个速度，那么理论上任何时间段都能使用。但要实现逆投射，驱动器的能力需要超过目前设计的十倍。虽然不是不可能，但那样做没什么意义。现实中设置在地表的驱动器，本来就需要等到水星的自转和公转方向一致。在水星的一昼夜（约一百七十六地球日）中，适合投射的时机只有两次，也就是太阳位于中天的时间段和半夜前后。两次的投射方向相差了一百八十度，但可以通过设计来应对。

不过热极的正午温度太高，提供动力的直线电动机效率会大幅下降。所以第一期工程设计为只在夜间投射。如果将来产量提升，进行大规模改造后也可以在白天投射。但在改造之前，水星公转两圈期间，只能投射一次。

听起来这个设施的使用限制很大，但其实适合投射的时间段还是足够的。水星通过近日点的时候，太阳在白昼侧逆行。水星的轨道速度高达每秒五十九千米，因此可以观测到太阳向反方向移动。

利用这个现象，适合投射的时机可以增加到三次。对于预期的重金属供应量来说，投射到轨道的能力应该还有富余。投射的重金属胶囊舱，通过内行星的重力和太阳风调整轨道，飞向预定的市场。

虽然还有很多问题需要解决，不过项目本身并没有不可逾越的障碍。但通往竣工的道路肯定不会一帆风顺。而且项目还没有正式启动，很难预测到底会遇到什么困难。

4

　　地面车进入巡航状态,切换为自动驾驶。

　　单调的发动机声略微有些变化,和手动驾驶的时候相比,转速似乎降了一些。速度没变,能耗低了。

　　驾驶座正面的屏幕上显示着还有多久抵达——按照目前的速度,还需要两个小时——屏幕上还显示着其他几个可选路线,内容不多,时间相差也不到五分钟。

　　秋山开口说:"维持现状,继续巡航。"

　　不用向巴默确认,反正他一直在另一个乘员座上操作终端。两人没有交谈。步骤讨论已经结束了,现在只剩下现场的实际作业。

　　秋山没带别的,只带了打印薄膜。他和巴默不一样,手头并没有急等着要做的工作,只是把看过多次的数据又检查一遍而已。很快他就把注意力从薄膜上移开,转头去看车外摄像头的监视画面。

　　车外的景象平平无奇。和月面相似,这里大大小小的陨石坑连绵不断。但覆盖水星地表的沙尘量更多。因为昼夜温差极大,表层的岩石都碎了。

　　星光照耀下,周边的地形看起来平坦得有些怪异,大概是没有阴影的缘故。秋山没开前照灯,设置在窗口位置的画面,显示出经过电脑增强的图像。

　　自从日落以来已经过去十多个地球日了,但距离半夜还有一个月左右。星空还要再过一段时间才会出现逆行。当迎来正午时分，太阳在相反一侧的热极上逆行的时候，这里的夜空也会开始逆转。

与显著的太阳运动不同，逆向旋转的星空很难察觉。因为星星的运动很慢，除非有心注意，否则发现不了。不过也能从中体会到一种庄严感。无尽的星空停止旋转、朝反方向旋转的那个瞬间，秋山尤为喜欢。

如果可能，他很想坐下来静静观察，但现在没有时间。必须在祝融星最靠近水星之前完成所有的工作。现场的选点和设置测量点，观测测地卫星，以及获取和整理成果表等工作还有很多。

这些都是很费时间和精力的烦琐工作，但无法偷懒。如果这一系列工作的精确度不够，就无法让祝融星上的基地完成最终的确认测量。

祝融星目前应该上升到了很高的位置。它宛如劈开天空中的群星般逆行而上。祝融星平时并不显眼，唯有在要最靠近水星的这段时期，才会闪耀着明亮的光芒。

祝融星是围绕太阳旋转的天体之一，通常人们并不把它视为行星，而是划分为矮行星或小行星。它的长轴只有三十千米左右，称为超小行星更合适。它和水星之间通过微弱的引力连接，不算是水星的卫星，但也不是完全独立的天体。祝融星的轨道和自转速度都受到水星的巨大影响。如果水星的引力减弱，祝融星也许会脱离轨道，在太阳系内飘荡。

从祝融星的轨道数据可以明显看出这一点。它的公转轨道大部分位于水星轨道内侧，一小部分交叉后位于水星外侧。也就是说，它和水星的关系，类似位于太阳系最外侧的海王星和冥王星的关系，这两者也有交叉轨道。

当然，它们并不会相撞。因为它们的公转周期是简单的整数比，相对位置不会有很大的变化。至于说祝融星与水星的关系，就是在水星经过近地点的时候，祝融星位于远地点。

89

不过相对于离心率在0.2左右的水星椭圆轨道，祝融星的离心率在0.1以下，更接近于圆形轨道。祝融星的公转周期约五十九日，和水星的自转周期一致。也就是说，它和水星的公转周期比例为2:3。因此祝融星每公转三圈，就会最靠近水星。而祝融星的三次公转相当于水星的一昼夜，所以此时水星总是以同一面朝向祝融星，也就是卡洛里盆地的热极，而这时的热极总处在半夜时分。

另外，祝融星的自转周期和公转周期相等，所以在最靠近的时候，同样也是以同一面朝向水星。为了协助水星地表的项目建设，在祝融星这一面的中央位置建设了基地。不过，和水星最靠近的时候，总是在正午。

祝融星的有人基地是长期性的设施。质量投射装置竣工后，管理工作也会在那里进行。质量投射装置的最佳投射时机是水星的半夜，与祝融星最靠近水星的时刻一致。也就是说，当祝融星位于水星的公转轨道外侧时，投射中的质量投射装置总是位于视线范围内。而经过最靠近点后，水星超过祝融星，祝融星进入水星的内侧，便结束管理工作。

"我总觉得很神奇……水星和祝融星的轨道数据，有明显的人工痕迹。好像是很久很久以前，有什么人出于明确的目的建设的……"

巴默忽然开口说道。他的工作好像做完了，手上也不再操作终端。秋山没回话，只是看着巴默。他不知道巴默是期待自己回答，还是单纯的自言自语。

秋山沉默不语。巴默淡然地接着说道："假如完全是偶然因素造成现在这种情况，那未免太巧了……如果说是古时候来到太阳系的外星人出于需要改造了水星，我也不会奇怪。单单水星也还好说，但祝融星的存在简直可以说是艺术……"

秋山轻轻叹了一口气，自己还是不要做出明显的反应。他觉得巴默的语气中带着一丝开玩笑的感觉，但同时也有些认真的意味。

巴默绷着脸敲了几下终端，又继续说："我试着计算了一下。利用水星的地磁力，我们也能建设投射轨道，但是效率没有直线电动机那么高。需要绕水星赤道转好几圈，才能达到水星的逃逸速度。"

秋山下意识地探出身子，半信半疑地切换终端画面，看巴默发送过来的数据。巴默说得没错，但是秋山马上发现了计算的错误。他斟酌着说："前提条件不对。水星的磁场没有这么大，最多只有这些的十分之一。这可不像你……"

"不是现在的观测数据，是距今一亿年前的推算值。不过数值并不是很确定，也可能不是一亿年前的，十亿年前也有可能。"

秋山惊讶地回头去看终端画面。这次巴默说得也没错。一般认为，在如此久远的过去，水星内核温度还很高，流动性也高，所以按照发电机理论[1]，水星的地磁场也很大。

但对秋山来说，这个话题并不容易接受。因为太过荒唐，而且理论依据也很薄弱。虽然他并不认为绝对不存在地外文明，但这未免有点异想天开了。

尽管如此，秋山也没有反驳巴默的说法。这是因为他找不出有力的反证，也可能其实是他的潜意识里支持巴默。不过他现在并不想对巴默表示赞同。因为还有很多需要确认的地方。

秋山问："如果你的假说正确，那么水星的赤道地带应该留有大规模投射轨道的痕迹。目前还没发现类似的东西。你怎么考虑这个问题？另外，关于祝融星，也有很难解释的地方。如果那种投射轨道有过实际应用，祝融星又在其中起了什么作用？管理投射出去的飞行体吗？而且祝

---

1. 发电机理论，是一个关于天体磁场的假说，人们相信地球磁场是由于地球外核中熔融铁、镍的对流以及整个行星自转的科里奥利力作用造成的。

融星真的是人造物体吗？或者，它是由未知的文明投射到目前轨道的小行星？如果是后者，又是以什么方法调整轨道的？如果外星人能进行轨道迁移，那还要投射轨道干什么？"

秋山一口气问完。这不是要反驳巴默，只是说出根本性的疑问而已。他知道这些都是很难回答的问题，但还是忍不住问了出来。因为如果不能回答这些问题，那么巴默的假说并不值得验证。

带着些许期待，秋山等待巴默的回答。但他等来的却是失望。

巴默轻描淡写地说："我不知道……"

秋山有点沮丧。但巴默却并不在意。他像闲聊般继续淡然地说道："我确实不知道该怎么寻找一亿多年前可能存在过的建筑的痕迹。你要是想到了什么好主意，说出来听听？"

这也许是在反击秋山刚才提的一连串问题。问完这个，巴默便不再说话了。他看起来倒是也没有不高兴，只是在思考什么，不想说话而已。

在单调的景色中，出现了少许阴影。正在靠近的祝融星，在阳光的照射下，闪烁着明亮的光芒。

地面车在颠簸中继续巡航。

5

最后十千米，秋山换回了手动模式。

他们离开满是车辙的道路，驶向未经修整的待勘探区域。很快，第一个待作业的陨石坑便出现在眼前。陨石坑不大，但类似外轮山[1]的部分高高凸起。

秋山的计划是在陨石坑顶部附近的裸露岩石带设置辅助测量点。航拍照片能用于粗略估计，最终的选点只能在现场确定。因为有许多问题都要现场确认，如相邻控制点间是否有障碍物、地基是否稳定等等。

他们把车停在陨石坑外围，开始着手准备。接下来只能步行。他们在气密服上装好紧急对讲机和数据通信系统，又给头盔装上夜视镜。

测量设备和对空标识只能扛过去。到预定的岩石带，一路上都是细沙铺就的斜坡，很陡，很不好走，也用不了平板车。虽然水星重力只有地球的三分之一，但还是很累人。

两个人一前一后开始爬坡。他们喘着粗气，一步步试探着往上爬。斜坡很不稳定，十分难爬，稍有疏忽就会滑下去。

他们默默往上爬。下车以后，巴默似乎有意识地避开了祝融星的话题。当然他也不是拒绝交谈，说的话和平时一样多，但绝口不提祝融星和水星轨道，所以秋山自然也不怎么说话了。他其实对巴默的假说挺感兴趣，也想进一步了解。但是尴尬的是，他没办法自己主动开口。

没花多少时间，两个人爬到了岩石带的正下方。裸露的岩石带广阔得出乎意料。航拍照片里看起来很小，实际上大了好几倍，但表面风化严重，可能就因为这样掩盖了实际的规模。

水星上几乎没有大气，但还是有风化现象。昼夜的剧烈温差导致岩石碎裂，化作细沙，再加上热极总是近距离承受太阳的直射，风化速度尤为显著。几亿年间，这些岩石或许一直在承受太阳的直射和夜间的极端低温。细沙堆积在表面，到处都是破碎的岩屑。到底能不能在这样的

---

1. 外轮山，指火山口或破火山口边缘，呈环状排列的众多山体的总称。

地方设置测量点？秋山有点担心。

但是巴默很乐观。他检查了周围的地形，用手里的工具去掉岩屑，又用锤子敲着岩石说："我觉得这里没问题。表面确实很脆，但根部很稳定，而且连接着地下的岩体，轻易不会移动。一般规模的地震影响不到它。"

等的就是这句话，于是两个人开始工作。秋山安装好测量设备，观察和周边分布的已知点之间是否有障碍物，又按照巴默的意见，在岩石上划定新的测量点。

位置确定以后，剩下的就是现场作业了。除去堆积的岩屑和细沙，用激光钻在岩石上打孔。孔的位置上亮起明亮的光芒。夜视镜探测到光芒，视线范围内的周边环境亮度下降。

每个孔上一共钻四个洞。中间的洞用来设置测量点，周围三个洞埋设反射板的支柱。秋山用动力锤打出测量点。打击产生的振动透过岩石传回来。他眼前的景象在微微摇晃，斜坡上的沙子纷纷滚落。

测量点设置完毕后，秋山开始着手试测量。不需要很高的精确度，但要确定与现有测量点之间的位置关系，这一步必不可少。在测地卫星得到对地测量结果之前，试测量的结果会被视为新测量点的坐标，所以不能马虎。

试测量的结果很快出来了。自动计算得到的坐标，显示在测量设备的屏幕上。秋山看到数据，有点泄气。数据和周围的现有测量点并不矛盾。也就是说，这个点的周边并没有出现不整合[1]现象。虽然结果和预想的不同，不过现在还不是思考它意味着什么的时候。在现场作业全部结束之前，无法得出结论。

---

1. 不整合，地层序列中两套地层之间的一种不协调的地层接触关系。

秋山收拾好测量设备，装上对空标识和激光测距仪的反射板。要从其他观测点和测地卫星测量这个点，这些都是必不可少的东西。他仔细调整了测量点的中央处和反射板，确保它们和对空标识保持一致。最后拍摄记录照片，这个点的测量作业就完成了。

然而没时间休息。同样流程的新测量点设置作业，还要再完成五次。时间拖久了，就没办法在祝融星最靠近水星之前完成。

秋山迅速收拾完，准备离开。但是巴默背对着他，并没有打算动身。巴默不停调整头盔上装的夜视镜。从动作来看，好像是在观察陨石坑的底部。

那是与他们上来时相反一面的斜坡下部。在亮度很高的祝融星映照下，可以看到类似台阶般的东西。台阶横穿陨石坑的底部，消失在构成外缘的斜面里。

所以他们看不到台阶的整体面貌，但好像不是很大。高低差大概只有三十厘米。按皱脊来说，规模未免太小了。可能是二次生成的断层。

"那是……断层吗？"秋山问。

巴默没有立刻回答，而是想了想才说："看着像，但距离有点远，不好说。如果是收缩导致的逆断层，总觉得规模太小。年代也很新，最多是一百万年前的。但水星的收缩早就结束了。"

"一百万年……"

这么新吗？秋山想。水星上到处都是被称为皱脊或者断崖的断层地形。规模大的可达五百千米，高低差甚至有三千米。

这些高低差是在水星变成现在这样的过程中形成的。水星的内核冷却收缩时，地壳变动导致了逆断层的产生。但变动发生在非常古老的年代。水星的收缩早在十亿年前就结束了。

一百万年的话，可以说是相当晚了。按照巴默的说法，这是地壳进

95

入稳定期之后才出现的。

秋山问:"这个是……那什么吗?出发前说的地壳变动的痕迹?"

秋山想起自己在轨道上发来的卫星照片中看到过类似的痕迹。附近的地形好像也有不整合现象,测量时具有无法解释的误差。误差的原因可能就是他目前看到的这种地壳变动。

秋山满怀期待地望向巴默,但对方的回答却出乎他的意料。巴默迅速否定了这个可能。因为位置不对,规模也不一样。巴默还说:"这点规模,从轨道上根本看不到"。

"现在只是祝融星的照射角度很理想,导致高低差的影子格外突出而已。过些时候就会融入周围的环境中去。虽然不敢断言,但我觉得这种地形并没有那么明显。"巴默还特意作了进一步的解释。

差点白跑一趟,秋山想。他本来的打算是只要巴默同意,他们就过去近距离调查一下。但目前看来好像没这个必要。而且还有需要设置的测量点,先得把主要任务解决掉。

秋山这么想着,决定离开陨石坑。但就在这时,巴默字斟句酌地表示,他对一个地方挺在意的,想去那边调查调查。

6

出乎意料的是那道绵延的长影,竟然是条完整的逆断层。

秋山这个非专业人士也能看出这是形成不久的断层。断面很新,简直让人以为大地刚刚裂开。看不到风化的痕迹,像是被锐利的刀刃切开似的。

"我推测，这是地壳变动的结果。可以看到断层很新。虽然在正式调查之前不能下结论，但很可能是几万年前刚刚形成的。它和水星收缩过程中形成的断层地形自然不一样。那种断层十亿年前就结束了。人们普遍认为之后的地壳都很稳定，但实际上好像还是有频繁的变动。而且从发现时的状态和生成年代的新旧来看，这种断层很可能非常普遍。"

把断层检查过一遍之后，巴默用不带感情的声音说。他的语气冷静客观，简直像是面向镜头解说。也可能他真的在录声音。

这让秋山有些焦躁。对于可能导致项目中止的重大问题，居然能用这么冷静的语气说话，仿佛和自己无关似的。秋山故意保持沉默，但巴默毫不介意，他继续说道："正如水星地表满是大大小小的陨石坑，可能也有很多地壳变动的痕迹即断层地形。如果地壳变动的频率为一千年一次，那么断层的总数将达到几百万。假设目前我们能确认的痕迹是其中的百分之一……"

"我有个问题。你说有相当数量的断层都处于未发现状态，那么发掘出来又会怎么样？难道能从残留的断层数量倒推出地震发生的频率吗？"

秋山实在忍不住，打断了巴默的话。他知道自己这么说很粗鲁，但如果不开口，巴默大概会不停说下去。秋山本以为自己的问题会让巴默不高兴，结果巴默只是一脸奇怪地反问道："不然呢？如果不进行粗略估算，今后更难把握地壳变动的情况。而且，除了定量测算断层的数量，还有什么有效的方法吗？"

"我觉得，参考卡洛里基地的地震观测记录，多少能掌握一点情况吧。基地建成之前，水星上就设有自动观测设备。虽然时间很短，不到十年，但只要可能是与地壳变动有关的动向，不论巨细都有记录。"

在这段时间里没有发生足以导致断层地形形成的剧烈地壳变动，所以并没有留下直接记录,不过不论规模大小,日常动向还是可以掌握的。虽说断层地形每隔千年形成一次,可也不至于剩下的九百九十九年一点动静都没有。

或许是能量聚集在地壳中,岩体应变[1]逐渐增大。这样想来,在控制点测量时产生的误差也得到了解释。不断聚集的能量导致地壳变形,进而使得地表的控制点发生移动。然后,当应变达到物理上限时,积累的能量一口气释放出来。这就是一千年一次的地壳变动,也是原本人们以为并不存在的浅源地震。

秋山不想和巴默争论,但至少想让巴默明白,他的想法并不现实。要仔仔细细搜索辽阔的水星地表,检查所有现存的断层,并非易事。即使调查范围限定在某一地区,也需要投入大量劳动力。

如果真的要做,把基地的常驻技术员全动员起来都不够,必须大幅增加人手,而且就算增加,肯定还是会影响到原本的业务。不过这么说来,巴默要做的事情,本来也偏离了他自己的主要工作。

秋山本想把自己的想法连同这个意思都传达给他,但巴默根本没听秋山的话。秋山还没说完,他就转过身去,开始爬沙坡。他要沿着之前的足迹,翻过陨石坑的外缘。

秋山只能追在后面。巴默目不斜视,埋头往上爬,嘴里一直说个不停,但好像并不是说给秋山听的。他在通过语音向携带的通信终端下指令。

"你要干什么!"秋山一头雾水,大喊了一声。

就在这时,第一次冲击突然爆发了。

冲击来自秋山脚下,让他的身体一歪。他慌忙站稳脚免得摔倒,然

---

[1] 应变,指在外力和非均匀温度场等因素作用下物体局部的相对变形。

而都是徒劳。沙坡迅速塌了下去。

就在秋山以为发生地震时,他的身体失去支撑,沿着斜坡滑落下去。视线在左右晃动,他慢慢倒了下去。通信机里全是杂音,还混进了斜坡崩塌的声音。

伴随着暴雨般的轰鸣声,无数沙子滚滚而落,秋山也被裹在其中往下滚。他挣扎着想调整姿势阻止下落,但毫无作用。他根本没法动弹。

下落的过程中,水平方向还在摇晃。秋山的身体被重重抛起,和斜坡撞击了好几次。接着他的眼前一片漆黑,不知道夜视镜是坏了,还是被流沙冲走了。秋山只能在黑暗中慢慢翻滚着下落。

沙子的压力越来越大,就在秋山担心这样下去要被活埋了的时候,身体终于有了反应。他胡乱地摆动手脚想摆脱流沙,但由于身穿气密服,实在没办法自由行动,只能随着流沙翻滚。

摇晃终于停了,但流沙还没有停下来,不过斜度好像平缓了一些。等到流沙终于停下来,秋山已经来不及挣脱了——停止流动的沙子在瞬间硬化。

如果身体全被埋在沙子里,靠自己是出不去的。秋山想尽力伸一条手臂出去,但也还是晚了。

刹那之间,流沙猛然坠落下去。紧接着,一切都停止了。反作用力让秋山整个身子都压到头盔上。他好像是头朝着斜坡下方停止滚落的。这个姿势实在不舒服,不过好在呼吸没有问题。

秋山想挪动手脚,却连一根手指都动不了。沙子的压力比想象中大得多,紧紧压着他。气密服是以真空状态为前提制造的,不太能承受外部的压力,只有脖子以上受头盔保护的部分勉强能动。其他部分都被硬如水泥的沙块卡住了。

有细微的声音通过覆盖身体的沙层传了过来。整个斜坡的崩塌虽然结束了，但表层好像还有沙子不断下落。这倒是让秋山略微松了一口气。他虽然整个人被埋在下面，不过似乎埋得不深，至少短时间内不至于被压死。

但是他的双手都没法活动，不可能自行挖开沙子，只能等待巴默的救援。然而想归想，巴默那边却根本联系不上。

难不成……巴默也被埋了？

想到最坏的情况，秋山打了个寒战。如果连巴默都被埋了，那就更没希望了。他要么闷死在沙子下面，要么内脏受挤压而死。由于气密服的隔热功能，他也可能被蒸死，或者冻死在零下一百摄氏度的极低温沙子中。不管哪一种，大概都不是舒服的死法。

秋山很害怕，开始呼叫巴默。既然没有埋太深，那么只要通信机没问题，应该能正常交流。想到这一点，秋山不断呼叫，然而无人应答。如果通信机没故障，那么有可能是巴默昏迷了，也可能已经死了……

秋山很自然地想到了这一点，但他马上又否定了这个想法。巴默肯定还活着，肯定在找他，一定要相信这一点。然而，他的脑海里还是不由自主地浮现了巴默埋在沙子下面的模样。

很热，汗水顺着秋山的脖子往下流。因为身体姿势很不自然，所以汗水的流向也和平时不同。生命维持装置的负荷太大，可能出了故障。热量都集中在他的头部，手脚冰凉冰凉的。

秋山感觉已经过了很长时间，不过他并不知道真正过了多久。头盔内部的显示屏已经黑了，对时间的感知也变得模糊不清。然后突然间，他听到了声音——像是脚踩在沙坡上的声音。

秋山松开皱紧的眉头，但没有太高兴，而是带着怀疑竖起了耳朵。没错，像是巴默的脚步声。距离还远，但确实在靠近。看来是在找他。

秋山屏住呼吸，等待救援。脚步声忽然停了下来，像是在另一个地方挖沙,但挖沙的声音很快也消失了。似乎巴默发现自己挖错了地方。

秋山无法动弹只能继续等待,但巴默好像越走越远。是没找到什么线索,所以在四处乱挖吗?再过一阵,连挖的动静都感觉不到了。巴默似乎放弃搜索,离开现场了。

我在这里!秋山很想放声大叫,但又怕消耗体力,只能忍着。干燥的沙子虽然可以传播声音,但传播距离非常短。胡乱喊叫,很可能让自己因为疲劳而昏迷。

巴默大概是返回地面车拿挖掘工具吧,秋山告诉自己。毕竟空手能做的事情有限。哪怕有根棍子,搜寻效率也会大幅提高。秋山只能保存体力,等待救援。

变化来得很突然。和刚才完全不同,远去的脚步声急速靠近。也许是找到有力证据,明确了秋山的所在地。虽然巴默踩在他身上,但秋山还是很开心。

接下来一气呵成。秋山的身体先被挖了出来,接着视线也慢慢变清晰。射过来的灯光刺得他目眩。巴默没有浪费时间,他抱住秋山的双腿,强行把秋山从沙子里拽了出来。

"打扰你休息了,但是这里很危险,很可能发生二次崩塌,要马上撤离。赶紧收拾器材,回车上去。"巴默着急地说。

当然,秋山不会反对。如果他俩都被埋在沙子下面,等被发现的时候可能都变成木乃伊了。秋山一边把背包里的沙子掏出来,一边飞快地说:"同意。赶快回地面车,我想把气密服脱了。"

秋山需要补充水分,再拖下去说不定要脱水。两人气喘吁吁地跑上斜坡。但在爬到裸露岩石带的时候,他们同时发出了沮丧的叹息。

地面车受损严重。岩石带上掉下的石块刚好击中了动力单元。驾驶区域的气密性也被破坏了,现在还在冒着白烟。两人目瞪口呆,哑口无言。

7

情况很严重。

地面车的动力系统被破坏，电力供应中断。虽然靠紧急电池发出了求救信号，但卡洛里基地没有应答。车载通信机没有受损，但可能是功率受限，怎么试都打不通。也许是受地震影响，无线电状态不稳定。

各个频道都充满杂音，气密服的通信机也无法使用。它和车载通信机共享线路，即使无线电状态不好，也不会屏蔽外部来电。最后他们只能忍受着无休无止的杂音干扰，去做维修工作。如果和基地联系不上，就难以应对事态变化。但现在怎么都无法和基地取得联系。

时间一分一秒过去，他们还是不知道发生了什么。

总之就是很奇怪。一开始和基地联系不上，可以认为是通信环境有问题。但这么长时间都联系不上，恐怕是连卡洛里基地都遭受了严重的损害。换句话说，可能是基地方面的原因造成了通信中断。

不管怎样，看来没办法指望卡洛里基地的救援了。他们做好了最坏的打算——步行回去。如果不走道路，沿直线走回去，十几个小时应该能到。

当然，步行期间的所有消耗品都要自己带着，不过还是能走完的。但这个选择毕竟是没有办法的办法。如果能修好地面车，那再好不过了。想到这里，秋山仔细检查了车辆的受损情况，发现并不是没有希望。

彻底修复是不可能的，低速行驶或许还行。如果开到半路不动了，剩下的路程再步行就是。不过自动驾驶对设备的负担太大，只能想办法糊弄受损的动力单元，让它强行跑起来。

伴随着剧烈的振动，地面车开始行驶。和来的时候相比，速度慢得可怜，但还是要比背着沉重的行李步行快多了，也舒服多了。虽然情况还是很糟糕，但至少不是最坏的局面。

驾驶区域的气密性也恢复了，只是无法在车内保持标准大气压。虽然紧急修理了破损部分，但气压也只能维持在平时的一半左右。尽管调高了氧气分压，但气压的差异是补不上的。

这是在不吸氧的情况下保持自由行动的极限气压，所以秋山冷得发抖。他还能坚持驾驶车辆，如果要做别的事，说不定会昏过去。

而且，由于压力低，两人都还穿着气密服。虽然没戴头盔和手套，但身体的负重没有变化。他们都很疲惫，所以几乎不再说话。

直到快要走完未经修整的地区，接近道路的时候，巴默才终于开口了。虽然只走了全部行程的一小段，不过离开未修整区，好歹也能喘口气。

巴默一边回忆着什么，一边说道："刚才的地震应该是伴随地壳变动的浅源地震。通常的地震发生在地幔和地核交界处，刚刚那场则完全不同。我们只有车辆受损，算是不幸中的万幸了。"

"如果那是所谓的一千年一次的大地震，我们居然能遇上，可以说是相当幸运。从概率上说，比彩票中头奖还难得。"秋山讥讽地说。

可巴默并不在意："一千年一次并不准确。准确来说，应该是千年一遇级别的大规模地震。但实际情况到底怎么样，没人知道。哪怕从开始无人观测的时候算起，也还不到十年。实际上可能是百年一遇、十年一遇……在我们不知道的地方，也许正在发生我们不知道的事情。"

"也可能是半年一遇哦。准确来说是一百七十六个地球日一遇。"秋山半开玩笑地说，语气里也带了几分揶揄。前面还说是千年一遇的地震，转头就变成了十年一遇。换个人也忍不住想嘲讽吧。

但巴默很认真。他一脸奇怪地问秋山："我确定一下，你说的一百七十六个地球日是指水星的一昼夜吗？还是……"

"祝融星最靠近水星的周期。还有别的什么。"

秋山本来还想继续开玩笑说"地球的半年，所以叫半公转周期"，但没有往下说。因为他发现巴默一副恍然大悟的表情，嘴里嘟囔着不明所以的句子，眼神愈发骇人。

巴默好像明白了什么。秋山听见他说了好几次"祝融星""热极"之类的词，其他的词都听不清。然后，巴默把手伸向通信终端。

可能是电力供应不稳定，终端没能正常启动。负责驾驶的秋山立刻把车停了下来。本以为这样能保持电力稳定输出，但结果还是一样。试了好几次，最后系统都宕机了。

可巴默还是不肯放弃。他用自己的个人终端进行同样的操作，似乎是继续他地震前还没有做完的事。然而这次还是不行。也许是通信环境受到阻碍，调用的数据无法显示。

"是要这个吗？"秋山说着，从门边的袋子里拿出一沓打印薄膜。

巴默瞪大了眼睛，"你……你把这些都带上了？"

"当然。谁知道现场会发生什么。打印出来也不怕停电。"

巴默没有回话，但显然是同意秋山的话。他低声道了谢，一把抢过打印薄膜，然后借着秋山打的电筒光，开始翻看内容。

起初巴默不太习惯手工计算，不过很快就掌握了窍门。他在打印薄膜的空白处奋笔写下密密麻麻的数字。看着巴默埋头工作的样子，秋山也没办法向他提问。不过其实也不用问，看着巴默写出来的数字，就能理解他的意思。手工计算很费工夫，秋山默默从堆积的打印薄膜中抽出自己的那部分，在一旁计算起来。

巴默依然保持沉默。已经不用再交流什么了。两人默默地工作着，差不多同时完成了自己的那部分。但没有结束，还需要把各自的结果整合在一起，掌握全貌。

不过对秋山来说，结果显而易见。巴默的预想是正确的。导线点的线路上并没有出现不整合现象。测量点所在的大地确实在移动，但那不是一般的测量点，而是坐标原点所在的热极基准点。

这个结论具有十分重要的意义。

在修正测量中产生的误差时，基本原则都是将坐标原点假设为不会移动的基准点。计算公式和数据处理系统，都是以此为前提建立的。因此即使原点发生偏移，也不会反映在结果中。相反地，它会把误差分配到其他测量点上，让人以为是其他所有测量点在移动。所以误差会偏向同一方向，而且如果误差处于容许范围内，通常也不会引起注意。

但秋山发现了数据中有多个误差，便断定其中存在不整合现象。他本来以为是发生误差的大地在移动，但其实是因为测量点之间的距离很大，分割了大部分误差。

因为周围没有其他测量线路，所以误差可能影响了其他区域。刚才的试测量中没发现异常也很正常。虽然看到了断层的痕迹，但目前地壳很稳定，再怎么找也未必能找到不整合的证据。

"也就是说……热极基准点周围的地壳产生了应变？如果真是这样，卡洛里基地现在就……"

秋山本想说彻底毁了，但没有说下去。就算不说，巴默肯定也想到了这个可能性。两人的计算已经整合完毕。根据整合后的结果，不难想象基地周围发生了什么。

以应变的形式积蓄在地壳中的能量一口气释放出来，其结果就是刚才的地震。震源距离基地很近。基地直接遭受地震冲击,可能受损严重。而之所以联系不上,或许就是这个原因。

当然,基地的建筑是抗震的。如果是日常规模的地震,应该足以应付。但是刚才的地震规模要大很多。虽然还不清楚详细情况,但地震发生的原因应该有根本性的差异。

"原因还是祝融星?不断靠近的祝融星,释放了积蓄在地壳中的能量?"

秋山想问的是,是不是祝融星引发了地震。他并没有确切的把握,不过以前观测到的小规模地震具有明显的周期性。每当祝融星最靠近水星的时候——也就是每隔一百七十六个地球日,水星就会进入地震频发期。

月面上也有同样的现象。月球上发生的地震即月震,以十五日为周期反复增减。月球的公转周期约为三十日,也就是公转周期的一半。

换言之,在特定的时间段,月面上会发生变化。而这个时期,地球与太阳总是处于同样的位置关系中。可能正是两个天体的潮汐力引发了月震。

这个时期发生的月震,与水星日常发生的小地震很相似。震源位置很深,释放出的能量也很小。

巴默没有回答秋山的问题。这倒并不是无视秋山,而是恰恰相反。他的嘴唇抖个不停,似乎很不耐烦。好像是要说的太多,反而不知道该怎么说了,又或者是需要解释的概念太复杂了。

秋山等待着。他也没等很长时间。巴默终于组织好了语言,重新开口。巴默的语气十分肯定,他充满自信而且毫不犹豫。

"首先确定一个事实前提。刚才的地震,我认为它的震源很浅,就发生在地壳内部。也就是说,它与日常发生的深源地震性质完全不同。

地震的能量源和发生的过程都没有共同点。因此，不能照搬月球上的深源地震，来解释刚才的地震。大部分月震都是周期性的，因而可以用太阳和地球的位置关系解释。进一步说，可能是其他天体的潮汐力导致了月震。

"但这并不能作为水星地震的参考。因为祝融星的长轴只有三十千米，对水星的影响极小。至少祝融星的潮汐力不大可能成为地震的能量源。那么，不断接近的祝融星，是不是有可能成为地震的触发器呢？能量以应变的形式积蓄在热极附近的地壳中。而那时的地壳处于非常脆弱的均衡状态中，稍有一点外力作用，就很可能引发变动。

"如果这样解释，那么就应该存在其他的大规模能量源。然而水星的地壳很稳定，没有哪种力能够引起预想的地震。那么刚才的地震到底是怎么发生的？"

巴默说到这里，略微停顿了片刻。他注视着秋山，像是观察对方的反应。但是秋山回答不了巴默的问题，只能默默地示意巴默继续说。

巴默迅速接着说道："关于这一点，我还没有明确的结论。不过，存在这样一种可能性：祝融星并没有引发地震。相反，它的存在，是为了控制地震。"

秋山怔了一下。这太出乎意料了，让他一时不能理解。他疑惑地想搞清巴默到底想说什么，但没能弄明白。

巴默淡然地继续说："换言之，水星上可能存在某种装置，能够整合频发的地震，让它们具有指向性。引发地震的能量源，毫无疑问是太阳的潮汐力。水星的公转轨道离心率很大，内部产生的应力在通过近日点时会引发许多小规模地震。

"以前水星上可能存在过获取和利用这些能量的机制。然而现在这种机制失效了，只剩下了其中一部分还在运转，也就是把地幔与地核交界处产生的地震能量,引导至地表附近的装置。

"这种装置导致了刚才那种震源位于地壳内部的地震。"

秋山没有问是谁设计了这种装置、又是为什么设计,因为他的终端接到了通信提示。他安心了一些,开始操作终端。

但巴默并没有注意。他半闭着眼睛,接着说道:"由此获得的能量,被用于驱动质量投射装置。或者是把引发地震的多余能量,通过抛射消除掉。抛射的材料堆积在环绕太阳的公转轨道上,形成了今天的祝融星……"

"祝融星发来消息。卡洛里基地受损严重,不过还能恢复,也没有出现人员伤亡,但是无法派出救援,所以需要我们自主求生。如果需要的话,他们可以帮我们把信息转发给卡洛里。有什么要联系的吗?"

秋山打断了巴默的话。但是巴默没有回答。他沉默着,像是耗尽了力气似的。看他这个样子,秋山总算放了心。巴默是个梦想家,但也是位坚强的技术员。只要回到基地,他应该就会变回原来的样子。

秋山想着,启动了功率低下的地面车。

IV

美杜莎复合体

入选2010年度《日本科幻杰作选年刊》

木星大气异常事件

1

感觉到异样的压迫感，是在主引擎即将启动的时候。

视线之外盘踞着某个巨大的物体，就在头顶上方，不用看也能感觉到它的存在。而以前之所以没感觉到，可能是因为处在木卫五的重力圈内。

作为后勤基地的木卫五，在木星系中的大小仅次于伽利略卫星群。不过即便如此，它也没有大到能够维持球形的地步，所以呈一个长轴二百五十千米左右的不规则形状。它的重力也很小，地面重力也只不过是地球上的几百分之一。

小归小，但也不能无视。穿梭机已经脱离了木卫五的重力圈，现在保持着自由落体的状态，在出发区域待命。这就是穿梭机上唯一的乘客——堂岛主任技术员感受到巨大质量的原因。

堂岛主任下意识地抬头往上看。他并不是想确认压迫感来自哪里。不用抬头看也知道，只能是木星。它是木星系的主星，也是太阳系最大的行星。其他天体都不可能。

巨大的球体占据了视线大半。近距离看到的木星，有着压倒一切的存在感。虽然相隔十万千米，但很难觉得真有那么远。木星大气湍流的纹理仿佛触手可及。

这是堂岛主任时隔半年再次亲眼看到木星。在他常驻的木卫五地表的管理楼里，基本上没有观察窗。要看外面的时候，只能通过监控摄像头和光学传感器看。肉眼看宇宙的机会并不多。

现在木卫五位于木星的白昼侧，而堂岛主任乘坐的穿梭机正位于环面不远处的区域中，所以他只能清楚看到眼前木星的北半球，透过环面看到的南半球显得很模糊。

不过分辨"地形"没有问题。木星特有的白色与褐色的条纹，一直延伸到视线之外。白色的亮条纹是高气压带，红褐色的暗条纹是低气压带。但没看到大红斑，大概不在视线之内。

即使没有大红斑，木星的景色也足够迷人了。特别是在中纬度地区的云层变化，简直有种艺术般的美。在秒速超过一百米的强风吹动下，云朵构成了各种各样的形状。大概是气压差产生的上升气流让色彩不停变化。

此外，与相邻气团之间的温度差，形成了波状的不连续面，让边界格外醒目。如果多用些时间观察，大概就能弄清气象的动态变化。

堂岛主任很想一直看下去，但时间不多了。他把视线转向赤道地区，那里的气流扰乱较少，云层的流动也很稳定，所以高气压带很宽，变化也不大，就这样一直延伸向水平线。

堂岛主任凝神望向赤道高气压带的尽头。那是这次的目的地——美杜莎复合体的施工现场，应该就在视线尽头。

木星的自转周期短，木卫五的公转周期比它稍长，结果导致应该在半周之外的目的地，跑到了这边的半球。而复合体的全长，在工程的早期阶段就达到了一百千米，条件良好的时候甚至能用肉眼看到。但目前可能是角度不好，堂岛主任还没看见。

通知关闭观察窗的警告声突然响起，倒计时已经快到最后阶段。磁场盾的强度即将从对应木卫五轨道高度的第一状态，切换到对应木星表面级别的第二状态。

随即，超导盾遮住了观察窗。如果想继续观察外面，也可以切换系统，观察窗会直接变成显示器，不过堂岛主任并不想这么做。他没那个闲工夫，时间马上要到了。

机体深处立刻传来了引擎启动的动静。稍过片刻，又传来振动和噪音。引擎的主要部件并没有安装在机体上，机内只有推进剂储罐和燃烧室。

引擎核心的动力装置设置在木卫五的地表，从那里发射出激光，照射机内的燃烧室，加热推进剂使之喷射。这样的结构比通常的化学火箭效率高，质量比更小。

这种方式叫作激光火箭，是少数几种能在木卫五周边使用的推进系统之一。木卫五的轨道距离木星太近，与微小尘埃构成的木星环重合，正是所谓的"牧羊卫星"。

轨道如此靠近木星，自然会受到强大的木星磁场影响。如果修建以直线电动机为动力的质量投射器，那么每次启动都要施加极大的外力。

而且问题不仅仅是质量投射装置。直接使用基于动力索的投射系统、太空电梯等现有技术体系，都很危险。如果一定要使用这些技术，必须修改安全标准和技术规格。这就会耗费极大的劳动力。而且除了木卫五，其他地方没有使用价值。与其在开发上投入人力和时间，还不如从现有技术中选择不容易受磁场影响的更为现实。

不过，磁场影响只是采用激光火箭的理由之一。堂岛主任乘坐的是在木卫五轨道和木星大气层之间往返的专用穿梭机。而在木星的大气层内，核聚变动力的推进系统是禁止使用的。

这不仅是为了保护木星的环境，更多的是担心连锁反应。最早的载人探测距今已经快一个世纪了，但目前木星还有很多未解之谜。如果安装核聚变引擎的宇宙飞船发生事故坠毁，很难预料到会发生什么。

堂岛主任的身体晃了一下。加速度提升得很快。他刚恢复平衡感不久，身体就被压在了座位上。加速仍在持续。实际上是在对木星系减速，但感觉上没有区别。

加速度计的数值停在3G附近，不算很大。冲入大气层时，应该会是这个数值的几倍。可是他的身体习惯了木卫五的小重力，虽然只有3G，但也很痛苦。

之所以设置成这种不高不低的加速度，是因为选择了躲避木星环的轨道。木星环虽然是由微小粒子构成的，但在环内部前进时，不能无视冲击阻力。最坏的情况下，还可能损坏机体。而且由公转轨道开始的减速也会变得很复杂。如果仅仅降低轨道速度，只会降落到距离目的地很远的位置。虽然能保持准确的轨道控制，但加速度过大的情况下，激光束会跟不上机体。为了避免这些问题，所以故意降低了引擎的功率。

但真正的理由好像还不是这些，堂岛主任心想。会不会只是为了配合工作时的重力环境？在施工现场，2.5G的高重力无处不在。施工用的器材、重型机械就不用说了，连工作人员的每一滴血都被重力死死拖住。所以现在这个设定，大概是为了让身体重新回想起这个事实吧。

原则上说，要在施工现场工作的技术员，都有义务进行肌肉强化训练。这不仅是单纯的物理训练，还要摄取肌肉增强剂、强化循环系统。因为没有足够的血压，血液到不了大脑，就会引发贫血症状。这其实已经很像改造人了，不过实际上，技术员涉足施工现场的机会很少，特别是在工程已经过半的现在，这种倾向更为明显。

因为没有人类插手，工程也会有条不紊地推进。广阔的施工现场实现了全面自动化，专业化的机器人施工机械可以完成各种细致的工作。技术员们只要在木卫五的后勤基地监控工程进展情况就行了。

换句话说，这次的情况极为特殊。毕竟技术员前往施工现场，甚至被视为不太光彩的行为。因为这种情况往往说明设计出现缺陷或施工故障等引发了意外事故。

通常来说,只要输入设计图和需求文档,工程管理系统就会有效地应用机器人。在承包工程的初期,也曾讨论过不在木卫五设置后勤基地的方案。甚至有人认为,分公司就在木卫四上,以直营方式施工也没问题。

这个意见甚至还暂时通过了,只是由于当时土木部长的反对才撤回。反对的理由是,木卫四与施工现场所在的木星表面,相距超过一百八十万千米。两者的通信时间差大到无法忽视,而且也无法做到紧急情况下的即时响应。

因此,有很多人质疑堂岛主任前往施工现场的想法。这当然不是说有人会当面反对,但当堂岛主任需要协助时,总会得到消极的回复。常驻技术员的人数有限,缺了主任技术员,很可能耽误工作。也有人据此拐弯抹角地建议他改变想法。但是堂岛主任充耳不闻。他用了相当强硬的手段,终于成功出差了。因为他有一种预感。如果继续放任事态发展,迟早会发生无法挽回的事故。

具体会发生什么,堂岛主任并不知道。正是为了调查清楚,他孤身一人前往木星。

2

征兆很久以前就出现了。

而且不止一个，所有征兆似乎都具有同样的特征。是不是因为建设中的美杜莎复合体在结构上比较脆弱？如果照这样继续建设下去，很可能发生材料变形、断裂之类的重大事故。

当然，堂岛主任也不能确定。如果真能确定，他会无条件中止工程。在准备穿梭机的这几天里，他一直在努力寻找证据，但还是没有确切答案，所以最后仍然只是一个模糊的怀疑——好像有什么地方不对。

虽说是征兆，但都是些很零碎的小事，一般不会留在正式记录里，现场也不会提交报告。不过堂岛还是听说了一些。都是很常见的情况，可以说施工现场天天都会发生。

像是特殊形状的材料因为尺寸偏差而被退货，又或者是有些消耗品由于工程管理的失误而迟迟没有使用，最终过了使用期限。虽说这些都是大规模工程中难以避免的问题，但频率似乎高于正常情况。

然而实际情况如何却不太清楚。施工现场划分为若干工区，许多公司都在参与这个项目，几乎不可能统计出明确的数据。堂岛主任只是自己看到了不少案例，但显然不太具有客观性。

尽管担心，然而也没什么别的好办法。不过就在他自己都快忘了这事的时候，突然有了转机。大约在标准时间的一周前进行了定期检查，堂岛看了检查结果，感觉以往模糊不清的想法变得清楚了。

一个意料之外的事实验证了他的判断。美杜莎复合体的结构主材上发现了不容忽视的应变，只是不太严重，至少以前的检查中并没有报告过。

然而这一发现意义重大。堂岛主任一直以来的怀疑，有了一个清晰的结果。问题的原因也许是预想之外的应力。结构主材的内部承受了不正常的力，导致产生了超出设计值的应变。

所以其他问题可能也是同样的原因。虽然检查报告没有涉及，但应变的影响有可能波及整个施工现场——部件出现尺寸差异以及部分工程的大幅延迟。

这不能置之不理。由于出现了如此明显的应变，可以认为整个施工现场的应力已经相当大了。假如只是部分变形和破损倒也罢了，但如果波及大范围，那么主体工程甚至可能丧失浮力而坠落。

这种情况让堂岛主任很有危机感。不过其他技术人员很乐观，连木卫五的事务所长也一样。他们并不相信会很快出现危急情况，认为可以继续观察事态的发展。

因为报告书中记录的检查结果并没有多严重，没必要下达改进要求或改进建议，只需继续监控就行了。具体来说，就是给结构材料上增加传感器，能随时应对状况变化即可。

而且这也只是官方的公开意见，实际上紧急度并不高。说得极端点，就是没有必须设置传感器的要求。如果认为它会影响日常作业，并且可以用其他方法代替的话，那么无视它也没关系。

综合判断来看，目前尚处于"提醒注意"的阶段，并不需要立即制定对策。如果这是"提醒"或"警告"，那就没有讨价还价的余地，必须提交应对方案，比如对应方针或过程报告等等。

但在日常的定期检查中，事态并没有那么严重。相反地，如果发生了危急情况，不管有没有检查，都会发出"警告"。危机管理体系足以应付这种程度的问题。所以其实也可以说，谁都没拿这个检查结果当回事。

检查的方法本来就很简单。由自动诊断程序根据自动测量设备收集的数据和施工记录，进行综合判断而已。和其他工作一样，检查也是全自动化的。只要没有很特殊的情况，就不会人工干预。

这样的检查可能会让人觉得没什么意义，但定期执行是义务要求。而且负责检查的是第三方的咨询公司,与甲方和施工方没有利害关系。因此检查的结果以及基于结果给出的建议等等,应该具有足够的客观性。

第三方公司很好地遵守了这一点,但反而也产生了麻烦的问题。即使没有明显的施工问题或者需要改进的地方,他们也总会不厌其烦地指出。也许他们认为,如果只是简单地完成检查,就体现不出他们的价值吧。

由于存在这样的情况,所以大家都没有把这一次的意见当成什么重大问题。就连堂岛主任提出去现场,也没有一个技术人员同意。事务所长虽然态度比较积极,但也只同意增加传感器。至于堂岛主任要求的现场调查,他始终都不赞成。

也许是因为堂岛主任奔赴现场,对工程和成本都不是好事。他出差时所需的协助工作也会成为相当大的负担。可能所长的真实想法是多一事不如少一事,不过这话确实也不能拿到台面上来讲。

最终,堂岛主任只能以大道理来说服他们。虽然没有确切证据证明会发生事故,但存在不自然的应力是无法否认的。身为技术人员,对这种情况绝不能放任不管。既然事关构造强度,如果处理失误,可能会导致无法挽回的局面。

堂岛主任也有自己的坚持。结构材料出现的应变原因尚未弄清,甚至都没掌握整体情况。美杜莎复合体是全长足有一百千米的巨大构造物,由无数结构材料复杂地组合在一起。

所以单是增加传感器,预计就会花费大量的时间。即使设置工作顺利推进,如果选点的基准不好,也得不到好的结果。在不清楚原因的情况下,还得从头再来。

但是,只要有一位熟悉现场情况的技术人员在,工作效率应该就能大幅提高。因为他能推测出哪条路径指向什么结果，并选择最合适的步骤。只要是有经验的技术人员，都会近乎本能地寻找近路。

而且，堂岛主任也并不是否定最尖端的技术。随着恶劣工作环境下建筑工程的不断增加，无人化施工技术也在飞速发展。不仅是工程的机械化和自动化，具有综合判断力的无人施工管理系统也逐渐普及。

但再怎么说，终究还是有些情况需要把人送去现场。而要说最适合这些情况的人选，堂岛主任认为，除了自己，再无他人。

这不是他在打什么算盘，而是他在冷静思考之后得出的结论。

3

进入转移轨道不到两个小时，太阳便转进了木星的阴影里。

太阳消失不见，只给化作黑暗半球的木星外缘画出金黄色光弧。日落以后，光弧依然残留着光芒，但也迅速变细失去光彩，很快连最后的残阳也消失了。

剩下的只有漫无边际的黑暗。木星的夜晚是漆黑的，不仅没有人工光源，连自然光几乎也看不到。只有偶尔在云层间出现的类似闪电的东西，但也很容易被厚厚的云层挡住。

据说条件好的时候能看见极光，但现在堂岛主任看不到类似的光芒。穿梭机总是沿赤道下降，这条轨道与极光无缘。机翼尖端的发光现象，在这个高度也是看不到的。

堂岛主任通过监控摄像头的屏幕观察机外不断变化的景色。屏幕中显示的是关闭了磁场盾的观察窗。分辨率和放大倍率都与真实景色一致，所以从感觉上说，和直接透过窗户看外面并没有区别。

但尽管如此，堂岛还是有种强烈的违和感。他不清楚原因。画面有景深，而且如果改变视线角度，视觉效果也会随之改变。画面在保证标准模式的情况下，又实现了体感变化，可还是不对劲。

堂岛说不上来具体哪里不对劲，但就是觉得有什么根本性的差异。好像越是接近于真实的影像，那种差异就越大。难道说，终究不能用机器来代替人类的感觉吗？

说不定这就是我非得去现场的真正原因……

堂岛主任忽然冒出这样的想法。工程的进展、现场状况等等，可以通过定期发来的报告文件加以了解，这其中也有影像记录。按道理说，掌握现场情况并不困难。

但这是有前提的。发送来的影像必须准确重现现场的情况，不能有任何不对劲的地方。然而现实并非如此。至少，人不能切身体会到现场的氛围。

堂岛主任停止了思考，再想下去也没有意义，没那么容易就得出结论。接下来该怎么办，只有去现场看了之后才知道。

时间过得很慢，距离进入大气层还剩下一个小时多一点。

对堂岛主任来说，这个时间略显尴尬。他虽然坐在驾驶座上，但也没什么需要做的。说他是驾驶员，倒更像是乘客。除非紧急情况，否则并不需要他来操控驾驶设备。而且驾驶台还加了锁，就算不小心碰到也不会改变设置。堂岛主任只能无所事事地挨时间。

变化发生在堂岛主任出发三个多小时之后。观察窗的显示屏上突然插入了通信文字。似乎是紧急通信，先是出现了一个表示有新讯息的符号，随即正文便被显示在了屏幕上。

堂岛主任一阵紧张，担心是不是发生了事故，不过并不是。在穿梭机抵达目的地的同时，物资运输机将会进入大气层。两者轨道不同，不至于发生撞击，但如果不做处理，穿梭机可能会受到冲击波的影响。

为了避免危险，需要修改穿梭机的轨道。确认接收这条讯息，就意味着机长同意修改轨道。为了提醒注意，通信文的最后还显示着期限倒计时。

这种情况当然不能拒绝。不管怎么说，就算他无视信息，穿梭机还是会进行轨道修改的。既然如此，还是在限制时间内回复为好。堂岛主任一边想着，一边操作通信设备。

过了不一会儿，下一条讯息来了。没有通信文，是和穿梭机的自动驾驶系统直接通信的。更新很快完成。没有任何有关新轨道的说明。堂岛主任虽然并不抱什么期待，但还是有点烦躁。

他调出轨道的最终阶段，打算确认一下，结果却大吃一惊。穿梭机进入大气层的时间直接被推到预定时间的最后一刻，转换到了避免冲击波直接冲击的轨道。这个做法可以理解，但机体所承受的加速度就会超出10G了。

这可不是开玩笑的。堂岛主任没时间详细确认减速过程，但加速度岂不是会瞬间达到15G？这个加速度搞不好会让他骨折，最坏情况下说不定会死。不管哪种结果，他的现场调查都将不得不中止。

堂岛主任甚至想：这是为了阻碍调查吗？

为了确认，他试着操作了一下，发现无法对轨道进行再次修改。驾驶系统还是锁着的，尽管能接受外部指令下的设置变动，但却拒绝驾驶员的操作。而且修改轨道使用的是激光火箭的引擎，如果没有目的地管制系统的同意，引擎则无法启动。即便是"机长"，也无法违背这个原则。

既然如此，那就只能认了。进入大气层时减少的速度差估计为每秒五十千米左右。即使以平均10G的加速度减速，也不会超过九分钟。虽然情况很严峻，但应该还是在承受范围内的。

如果做好充分的准备，应该能够渡过这一关。堂岛主任打算把一切该做的都做好。他穿好抗荷服，防止血流停滞，又微调座椅的形状，分散身体承受的荷重。尽管时间有限，不过应该还来得及。

然而还没准备完，警告声便响了起来。与此同时，信息显示画面切换成倒计时。堂岛主任以为减速已经开始了，不过并不是。这是为了修改轨道，而准备启动主引擎。

堂岛主任本想无视，但看到画面上的倒计时，又改变了想法。看来很长一段时间内加速度会很大，如果准备不够充分，说不定会被压在地板上无法动弹。他只得把身体固定到座位上。

紧接着，主引擎便启动了。这是一场漫长的轨道修改，而且迟迟没有结束。堂岛主任决定放弃其他的措施，坐等进入大气层。接下来说不定还会发生什么意料之外的事情。

他猜对了。轨道修改结束之后不久，又跳出了新的倒计时。这次是在计算冲击波到来的时间。

但是，怎么想都觉得奇怪。穿梭机虽然已经到了大气层的最上层，但这里的密度应该小到可以忽略。再大的冲击波，也不应该影响到这个高度。之所以修改轨道，不就是为了避免这种情况吗？如果现在还发出警告，那么修改轨道岂不是没有任何意义了？

果然，机体的晃动幅度很小，甚至都难以察觉。如果不知道来龙去脉，还以为是在开什么玩笑。紧接着，初期减速开始了。机体冲入了高层的稀薄大气中，速度略有下降。

机外的景色开始变红。由于选择了短时间内紧急减速的轨道，机体后方拖出的航迹并不是很长。但即使如此，航迹的核心部分也会长达两千千米。和无人驾驶的物资运输机相比，应该格外显眼。

堂岛主任这样想的时候，突然意识到一件事。他赶忙观察机外的情况。说不定可以用肉眼看到带来"冲击波"的运输机航迹。如果留下记录，就可以和其他数据比对分析。

如果真的是妨碍调查，他需要搜集相关的证据。机会只有现在。整个机体迅速被火焰包裹，很难分辨机外的景象。堂岛主任把身子探出座椅，心里想的是，不管怎么样先确认情况。

到了这时候，他才终于意识到，倒计时还在继续。画面上的数字不够明显，导致堂岛主任忘记了它的存在，但剩下的时间已经很少了。几秒钟之后，"那个时刻"便将到来。

由于一切都很突然，堂岛主任刹那间甚至没想起来这是什么倒计时。在他终于反应过来那是在倒数冲击波的到来时间时，倒计时归零了。冲击波瞬间穿透了机体。他左右摇晃起来，身体几乎要飞出去。

这才是真正的冲击。相比之下，刚才的摇晃甚至连征兆都算不上。堂岛主任在穿梭机内都能感觉得到，巨大的外力让世界摇摇欲坠。那冲击波仿佛能传到遥远的星球上。

堂岛主任重重吐了一口气。太危险了。如果在倒计时归零时，他的身体姿势稍微有点不稳定，说不定就会被冲击波推出去，然后他都来不及调整姿势，就要体验真正的减速了。

那么，刚才的轨道修改到底是怎么回事？

虽然很奇怪，但堂岛主任没时间去确认了。机体带着振动和轰鸣，开始了急速减速。

4

如果可以的话，堂岛主任很想在抵达现场之前得出结论。

是不是真有妨碍调查的行为？如果有的话，是谁？又为什么这样做？不弄清这些，就没法确定调查方针。某些情况下，甚至还要考虑是否中止调查。

因为堂岛主任是技术人员，不是搜查员。冒着危险强行调查，他既没有这个能力，也没有这个权限。就算确实存在妨碍调查的情况，但在相关体制完善之前，他也只能暂停调查。

时间还是有的，虽然不算很多。刚才抵达的运输机好像外壁过热，目前正在进行强制冷却，距离结束还要一点时间。

穿梭机停靠点只有相邻区域才有，在获得登陆许可之前，只能等着。虽然又远又暗还看不清楚，不过停靠点周围确实冒出大量白烟，像是在朝过热的机身喷射冷却物质。

堂岛主任打算利用这段时间确认情况。他将运输机和穿梭机的轨道重叠显示，模拟计算冲击波的传播，还尽量准确重现当时的气流和云层的流动。在这些基础上，判断轨道修改是否合理、冲击波的强度是否正常。

结果马上就出来了。他没有发现妨碍调查的痕迹，至少没有感觉到有人为介入的情况。如果继续保持一开始的轨道，穿梭机会受到更大的冲击。修改轨道至少能在一定程度上缓解冲击。

修改的轨道也很合理，似乎没有其他选择。修改轨道用掉的时间，某种意义上也是必需的。因为穿梭机以每秒五十千米飞速前进，要把它的轨道末端强行更改。不管怎么做，都会降低效率。

堂岛主任开始怀疑是不是自己想太多了。因为他不顾劝阻一意孤行，于是变得疑神疑鬼了，连正常情况也当成是故意妨碍他行动。

尽管有了这样的想法，但还是没能消除他的疑惑。穿梭机抵达的日期和时间都是预先通知过的。如果有误差，激光火箭不会启动，这说明轨道参数都如实通知到位了。

换句话说，可以认为，基地事先就已经知道无人运输机会出现在临近轨道。那么，为什么在穿梭机出发之前，没有给出通知呢？木卫五虽然也知道运输机的航行计划，但并没有掌握最终阶段的准确轨道。

关于这一点，还有必要进一步确认。

堂岛主任想，虽然还留有疑点，但这件事姑且先放下吧。调查还是按照预定计划进行。他虽然不清楚接下来会怎么样，但至少清楚该做什么。只要按照预定计划行动，应该会有所发现。

没等多久，穿梭机接到了登陆许可。在美杜莎复合体后方区域待命的穿梭机，迅速转入登陆状态。气囊的浮力保持不变，仅通过升力慢慢提升高度。

减速进程结束的时候，穿梭机从进入大气层状态切换到巡航状态。在高重力下支撑机体重量的，是被称为"机罩"的主翼。机罩的整体形状和构造与地球的滑翔伞相似，不过自身具有浮力。

即使如此，木星的大气本来就是由两种很轻的气体——氢气和氦气——构成的。要在这样的大气中维持浮力，只有比周围大气更轻的高热氢气。所以穿梭机的机罩，其实就是塑型的热氢气球。

密封在气囊中的氢气由辅助设备加热，增加浮力，进而让机罩自身产生升力。因此机体具有一定程度的滞空能力，但不能持续很长时间。它的设计目的是辅助着陆，所以自由度并不高。

随着高度的提升，视野逐渐开阔。木星的夜晚比较短，不过距离天亮还有一段时间。发着光的块状物体似乎是上层构造物，看着像是飘浮在黑暗深处。穿梭机朝着那淡淡的光芒飞去。

美杜莎复合体的基本形态和现在的穿梭机一样，都是混合动力滑翔伞，只是规模远超后者。虽然尚未完工，不过机罩已经完成了。因为没有足够的浮力，工程就无法继续。

最大宽度达到一百千米的巨大机罩，即使在木星的高重力下，也具有几百万吨的浮力。现在工程进入中期阶段，便是通过这些浮力的支撑，推进工厂的建设。

目前只利用了最大额定浮力的百分之十左右，不过第一期工程完工时，复合体的总重量将达到目前的数倍。悬吊在机罩下的空中工厂会在大气层上层自由飞行，从采集的氢气和氦气中提炼同位素。

同位素可以做核聚变反应堆的燃料，也可以做宇宙飞船的推进剂。第一期工程的生产量较少，运输手段也仅限于激光火箭。毕竟是第一期的工厂，重视安全性更甚于生产性。

正式运行应该是在第二期工程完工以后。到那时候，也会逐步解除运输方式的限制，还会考虑积极使用动力索与磁力推进。美杜莎复合体也被寄予厚望，人们希望它能成为这些新技术的研发基地。

而且，据说目前计划开发的二号机，具有在大气层中下降的功能。原理好像是用升力补充大气压导致的浮力丧失，通过捕捉局部的上升气流来维持高度。这是为了探测散布在大气中的同位素"矿脉"，进而更加有效地进行"开采"。

从这一点上说，木星系的开发目前正处在过渡期。堂岛主任俯瞰着施工现场，心中这样想到。开发是从伽利略卫星群等周边天体开始着手的。然而木星本体的开发至今还未开始。

因为木星有强大的地表重力、磁场、风暴，困难重重。就在不久前，在木星大气中搞工程建设还是白日做梦。不过现在已经有多项工程同步开工了。

克服各种困难，准备进入下一阶段。但是在令人眼花缭乱的技术革新中，也存在着许多陷阱，容不得疏忽大意。一旦不小心掉进去，原本进展顺利的技术革新便很可能陷入停滞。

单是停滞倒也罢了，有时甚至起了反作用。有些情况下，还得弃用刚掌握的技术体系。而堂岛主任现在要处理的问题未必这么严重，但不排除这种可能性，必须慎之又慎。

上层构造物越来越近。搭建在机罩上的宇宙港，由若干条跑道和停靠点构成。设施相当大，但也只占了机罩上面的很小一部分。

随着距离的拉近，机体的摇晃幅度也逐渐变小。因为精心设计的机罩形状稳定了周围的气流。位于机罩中央的跑道，应该维持着一定的风速。

穿梭机将机头对准上层构造物的中心附近。从这个位置看去，整座设施仿佛包裹在淡淡的光芒中。这不是为了着陆而点亮的对空标识。因为设施基本上是无人化运营，即使在黑暗中也能运作。大概是为了留下影像记录而保持的照明。但是光照不到这里的"地表"，即机罩，它只是沐浴在星星的冰冷光芒下，由于起伏不大，表面产生了一些类似阴影的东西。

跑道——正式名称为降落设施——进入了堂岛主任的眼帘。从感觉来说，和地球上的飞机降落没什么太大差别，但这里的降落设施数量很多，而且规格各不相同，长度和宽度也都有很大差异。

分配给穿梭机的唯一一条降落设施长而窄，看起来不太结实。相对而言，重型运输机使用的降落设施短而宽，看上去很牢固。这些降落设施总计建设了十条。

堂岛主任看向其中的一条。那是为轻量级运输机准备的三号降落设施，似乎不怎么使用，显得很干净。但是在施工现场发来的图片中，看不出这条和其他的有明显区别。

来现场果然是有价值的，堂岛主任想。他打算登陆以后等待天明，然后去调查三号降落设施的基础结构。这不是他临时起意，而是一开始就计划好了的。

不过在此之前还有事情要做。他想访问施工现场的管理中心，检查三号降落设施的使用情况。他用机载通信单元接上系统，正在输入访问权限的时候，系统就有了反应。

堂岛主任有点奇怪，同时稍微生出一点戒心。他只输入了姓名，系统并没有要求他输入账号和密码。也许访问会被拒绝吧？虽然堂岛主任这么想，不过系统中输出的声音里并没有显出敌意。相反，声音显得过度友好。信号声之后的人声中满是殷勤，听起来不像是同一个公司的技术人员，反而更像外包公司的社长。

"您辛苦了。我是美杜莎事务所的宫园。这次的事情麻烦您了。我第一次有幸和您一起工作，不过在高木部长那边经常听到您的名字。请多关照。"

即使接下来递出名片，堂岛主任都不觉得奇怪。到这时候，堂岛主任才意识到，这个对话本身可能就是身份验证。如果应对有误，可能会被当场视为入侵者。

不能随便回答。

5

堂岛主任委婉地试探道："抱歉，那个……宫园先生，您和高木部长……"

"部长是我的'亲生父亲'。我最初是在木卫二的建设工厂担任事务所长。从那时候算起，我与部长已经相识二十余年了。"

原来如此，堂岛主任想。这位自称宫园的人，是当年高木部长在电脑里创造的虚拟人格。类似于"私人秘书"或者"事务主任"，对于忙碌的技术人员来说，是不可或缺的辅助系统。

当年为了削减成本，在施工现场只设一名常驻技术员的情况并不少见。所以默许技术人员在属于公司的管理电脑中构建虚拟人格。

由于人格本来就建在公司电脑上，所以工程结束的时候通常都会删除。但实际上很多时候也会传送到下一个施工现场。因为构建虚拟人格要花费时间，并不是随随便便就能重建的。

不过堂岛主任听都没听过存在二十年以上的例子。虚拟人格常驻无人的施工现场本身并不罕见，但今日不同往昔，这么做的必要性正在降低。也就是说，宫园这个人格，是旧时代的遗物。

宫园的语气中满是怀念："那时候部长才三十多岁。木星系就不用说了，放眼全公司也是最年轻的所长，真是风光无限，所以每天过得又刺激又新鲜。可惜近来我们很少联系了，部长都还好吧？"

"他退休了，三个多月前。"堂岛主任若无其事地说。如果这是代替密码输入的认证程序,他很想就这样迅速完成。但是宫园的反应和他预期的相差很大。

宫园好像并不知道这件事,不停地说"怎么可能""这个年纪怎么就退休了"。堂岛主任很无奈,只能和他解释:"他有点担心自己的身体,认为土木部长的工作太繁重,承受不住。"

或许也和那件事情有关,堂岛主任心中暗想。高木部长反对将这项工程作为分公司的直属业务,并且强行推动了决策。不知道这件事与宫园的存在是不是有什么关系。

实际情况当然无从知晓,不过应该也不至于影响部长的判断吧。高木部长本来就是极其讨厌把私人情感带入工作关系的人。说他是清正廉洁,不如说是不想被扯后腿。不然的话,他也不会升到管理层。

不管怎么说,最好还是不要深入这个问题。堂岛主任也没那个兴趣。虽然不想无视宫园,但他并不想了解以前的事情。好在宫园自己也沉默不语。

忽然,他的双脚感受到了震动。穿梭机好像接触到降落设施了。因为穿梭机是保持着升力滑行的,所以震感并不强烈,但也只是一开始是这样。很快,机体便开始微微地颠簸起来。

这种颠簸让人很不舒服,而且木星本身的高重力还拖住了身体。堂岛主任以前也经历过好几次高重力下的滑行,但这样的经历还是第一次,感觉很怪异。

滑行持续了一段时间,接着突然结束。停靠点近在眼前。不远处,大型运输机正在驳接。冷却作业好像已经结束了,外壁上的白烟只剩下丝丝的几缕。

"这里的降落设施好像在设计上有问题。如果大型机体降落在相邻区域上,滑行时会产生异常振动。只是由于很少有载人机降落,所以目前问题还不是很明显。"

宫园说道。他像是忘记了刚才的事情，语气变得很生硬。不过对于调查一方来说，这才是应有的态度。堂岛主任也打算用公事公办的语气问，但可能是有些晕机，说出来的话断断续续的。

"在正式调查前，我想确认……那个，确认两点。刚才着陆的运输机，最终轨道是什么时间确定的……这是一点。还有一点……是关于三号降落设施的使用频率。"

堂岛主任费尽力气才说出这几句。他的身体状况很糟糕。滑行时的颠簸，带来的影响比想象得更为严重。单是说话就很辛苦，他知道自己此刻肯定脸色发青，只能保持安静。如果能稳定呼吸，应该可以舒服一点。

但是宫园似乎并不怎么关心，也许是预测到会发生这种情况，所以并不在乎堂岛主任的身体状况。他只是淡淡地回答问题："只有在运输机降落的时候才能知道最终轨道。因为它的机体很重，又无法自主飞行，相当于从高空轨道掉下来。如果是从木星系内部出发的航班还有可能，但刚才的出发地点是在小行星带，有太多不确定因素，很难预测。"

宫园的语气没有任何起伏，反而让人感觉很严厉。堂岛主任甚至觉得宫园是在斥责他的无知，但也只能继续听着。

宫园继续说："三号降落设施前不久停用了。因为着陆时出现会异常振动，有可能损伤机体。不过现在看来，不仅是三号降落设施，穿梭机用降落设施可能也需要封锁。因为穿梭机着陆时，跑道路面有很严重的起伏。"

"好的，谢谢。等我好一点了就开始调查，请问可以和您碰面吗？另外……请告诉我哪些作业车辆可以使用。"

这是非常单方面的请求，但更应该说是通知。宫园没有当场回答，

131

但应该不会拒绝。通信单元切换到待机模式，相当于宣布通信结束了。不过他不能浪费时间。

天就快亮了。堂岛主任希望在天亮之前休整身体，用最好的状态展开调查。高重力下的机外作业相当耗费体力。虽然他现在比刚才好了一些，但远没有彻底恢复。

穿梭机已经抵达停机区域，现在驳接的工作还在继续。确认情况之后，堂岛主任闭上了眼睛。应该趁现在小睡片刻，不然的话，疲劳可能会影响判断力。

本应该是短时间的小睡，但堂岛主任刚闭上眼睛不久，一个毫无顾忌的声音就闯了进来。是宫园，他自顾自地说："车辆准备好了。马上开始驳接。"

堂岛主任忍着困倦看了看时间，然后叹了一口气。结束通信还不到一分钟。不仅如此，距离天亮还有二十多分钟。他本想无视，但宫园却急匆匆地说："请抓紧一点。不然天就要亮了。"

这句话唤醒了堂岛主任的身体。他从宫园的话中感受到了异常的气息。随着身体渐渐充满力量，他的精神也高度紧张了起来。

6

宫园为堂岛主任提供的是木星规格的通用小型车辆。

不过其实除了这里，也没别的地方能用。而且在机罩工程结束以后，这类车辆不再被用作重型机械或测量作业车，而是成了降落设施的服务车辆，用途发生了很大的变化。

它们通常被当作自动驾驶的机器人车辆使用，但原本是由驾驶员操纵的有人设备。更准确地说，是为了从木星的大气和磁场中保护施工人员，才开发它们的。原型机的驾驶室带有气密性，不过现在的型号中已经没有了。

现在的驾驶室只是附件之一。车辆通常情况下都是无人设备，需要的时候也可以搭载驾驶单元。也就是说，驾驶员堂岛主任，也被视为自动化通用机器的部件之一。

对于这一点，堂岛主任多少有些抵触，但很快便释然了。正因为他被当作机器的一部分，所以使用起来非常方便。车辆随着四肢的动作飞驰，念头一动就有响应。他不是机器的一部分，而是和机器融为一体了。

所以，他对这类车辆传感器并不陌生。虽然基本系统和穿梭机的一样，但眼中看到的景象却格外生动。而且不仅限于视觉效果，异常激烈的风声和车轮的摩擦声都全方位地重现出来。

所有这一切都完美地联系在一起。吹过机罩的风，让堂岛主任切实感受到车辆承受的压力。随着车辆的移动，路面起伏不平，他还能清楚听到车轮旋转声的微妙变化。

他觉得自己不是躲在由护盾密切防护的封闭空间里，借助传感器窥探外面的世界，而是坐在四面通透的驾驶室中，迎着强风在天空的道路上疾驰。

"太阳马上要升起来了，请抓紧时间。"担任导航的宫园说道。

关闭自动驾驶系统是因为它有速度限制，但这也可能是宫园的谋划。他是不是想让堂岛主任体会到与世界直接联结的感觉？

也许是这个原因，宫园看起来并不打算介绍情况，只是偶尔提示一下应该朝哪个方向前进，连要去哪里好像都不想说。不过从建筑的配置来看，堂岛主任已经知道目的地了。应该是去三号降落设施的上风位，不可能是其他地方。

在施工现场，随处都能看到堂岛主任担心的结构材料上出现的应变。不过基本上都没有裸露在表面，而是位于构造物的深处。很多地方连自主型的自动测量设备都很难靠近，比如气囊内侧、机罩中心等等。

在这样的情况下，堂岛主任选择了三号降落设施。支撑该设施重量的结构材料上也有同样的应变。结构材料位于离表面相对较浅的位置，还设有开口和通道方便检修，所以增设传感器也很容易。

一般而言，降落设施的基础构造错综复杂，远不是简单的地面设施能相提并论的。比如贯穿机罩中心的结构主材，就和许多内部构造物及桁条连接在一起。机罩外膜并没有支撑力，连自重都是勉强承受的。

如果随意添加负重，机罩就会大幅度凹陷下去，无法保持形状。在如此脆弱的机罩中心，要让重型运输机能频繁着陆，结构自然十分复杂。

车辆很快停了下来。和堂岛主任预想的一样，停在距离三号降落设施东边不远的高台上。这里不是像山丘一样隆起，只是机罩上面的曲率并不固定，因而比周围更高。

所以这里视野良好，三号降落设施的全貌可以尽收眼底。天色还很暗，依稀能看到设施沉睡在黑暗之中。没有灯光，也没有对空标识，不过借助星光，也能勉强看清全貌。

没等多久，东边的天空便出现了第一缕光芒。这是堂岛主任降落后经历的第一个早晨。水平线附近刚刚亮起不久，曙光便落到了机罩上面。从这个位置看去，机罩如同辽阔的平原。

放眼望去都是毫无特征的平坦地形。三号降落设施建在机罩的一端。

堂岛主任皱起眉头。降落设施的表面出现了明暗相间的条纹图案。图案如同涌动的波浪，在设施表面移动着。

他很快就明白了条纹的来历。降落设施的表面像在翻涌着波涛，高低差很小，通常来说很难用肉眼分辨，但从低处射出的光芒强化了阴影，所以让高低差更为明显了。

堂岛主任有些不解，这里不应该存在高低差才对。降落设施的表面规格严密，十分平坦。只要荷重不超出预计，就应该不会偏离规格。如果他看到的是真实情况，那么得从根本上调整设计。

这很难令人相信，但只能接受现实。这么一来，就必须弄清产生异常振动的原因。不管怎么说，首先要准确把握现状。曙光已经照亮整个平原。

短短的时间里，光芒愈发明亮，将黑暗迅速驱散，堂岛主任眼中所见的景象正在发生戏剧性的变化。他瞪大眼睛，发现波纹不止一处，而是好几道波纹正从上风处的平原涌来。

似乎是机罩上方频繁吹过的风，让平原产生了波纹。当前阶段的美杜莎复合体，一直在迎风飞行。据说随着工程的推进，也会在不同情况下飞行，但目前还没到那个阶段。

在平原上移动的波纹，规模和间隔都不相同。它们似乎是受到风的影响，看起来与自然现象没什么区别。不同之处只在于，平原是巨大的人工构造物。

但是当波纹抵达三号降落设施的时候，情况大变。波纹流动到设施的只有一部分，其他的撞上降落设施的一边就消失了。也就是说，出现在降落设施上的波纹需要满足一定的条件。

堂岛主任有些诧异，朝相邻的降落设施望去，但是产生波纹的只有三号降落设施。即便是穿梭机专用的设施，情况也一样。平原上涌来的波纹，全都被三号降落设施吸收了。

这景象很是奇怪，可堂岛主任觉得自己好像在哪里看到过。他上学时候做过的实验，与眼前的景象重合在一起。那时候他在研究特定地形上构造物的振动。此时他想起来的是塔科马海峡吊桥的崩塌事故。

这场二十世纪发生在美国的事故，留下的录像催生了众多研究。整个过程很可怕，刚刚竣工不久的巨大公路桥，宛如生物一般扭动不已，路面出现巨大的起伏，扭动的幅度也越来越大。

这座全长一千六百米、中跨八百米的大吊桥，又被称为一英里大桥。由于风速低于设计值，所以结构上应该也没有问题。结果大桥带着附属构造物上下左右地摇晃，在刹那间崩塌，抛洒出无数部件后，掉进了海里。

整个过程可以通过视频一探究竟。学生时代的堂岛主任看完视频后很是难忘，还对一定条件下发生的共振运动和自激振动的关联性产生了兴趣。

这是促使他着手研究的直接动机。不过，堂岛主任并不清楚当时的实验和眼前发生的现象是否类似。毕竟条件相差太大。大气成分不同，传播波动的媒介也不一样。不仅如此，重力加速度也有很大差异。

尽管如此，堂岛主任还是很有把握。不断推进结构分析，应该能找出产生异常振动和应变的原因。目前线索不足，只能通过想象力来弥补了。他呼叫宫园，急匆匆地问道："这个现象……经常发生吗？"

"不清楚。这处高台没有设置定点摄像头。"

好像是有一次刚巧在黎明时分，有车辆在这里进行测量作业。那辆车的监控摄像头拍到了画面。作业持续了一天一夜，日落时也记录到了同样的现象。

知道这些就足够了。堂岛主任立刻开始工作。他并不打算检查当时的录像。一方面是他不认为能通过录像获得新的信息，更重要的是，此刻时间比什么都宝贵。虽然没有根据，但他总觉得，再不抓紧就要来不及了。

太阳已经升到了很高的地方，四下里一片明亮。短暂出现的阴影在阳光下消失得无影无踪。但波纹应该还在，只是无法用肉眼辨别而已。想到这一点，堂岛主任觉得不能坐以待毙。

他埋头工作，用极少的线索为基础，构建力学模型，对照现实情状加以修正，并不断重复这个过程。过程中有不少模型没法和现实情况保持一致，还没构建完成就被放弃了。

堂岛主任自己也知道这是偏离了正规的流程。本来应该在降落设施和平原的表面设置测地点，确认波动的实际情况。但这需要很长时间，与其如此，他更想先依靠手头的数据获得初步结果。

除了偶尔询问宫园以外，堂岛主任一直在埋头操作终端。宫园的反应很迅速，几乎不用等待就会给出他想知道的信息。宫园就像事先预测到问题似的，给出的回答简洁真实。

这似乎并不是宫园识别了堂岛主任的思维模式，而是反映了高木部长的性格。高木做事干脆利落，很讨厌暧昧不清。在这位部长手下，宫园工作了二十多年，回答得如此简洁也在情理之中。

不过，继承了高木部长风格的不只是宫园。虽然没有宫园的时间那么长，堂岛主任也在部长手下工作过，所以他们在沟通上省去了很多对话。

作为接受过同一位上司指导的人，相互理解对方的想法并不困难。宫园不需要刻意迎合堂岛主任的风格，而堂岛主任从意识到这一点开始，工作效率就飞速提升。

工作终于结束的时候，太阳已经快要落山了，不过天其实只亮了不到五个小时。堂岛主任手上获得的是当前阶段的完美模型，能合理解释降落设施表面产生的波动以及结构材料的应变。

堂岛主任将当前的情况输入模型，打算验证模型的完成度。通过模拟计算，能预测出以后的情况。但在开始模拟之前，他就已经想到会发生什么了——

如果继续这样不进行任何干涉，三号降落设施迟早会破损。承受强风的滑行路面将会被剥离，因为无法承受的自重而陷落。

就像地球上的塔科马海峡吊桥那样。

7

没过多久，与早上同样的景象又出现在眼前。

黑暗又多了几分。从那黑暗深处，几条波纹滚滚而来。堂岛主任出神地望着它们。距离得出模拟结果还要一段时间，现在也没什么其他需要做的事，也就只有看着波纹的动向了。

这是今天第二次的阴影移动，按理说应该和黎明时分的没什么大差别。虽然光线照射的角度相反，光量也不相同，但波纹的动向本身并没有变化。硬要说的话，也就是波形并不对称，所以阴影的幅度看起来有所不同。

堂岛主任是这么想的，但实际情况相当不一样。波纹本身似乎变大了，感觉阴影格外醒目。堂岛主任注意到这一点的时候，快要遗忘的紧张感卷土重来，心里一阵慌乱。

他没来由地忐忑不安,开口问道:"是不是变大了?那个……波浪纹的大小,和早上比起来的话?"

宫园没有立刻回答,而是罕见地沉默了。过了一会儿,宫园才说:"无法测算。不确定因素太多,无法确定波形。坦白地说,超出了我的能力。"

堂岛主任略有一点沮丧,不过也觉得很合理。早上和傍晚的条件有很大差异。大气的状况和云量都会让阴影发生变化,无法单纯比较波浪的大小。

虽然像是在无意识中做了修正,不过对于虚拟人格宫园来说,这似乎是他并不擅长的工作。如果要做这种事情,只能比较两者的光学影像。然而记录时的条件不同,需要进行细致的修正。

尽管堂岛主任有兴趣,但没时间真的去做。没等多久,模拟结束了。堂岛主任怀疑自己是不是看错了。显示的结果远远超出了预期,他一下子无法相信,把结果读了出来。

"十小时内,美杜莎复合体将会彻底损毁?"

他这也是读给宫园听的,但对方没什么反应。本来宫园就能直接访问,应该已经知道结果了。堂岛主任这样想着,打算换个画面,仔细看看到底为什么会得出这样的结果。

但是他的手臂重得像灌了铅,抬不起来。肌肉疲劳加上高重力,导致他现在连终端都无法操作。堂岛主任换成语音控制,下令切换到下一个画面。可他声音嘶哑,终端无法识别,他急躁地重复了好几次。

然后画面终于有了变化。和刚才的结果没有差别。美杜莎复合体将会遭受无法修复的损伤,然后坠落。而触发这一切的,正是三号降落设施的陷落。异常振动超出限制,导致基础结构崩塌。

堂岛主任心想,是自激振动吗?沿着机罩吹过的风,让三号降落设施产生长期性的振动,而它又引起内部构造物的全面崩塌。塔科马海峡吊桥发生的事情,将在数亿千米之外的木星上重现。

但三号降落设施的损毁事故,只是后续大崩塌的前兆。降落设施崩塌的残骸会掉到机罩的深处,从而引发二次灾难。提供浮力的气囊破裂,结构材料无法承受超过设计值的应力而弯曲。

而浮力的减少和一部分结构材料的破损,又会导致机罩内部产生新的应力。作为构造物的机罩无法保持平衡,将迅速彻底崩塌,随后自重超过浮力,丧失升力。

漫长的坠落就此开始。热氢气球一旦降低高度,便没有再次上升的可能。随着高度的下降,周围的气压和气温升高,气囊受到压迫,进一步失去浮力。于是只能落入木星大气的无尽深处。

如果什么都不做,十小时内就会开始崩塌。不过,还有办法补救。集中物资,尽快完成补强工程。如果能及时补强结构上的弱点,即三号降落设施,至少当下可以避免全面崩塌。

这会破坏机罩整体结构的平衡,但目前顾不了那么多。补强三号降落设施是应急措施,是用来争取时间的。等情况稳定了,再考虑全面调整结构设计也不迟。

堂岛主任确定了方案,开始做概要设计。他不打算进行详细设计和实际设计,因为没那个时间,而且现场的情况也不明确。这种做法强硬且不合规范,但现在必须以现场情况为准。

堂岛主任反复计算,寻找避免自激振动的方法。他很快就得到了答案。如果添加相当于基础结构全长的补强材料,就不会发生振动。问题在于安全率能达到多少,这种现象的未知之处太多,从常识来说,应当多加补强材料,提高安全率。

但是,补强材料太多又会导致重量过大,对下层结构造成负担,作业时间也会变长，说不定会来不及。堂岛主任犹豫了片刻，还是决定采取最有把握的方法。他针对足够的安全率，计算出必需的补强材料总量。

结果出乎意料，所需数量远超预期。堂岛主任当机立断，将所有材料改为轻型材料，希望减轻重量。这样一来，作业效率应该也会提升。轻型材料比通常的材料轻，但结构强度并不逊色。

不过轻型材料单价高，成本增加无可避免，但目前只能先不管。相比之下，更麻烦的问题在于施工现场能否调配齐全。时间也很有限，必须集中投入使用作业设备，而且不能没有规划，否则只是徒增混乱。

待解决的问题堆积如山，只能一个个处理。首先是物资。堂岛主任大致估算了必要数量，然后呼叫宫园。

"一小时内能够备齐吗？如果能在三十分钟内开始作业，剩下的稍微晚点也没关系。"

"不可能。全部搬运进来需要二十个小时。"宫园当即给出了回答。

物资的堆放场位于机罩下部，搬运需要花费很长时间。就算把轻型材料换成普通材料，结果也不会改变。堂岛主任咬住嘴唇。既然这个想法不现实，那么只能寻找别的办法。

他想不出什么新的办法，转而看向时钟。虽然时间过得比他想象得慢，但来不及思考了。堂岛主任没什么办法，甚至还考虑去联系木卫五。但这也没什么用处。单单说明目前的情况，可能就要花费不少时间。

"嗯……我有几句话想说，您有时间吗？"宫园客客气气地说。

堂岛主任有种不好的预感，因为他知道宫园想说什么。不过堂岛主任不打算忽略宫园。他用不带感情的声音指示宫园往下说。

果然，宫园说的话和他想的一样："主任可以先行撤离，我会负责完成这项工程。"

"我拒绝。我哪儿都不去。"

堂岛主任当即回答道。他其实很想大吼出来，但还是按捺住了愤怒的情绪。可宫园似乎并没有意识到他的情绪，毫不退缩，继续劝说他改变心意。

也许宫园考虑的是再拖下去，导航系统也会受损，穿梭机的激光火箭将无法启动。但堂岛主任感觉宫园催他撤离的真正原因并不在此。宫园是不是没接受十小时以内会发生大崩塌的事实？

不然的话，宫园应该不会说"我会负责"完成工程这样的话。不过想归想，堂岛主任目前没有时间去纠结这个问题。他也许能找到解决方法，线索就在宫园的话里。

如果让穿梭机在不载人的情况下起飞，不就可以减轻应力了吗？

这是堂岛主任的直觉。没必要把穿梭机发射到轨道上去，也不需要补充推进剂。只要把正在驳接停靠点的穿梭机发射到大气层就行了。穿梭机很快就会失速坠落，而这就减轻了停靠点的荷重。

堂岛主任重新进行模拟，计算它的影响。结果不太理想。穿梭机这点重量，似乎无法带来很大的影响，只是稍微延迟了一点崩塌的时间。

但还没有结束。堂岛主任考虑把刚刚着陆的无人运输机也同样丢弃掉。虽然不像穿梭机那么简单，但总有方法。而它的影响明显大于穿梭机，因为上面还装载着大量重物。剩余的时间差不多翻倍了。

就差一点了。堂岛主任假设不光是运输机和穿梭机，把能动的重物也都丢掉。结果十分喜人。预想的剩余时间按最保守的估算都超过了六十小时。而最乐观的估算干脆没显示结果。

如果丢掉所有的重物，甚至有可能在不施工的情况下避免崩塌。但堂岛主任不想碰运气。他重新命令宫园执行丢弃作业。

宫园虽然接受了指令，但还是很不情愿地说："如果放弃了穿梭机，您就无法返回木卫五了。"

宫园好像还是认为堂岛主任应该乘坐穿梭机撤离，但是堂岛主任并不想这么做。现在是要在没有正式设计图纸的情况下进行突击作业，如果没有经验丰富的技术人员驻扎现场，用脚趾头都能想到，必然会有各种问题。

如果要按照他的预想完成工程，那么只能在现场监工。虽然他也认可宫园的优秀，但和人不一样。宫园不够灵活，也不能随机应变，不能代替他。

虽然有这样的想法，但堂岛主任并不想解释。就算说了，估计宫园也无法理解。反过来说，如果宫园能理解的话，也就不需要说明了。但他有一句话却是不得不说。

"高木部长还是所长的时候，做过这样的选择吗？你不觉得，他越是知道危险，越会留在现场吗？"

宫园沉默了。接着，画面上显示出两个倒计时。是准备发射运输机和穿梭机的倒计时。这是宫园的回答，他好像明白了。倒计时在一点一点减少。

堂岛主任忽然发现自己的视线无法从倒计时上移开，尽管他没有这个意识，但总感觉像是在叩问自己的决心。堂岛主任告诉自己，已经不能后退了。就在他准备再度开始作业的时候，宫园忽然说话了：

"那个……高木部长是不是去世了？"

他察觉到了啊，堂岛主任想。不过这也并不让人惊讶。高木部长是公认的能人，本来也不可能丢下宫园直接退休，所以宫园自然会想到是发生了某种意外。

堂岛主任斟酌着说："详细情况我也不太清楚，据说他是退休后不久，身体情况便急剧恶化了。我也不是要故意瞒着你……"

因为是高木部长退休后的情况，堂岛主任不想乱说，不过他也不想说这么多。其实这不是真正的原因。有些虚拟人格在自己曾经的上司死亡或者退休的时候，会自动启动删除程序。

宫园似乎没有安装那样的程序，但以后也有可能自我删除，所以沟通时要小心。如果宫园现在决定自我删除，那么就算摆脱了当下的危机，工程也很可能陷入停滞。

堂岛主任试探着说："如果要问我个人的想法，我还是希望今后能得到宫园先生的协助。"

"不必担心。在这里的工程结束之前，我会继续和以前一样工作。当然，这也得看公司方面是否同意。"

振动从脚下传来。稍过片刻，又传来轰鸣声。倒计时归零了。无人的穿梭机好像起飞了。这也让堂岛主任没来得及回话。

不过，不用着急。

堂岛主任想。可以稍后再向宫园发出邀请，请他作为自己的个人"事务主任"或者"私人秘书"。虽然要花时间确认"人格"，但也只能这样了。

轰鸣声起初很响，后来迅速变弱。堂岛主任一边听着那个声音，一边重新开始了中断的作业。工作堆积如山，而且大部分都是不能拖延的。

但堂岛主任并不慌张。有宫园和自己联手，他感觉任何困难都可以克服。

V

灼热的维纳斯

金星高空雷击事件

1

可见光模式下的金星地表，全都是无机质的石块。

无序堆积的岩屑无限延伸，直到视线尽头。这里的熔岩台地好像是在较新的时代里形成的。岩屑看着像被随便扔出去，不过却隐约带有一定的方向。大约是熔岩流动时留下的痕迹。

这些特征就算不是地质学者也看得出来。如果仔细搜寻周围，或许还能找到记录了台地历史的证据。但可见光下的能见区域很有限，在驾驶座上只能看到整个台地的极小一部分。

绵延的岩屑在一百米开外断掉了。再往前的景象模糊不清，像是有雾似的。但那既不是雾，也不是霾。金星地表非常干燥，很少出现天气变化。

那只是因为浓密的大气降低了透明度，遮挡了视线。如果是与雷达联动的中距传感器，可视区域能拓展到金平线附近。但近距离的分辨率会比较低，有时候连近处直径一米的石块都看不到，所以作业时经常选择可见光模式。毕竟施工不需要看得太远，只需睁大眼睛，观察石头的质地，进而感受车体的振动，以及履带碾过岩石的声音。

现场情况很棘手啊，通用型推土机维修技师埴田想。石头看上去很普通，但也不能掉以轻心，里面可能隐藏着很大的陷阱。如果贸然把推土机开过去，说不定会伤到推土板。

是不是应该小心一点，先用破碎镐把石头挖出来，再用推土机平整地面呢？虽然埴田担心工期延迟，但也有不能着急的时候。与其一味追求速度，还是选择合适的方法更稳妥。

于是，埴田切换了监视器的画面。他在投影到驾驶座周围的可见光模式三维影像上，仅叠加了竣工后的预想地形图，所以图上没有显示建筑物、行车通道等未来计划建设的附属工程。

这只是土建的简单影像，不过记录了地质勘探的结果。因为这个工区的大部分工程都是挖掘工程，不了解地下的情况，就无法施工。

但埴田也不想无条件相信调查结果，不然就不会特意跑到现场来了。虽说大部分工作确实都是自动化机器完成的，技术人员基本上不需要离开办公室，但埴田更相信自己的感觉。

他迅速掌握工程的整体情况，计算出所需工时。又根据估算的工程量和能投入使用的重型设备的性能，计算出需要多长时间才能完工。在新工区开始作业前，基本都是这些流程。

正式的工程计划表由甲方的技术人员制作完成，埴田作为承包方自然要按计划施工，更何况这也不是他这个维修技师可以插手关心的。尽管如此，埴田还是有着自己的想法。

如果工程计划表很不合理，他会当场指出。这是为了保护他负责维护的建设重机，所以绝不会客气。明知不合理还要遵守计划表，才是给将来埋下隐患。正因为深知这一点，所以他从不妥协。

估算很快完成，埴田舒了一口气。工程本身很简单，就算用挖斗好像也能在工期内完成。随着工程进行，岩石的质地也会有变化，所以不妨估计得乐观些。接下来就该考虑如何制定建设重机的维护计划了。

不过埴田忽然皱起眉头，停止了思考。他觉得有些不对劲，好像听到了奇怪的声音。不是重型工程车辆的引擎声，也不是作业时的声音，更不像是从其他工区传来的噪音。

他不清楚具体情况，不过和施工的声音好像不一样。那么只可能是自然现象了，但埴田也不敢确定。金星地表上没有风，也不存在流动的水。虽然很平静，但随着高度提升，大气状况也会骤变。

五万米高空以上是含有浓硫酸的厚云。在那个高度，秒速一百千米以上的狂风呼啸不停。而项目的主要建筑体"风筝"，都快触到云层的底部了。

埴田带着隐约的慌乱抬头望天。随即他便意识到，即使抬头也看不到上空的情况。天窗狭小的驾驶座并不是极其坚固的耐压构造。

从某种意义上说，金星地表的作业环境和深海相似。九十个大气压的巨大压力，相当于地球上九百米深的海底。缺乏气象变化也让人联想到深海，但是这里的气温超过四百摄氏度。

为了在这么恶劣的环境下保护施工人员，载人驾驶单元的强度可以同深海勘探船媲美，很多技术都是通用的。所以在这种条件下，除非上空发生了爆炸，否则不会有奇怪的声音传进来。

想到这里，埴田打算忽视奇怪的感觉。但就在这时候，他又听到了同样的声音。这次听得很清楚。没错，好像是从五万米的高空传来的。

是雷鸣？

埴田的担心挥之不去。他将影像切换到长距离模式，与雷达联动的监控系统，透过浓密的大气，让周围的景象浮现出来。可视范围迅速扩大，仿佛雾气消散了一般。

一开始出现的是杂乱无章的临时建筑群。轨道穿梭机的起落设施、建设重机的维护基地逐一显现，还有建筑群深处的地面设施核心——能源工厂。

项目完成之后，工厂将会利用高空与地表的温度差进行发电。工厂的本体尚未开工，不过若干附属设施的建设工程进展顺利。特别是流体的高压输送管道，已经铺设完成百分之八十了。当"风筝"抵达预定高度后，安装工作会变得很困难，所以工程采取了追随"风筝"，逐渐向空中延伸的方法。

地面上的高压输送基地也同为"风筝"的控制设施。随着可视范围的展开，竣工建筑的全貌变得清晰可见。向上空伸展的二十条系泊缆索，是控制设施最大的特征。

对埴田来说，这幅景象早该司空见惯了。但他不管看到多少次，都会产生新的感动。微微倾斜的系泊缆索，与以往一样伫立着，就像牢牢扎根在大地上，一动不动。

系泊缆索笔直向上的形状，让他想到支撑天空的巨型列柱。埴田的视线随着头顶上的列柱继续上升，柱子的顶端悬浮着巨大的圆盘状物体，那就是"风筝"的本体。

现在的高度应该在四万米左右，不过影像无视了大气的透明度，因而无法把握距离。如果不是看不到系泊缆索的尽头，还会有种近在咫尺的错觉。

"风筝"看上去没有异常。虽然画面分辨率不太高，但"风筝"的悬浮状态似乎很稳定，至少没有看到雷击的影响。然而埴田还是不放心，他有种莫名的担忧，无法挪开自己的视线。

过了一会儿，奇怪的声音消失了。没有任何变化，通信机也保持着沉默，没有紧急联络的迹象。埴田终于放心了，但还是不能大意。金星漫长的一天才刚刚开始。

这里的白天相当于地球的几个月。上层大气温度不断上升，状态很不稳定。虽然采取了防雷击的措施，但气象变化很难完全预测，说不定什么时候就会发生出乎意料的事情。

埴田感受到的危险，在几小时后变成了现实。他在现场作业的时候，事态正在急剧恶化，但消息并没有及时通知给他。

谁也没想到，填田会参与解决万米上空发生的事故。

2

第一次事故通知发来的时候，填田还在现场。他的工作地点本来是在施工现场附近的维护基地，不过长时间驻守现场的情况也不少。

因为这就是填田的工作风格。工程中需要的重型工程车辆都可以自动运行，即使出现故障，也能通过远程操作确定大部分原因。出现紧急情况时，不仅可以在维护基地处理，位于金星同步轨道的后勤基地也能处理。

通用型推土机维修技师这种"高价"的技术人员，完全没必要去现场，但填田坚持亲手操作。只要有点时间，他就会来到现场，听听引擎的轰鸣声。他喜欢通过这样的方式，亲身感受设备的状况。当然，在维护基地内部，也能重现出与施工现场完全一致的作业环境，没必要专门前往暗含危险的现场。更合理的做法应该是规避风险，但填田还是坚持要去。

不过这次坏就坏在他去了现场。轨道上的后勤基地——1270空间站的值班人员，负责向相关人员通报事故信息。值班人员不仅要统一管理信息，还要在正式的救援体系建立前采取应急措施。所以虽然只是临时性的，但值班人员要对危机处理负全责。因此，他们要判断准确，且处理得当。

在接收到事故消息的同时，值班人员就预计事态会很难控制。于是，他将自己和"风筝"常驻技术人员交流的内容，同步发送给分布在金星地表的各个基地。也就是说，地表基地能够实时旁听交流的内容。这种做法本身没有问题，但值班人员并不知道统管重型工程车辆的埴田不在基地内。

所以埴田没能第一时间得到消息。在值班人员联系他之前，同一基地的其他技术人员给他发送了通信内容，他这才知道发生了事故。他不知道详细情况，但值班人员并不知道他没收到此前的通报，自然没有向他解释，而是直接问起现在有多少重型工程车辆能在应急工程中投入使用。

可是，这个问题很难回答。埴田不知道在哪里用、用来做什么，也就无法给出答案。如果随便给个数据，那就是乱来了，说不定还会落下把柄，让他进退两难无法收场。想到这里，埴田反过来提出自己的疑问，但值班人员并没有回答。而且，可能正是埴田的反问让对方以为他不想配合，于是直接下令让埴田停止作业，马上采取应急措施。这样一来，目前的作业必须全部无条件停止，并且所有重型工程车辆都要拖回维护基地待命，直到另有指示。

这个指令很不合理，但埴田只能听从。他没有其他的选择，只好通过远程操作输入待机指令。刹那间，除了埴田乘坐的重型工程车辆，绝大部分重型工程车辆都停止作业了，相邻工区的机械也停了。虽然有不少重型工程车辆无法直接看到，但埴田能在远程管理界面看到它们的情况。

埴田仿佛感觉到那些重型工程车辆正疑惑地四下张望，想确定刚才的指令是否有误。这不是他带入感情把机械拟人化了，在埴田看来，情况就是这样。

重型工程车辆很快停止作业。它们迅速改变队形，收好作业状态的机械臂和机械刃，切换为自动驾驶模式，随后井然有序地驶向维护基地。虽然它们的尺寸、用途、外形各不相同，但动作却整齐划一。毕竟控制中枢掌握在埴田手里。他并不是强行推行自己的工作方式。只要给每一台都选择最合适的方法，动作自然会慢慢变得相似起来。

重型工程车辆组成车队开始返程。相邻工区的机械也陆续汇合进来，一起驶入同一条临时道路。机械的规格各不相同，却产生出了一种很自然的秩序感。

危机处理体系是不是有不完善的地方？

看着重型工程车辆群宛如训练有素的军队般缓缓前进，埴田陷入沉思。统管金星地表所有工程的管理部门，处在距离现场很远的轨道上。而现场到底发生了什么，他们恐怕一无所知。

虽然有紧急通信线路，但远远谈不上沟通顺畅。如果是开发计划的初期阶段，只能把基地设在轨道上倒也罢了，但目前地面上已经建成了好几座永久性的建筑。虽然轨道上的值班人员似乎很积极，但还是难以抵消物理上的距离。他们不仅不了解施工现场的实际情况，可能也没掌握事故的详细状况。如此一来，就算请求派遣救灾队都可能无法应对。

埴田对此倍感困惑。他遵照指示停止了所有的作业，但不知道接下来该干什么。他和值班人员联系的线路畅通无阻，却没有收到任何新的消息。对方没有给出救灾的具体步骤，不管他问什么，都只回答说"目前正在研究，后续会下达指示"。总而言之，没有任何确切的信息。

可在这种情况下，植田无法保证能迅速应对后续命令。长时间待机会给引擎带来很大的负担，因为重新启动又要花费很长时间，所以只能让引擎保持怠速状态。这种状态持续的时间太长，弄不好会出现热失控现象。为了避免这种情况，必须强制性冷却引擎，但金星地表是高温高压环境，如果方法不对，反而可能损坏引擎。

正因为这样，埴田才希望确定优先顺序。如果知道设备的使用顺序，就可以考虑相应的安排。现在不知道要做什么，只让他待命，根本来不及应对。

埴田在几小时前的担忧正在化为焦躁。他抓住断断续续的交流机会，把之前的不满一口气倾吐出来，对只把重型工程车辆视为消耗品的甲方表达了自己的真实想法。

埴田说道："为防万一，我要强调的是，适配金星环境的重型工程车辆价格很高，而且是定制生产的单台设备，一旦损坏就没有替代品，整个工区都将陷入'停工'状态。那就不好收场了。"

埴田下意识地压低了声音。他并不想威胁对方，而且他也不觉得对方会对自己的话有所触动。即使下达的不恰当指令造成了经济上的损失，值班人员也不会被追究责任。至少不可能让个人承受经济损失，一般都是作为承包商的埴田公司承受。所以埴田的话除了抱怨，并没有什么意义，也就比忍气吞声稍微好一点罢了。

但他还是忍不住要抱怨。埴田搭乘的重型通用推土机停在维护基地的附近，后面跟着大量重型工程车辆组成的车队。这些为了本项目开发的重型工程车辆，每一台都倾注了心血。

埴田不想失去任何一台设备。不管发生什么，他都想顺利完成工程，也想尽量避免接下来的行动。他不清楚事故的详情，但认为还不至于使用重型工程车辆。估计那些人就是把现场搞得一团糟，哪怕什么都没发生，最后再下一个解除待命的指令吧。应对紧急事态固然很重要，但毫无成本意识的待命指令也着实让人头疼。这样既浪费宝贵的时间，又没有任何意义。

埴田精心打造的这些重型工程车辆群，由于用途特殊，制造单价高得吓人。而且又在恶劣环境下超负荷使用，机械的寿命也很短，所以单位时间的使用成本非常高。换句话说，仅仅为了维护而转入自动驾驶模式，就已经产生不小的成本了。当然，埴田把重型工程车辆群视为自己的孩子，比较抵触从经济层面评价的做法。但为了让甲方的负责人理解，从成本方面解释是最方便的。

然而现实情况是，很少有人能认识到这一点，就算理解，也很难期待对方能为此多做考虑，所以不管说什么都没用。但埴田不想忍气吞声，因为保持沉默等同于屈从。对埴田来说，这无异于抹杀重型工程车辆的价值。就算被人当作是爱抱怨的家伙，他也会抓住一切机会反复强调自己的观点。

值班人员没有马上回答。也许是高空有雷云，通信机里传出了断断续续的杂音。刚才的一番话应该传过去了，因为如果通信中发生错误，报警指示灯会亮。

不过对方好像也不是故意无视。虽然没有声音传来，但事故似乎导致轨道上的后勤基地一片混乱，让他们没工夫认真对待埴田这番不是抱怨的话。

埴田想，要不他不发语音，干脆发文字吧。他不需要输入文字，只要正常说话，通信机内置的程序会自动把语音转换成文字。

接收时也一样，系统把发来的文字重新转换为语音。这样和语音通话没有区别，也不会有杂音干扰，但会给通信系统增加负担。通常来说，自动化的重型工程车辆上没有搭载这种大型系统。有时候系统承受不了负荷，还会无法准确传达对话，处理不了的通信文会溢出，只留下相应的记录，很容易导致纠纷。

所以平时一般倾向于避免使用这种方式，不过在目前的情况下，这样反而更为合适。即使将通信文设置为语音输出，对方的显示器屏幕上也会显示填田的话。虽然不指望对方能够坦诚相待,但填田希望至少能让他们有个印象。

想到这里,填田正打算告知对方自己要切换设置时,对方的声音却传了过来。

值班人员用公事公办的语气说:"抱歉,我刚刚收到了事故的详细报告。因为没时间单独说明,所以我直接把数据发给你了。对事故的相关问题,请询问1270空间站的值班人员。此外,之后的通信模式请设置为文本式的数据通信。我明白这会给重型工程车辆搭载的通信系统造成负担,但没有记录的话,通信可能会有遗漏。"

被抢先了。

填田忍不住苦笑起来。这位值班人员好像很厉害,看出填田是个唠叨的人,于是抢先采取了避免扯皮的方法。而且对方还暗示了通信遗漏的可能性,轻描淡写地略过了填田的施压。

对方的回答是在用一种委婉的方式表示,自己不是无视填田,可也不想采取具体的行动措施。这个人听声音似乎很年轻,但显然很擅长和人打交道。如果是中央政府派来的技术官僚,那可真是很厉害了。

填田一边推测对方是什么人物,一边操作通信终端。切换设置就能看到对方的生物数据,这样就能大致了解对方的简单信息。

数据立刻显示出来,但是上面的内容让填田很疑惑。

梶山沙织……是个女人?

是他疏忽了。对方的声音是有点高,感觉有些中性,但填田以为那是空气中含有氦气的缘故。对方一开始应该报过姓氏,但他没有问全名。而且他太先入为主了。女作业员本身就很少,做到管理职位的更是从没见过。

"差点忘了,感谢您刚才的重要建议。请您放心,我们不会给贵公司添麻烦。我们会以此为前提全力开展救援,拜托了。"

通信机再次传来话语声。这个回答也出乎埴田的意料。她在留下通信记录的状态下,接受了埴田的要求。官僚中多得是推卸责任的人物,这位的表现太少见了。

或许只是她经验不足?

埴田生出了这样的念头,不过并没有下结论。现在不是考虑这个的时候,他忙着确认发送来的事故数据。

3

这是出人意料的大事故。

升力模块从建设中的"风筝"上脱落,正载着几名施工人员在空中飘荡。模块没有自主航行能力,而且由于风力太强,很难重新固定,一度还有坠落的危险。不过应急处理起了效果,目前还能维持。

但情况不容乐观。随着时间的流逝,模块的高度正在下降,迟早要迫降。可升力模块不仅没有自主飞行能力,连着陆时必不可缺的降落装置都没有。

"风筝"的升力模块建造完毕后,从临时搭建的滑翔台离地升空。但现在滑翔台已经撤掉了,因为模块已经平安离地,所以那些设备没用了。在这样的状况下迫降,升力模块很可能因无法承受自重而损坏。

一旦升力模块损坏,施工人员所在的气密区域自然也保不住。而且在此之前,还要考虑他们能不能撑得住超过四百摄氏度高温和九十个大气压的恶劣环境。

模块的设计标准是"风筝"从接近地表的低空，达到最终高度（即升入高层大气）的这段时间内，能持续产生升力。但是，升力模块受损严重，已经无法自主维持高度了，当然也不能指望它承受过大的负荷。

但问题在于，为什么不惜冒险，也要让这种工程结束后就会被回收的临时结构迫降呢？应该没必要让飘浮的构造物停下来，营救施工人员才是最重要的。

埴田陷入沉思。这类构造物上，一般都配有紧急逃生装置。发生重大事故时，施工人员可以用它降落到地面。对于金星地表的标准环境来说，用来搭乘人员的逃生胶囊应该足够结实。即使气流导致着陆地点偏离，也有相应的救援机制。如果降落在高原地区，二十四小时内应该就能回收胶囊。哪怕是环境更为恶劣的低洼地带，也不会有什么问题。

搜索和回收虽然要花费一些时间，但胶囊内部能维持足够的生存环境。不管怎么考虑，都没有道理让受损的构造体迫降。埴田想不明白，于是又看了发过来的文件，然后不禁轻喊了一声：

"这是……"

他一下子不敢相信自己的眼睛，又重看了好几遍。他没看错，情况比想象的还要严重。如果不采取任何措施，整个金星开发项目都会受到毁灭性的打击……

起因是很小的事故。

飘浮建设中的"风筝"本体遭遇了雷击。那时候，机体正系泊在中间层的最上部，也就是约四万米的高空上。

周边天空的云底很高，没有观测到雷云，所以没采取应对雷击的警戒措施，等注意到问题时，已经来不及了。他们确实观测到了冲击和异响，但都没到人体可以感觉到的程度。虽然"风筝"正处于施工阶段，但结构太大，监控不可能遍布每个角落。

正因为"风筝"如此巨大，所以即使在地面工程结束开始上浮的时候，也很难掌握它的全貌。现在也不是"风筝"的最终状态，不过它本身的直径已经超过了十千米。

而且，随着高度的上升，它的形状也在随时发生变化。就算是常驻的技术人员，也很难极早发现异常。于是，技术人员忽略了雷击造成的损伤，而这又导致事态恶化。

当时的"风筝"正在进行升力模块的更换工程。只要达到最终高度，汇入超高速大气环流中，"风筝"就可以不依靠辅助动力，保持稳定的自主飘浮。

但是，"风筝"从地表附近上升，飞跃中间层，到达云层中最终高度的这段时间里，必须悬吊在升力模块上，否则本体将因无法获得足够的浮力而坠落。并且随着高度的上升，所需的升力也有很大不同，因此必须根据工程的进度，更换升力模块。

脱落的升力模块，是用来弥补中间层所需升力的。随着构造物本体的上升，它应该结束任务，被拆除下来，以便开展飘浮作业的最终阶段。但它的脱落时间比预定的早了。

尽管目前还没有开展正式调查，不过事故的原因似乎是雷电击中了连接处的金属。纵然有避雷系统，但不足以保护结构复杂的巨大构造物。所以升力模块脱落后，高度会逐渐下降。

失去了升力辅助的"风筝"自然面临着危机。不过对此已经采取了预先制定的紧急措施，启动紧急提高升力系统，弥补了浮力的不足。

此外，还采取了提升"风筝"自身浮力、减轻重量的措施。把储存在气囊中的高分子化合物释放出来，在"风筝"内部空间积蓄氧气。事故发生后，立刻全功率运转二氧化碳还原设备。

金星的大气中，大部分都是二氧化碳。用地球的大气成分填充本体，可以在金星大气中产生足够的浮力。"风筝"内部的广阔居住空间可以发挥升力气室的功能，而且"风筝"上面还建设了大规模的化学工厂，为的是从大气的二氧化碳中提取氧气，在产生浮力的同时完善居住环境。不仅如此，化工厂还会加工生成大量的高分子化合物。

这一次是把所有功能都运转起来，克服"风筝"的危机。

除了危机管理成员外，所有人员和重要设备都开始疏散。虽然轨道穿梭机的港口尚未开工，但与地表的联络轨道在整个工程期间都可使用。事故并没有影响到轨道和系泊缆索，所以人们一开始也没有觉得有什么严重的问题。

"风筝"正如其名，和风筝一样迎风获得升力。不过它在结构上更接近于系泊气球，内部具有巨大的气室和气囊。通常来说，这些气室和气囊所产生的浮力便足以支撑自重。

但是"风筝"也像系泊气球一样，同时又利用了风产生的升力来保持稳定。精心设置的十八条系泊缆索，能通过改变张力，控制"风筝"的形态，令"风筝"的本体在强风下也能维持一定的形态。

因为系泊缆索能把"风筝"牵引到迎风处。原理很简单：将风力强度导致的升力变化，与系泊缆索的张力相配合，从而牵引"风筝"。这足以保证"风筝"的稳定性。按照设计，即使位于秒速超过一百米的超高速大气环流中心，"风筝"应该也能长期停留在地面基地的上空。无论气流如何紊乱，它也能保持稳定。

如果只有一根系泊缆索，就无法控制风力的影响，本体很容易飘到下风处，就像被强风吹倒那样。在某些情况下，"风筝"说不定还会从气流中脱出后坠落。

系泊缆索的形态控制系统还有其他的优点。让倾角尽量保持垂直状态,可以缩短缆索的长度。这一点很重要。因为这能减轻缆索的重量,提高强度。

"风筝"系泊在金星赤道附近的阿佛洛狄忒大陆的山岳地带。与高度中等的平原地带相比,这里更接近天空,不过竣工时的系泊缆索长度(含预留长度在内)依然超过六万米。

但是,如果没有姿态控制系统,缆索长度加倍也不够。系统的存在使得工程规模缩小,也削减了成本,还减轻了竣工后的维护费用。

然而这次事故中,系统却遭遇了意料之外的情况。引发事故的雷云不断下降,最终包裹了"风筝"。然而系泊缆索的剩余长度不够,无法让"风筝"移动到下风处躲避雷云。

当然,随着工程的推进,系泊缆索的长度也会增加,但现在没到那个时候。缆索的长度不够,导致难以摆脱当下的危机。不断拓展的雷云吞没了"风筝",无路可逃的本体只能听天由命地飘浮在其中。

情况不可能自然好转,光是维持现状已经竭尽全力了。稍有不慎,升力就会大大降低。到那时候,"风筝"必然下坠,而且无法恢复浮力。"风筝"越是下降,气压就越大,最终被压垮。

现实情况还比预想的更糟糕。一部分系泊缆索松了,张力也在下降,导致"风筝"无法保持稳定,变得难以控制。这更加速了情况的恶化。

被气流吞没的"风筝"剧烈摇摆,给系泊缆索施加了不均匀的力。如果不能尽快稳定下来,系泊缆索早晚会断裂。摆脱了系泊缆索重量的"风筝"将开始飘浮,断裂的系泊缆索则会掉到地上。

那将是比单纯的坠落更为严重的灾难。坠落的系泊缆索会化作巨大的鞭子,摧毁地上的建筑。它从四万米高空坠落下来,顶端的速度将超过音速。它带来的冲击波会在鞭子抽打之前先蹂躏地面。

和这种情况相比,"风筝"的坠落就像是软着陆一样无害。它的体积虽然很大，但没什么破坏力。相比起足以摧毁地形的冲击波，它的坠落大概不会带来什么损坏。

事态十分紧急。解决办法只有一个：增加"风筝"的升力，让它保持稳定的飘浮姿态。具体来说，就是回收脱落的升力模块，抢修之后重新连接到"风筝"本体上去。

时间很紧迫。上空的"风筝"上，情况瞬息万变。雷电还在持续打击致命部位，引发了一场本来不可能发生的火灾。坏事都堆在一起了。为了减轻重量而储存的氧气，在雷电的冲击下泄露到了居住空间里。

发现局部区域氧气分压上升的时候，已经来不及了。第二次雷击之后，落雷点附近便开始冒烟。一场本不可能发生的火灾发生了。建筑材料都是不可燃的，搬来的材料里也没有可燃物，但就是起火了。幸好火灾的规模不大，很快就被扑灭，可还不能掉以轻心。灭火用的惰性气体已经耗尽了。为了减轻重量，惰性气体被释放掉了。如果再发生新的火灾，可能就没办法扑灭了。

人手也不够。剩余人员已经完成疏散，就算让他们回来，"风筝"也没有多余的浮力。不仅如此，事态的恶化速度还超乎想象。迫不得已的时候，可能只有把人员疏散放在首位，放弃"风筝"了。

在这种情况下，很难预测重新连接升力模块是否来得及。此外，连进一步讨论的时间都不够。再不做出决定，损失将会愈发严重。也就是在这个时候，埴田所在的工区收到了待命指令。

4

埴田能做的,只有下定决心不退缩。

他知道目前的状况很艰难。最坏的结果是地面上修建的所有建筑都会遭到破坏。这不只是物理性的破坏,许多常驻地面的开发人员,也将因为生存环境的破坏而丧命。

即使他们不会当场死亡,埴田也不觉得情况会好转。救援遥不可及,无非是早死晚死而已。在外部联络被切断的状态下,不管他怎么乐观地预想,都想不出如何活下去。

到了那时候,整个项目恐怕都无法维持。不可能有新的资金会投给这种暴露出极高风险的项目,而且开发计划中不可或缺的人力资源,已经全军覆没了。

所以不用指望项目的重建。估计人们会把它丢在这里不再过问,也不会仔细调查事故的原因。包括埴田在内的常驻人员,可能都会被遗忘在金星上,连块墓碑都没有。

这是埴田很难以接受的情况。不过,现在应该还来得及。整合所有技术人员的力量采取对策,必定能开辟出一条道路。

只有相信这一点,也必须相信这一点!

不能犹豫,稍有迷惘,信心就会动摇。一旦对自己的行动失去信心,就会止步不前。要避免这种情况,唯有看准目标,果断采取行动。

这就是埴田得出的结论。他或许还陷入了轻度的兴奋状态,心率都比平时上升了一点。值班人员联系他的时候，他刚刚抵达维护基地。

梶山沙织用比刚才更无感情的声音说："现在下达疏散指令。所有待命中的人员，请立即转移。详细内容请参照行动计划A-10。此外，值班人员此前下达的所有指令全部解除。重复……"

埴田的大脑刹那间一片空白。他怀疑自己是不是听错了，又仔细听了一遍。没听错，指令要求他立刻离开岗位，疏散到安全地点。用不着再等行动计划了。

指定的目标地点是在一百千米外的观测站。那里有足够的空间，可以用作临时避难所。换句话说，轨道基地预计系泊缆索会坠落，所以让他们疏散到不会遭受损害的地方去。

而且这是要丢下机械自己逃难。转移方式是乘坐轻量级的作业车辆。只要展开升力翼，这些车辆还具备飞行功能，所以能很快转移到安全地带，但无法运输重物，只能把重型工程车辆群丢在这里。

这是什么狗屁指令！

埴田在心里骂了一句。这反倒让他更加愤怒，但是不能冲动。他告诫自己要冷静点，冷静下来听对方说的话。就算要提出异议，等听完再说也不迟。

他还相信着梶山沙织。先不论认不认同那些话，但既然是她，至少会给一个客观的解释吧。埴田带着期待，等待她的下一句话。

但是梶山沙织的声音说完就停了。微弱的杂音之后，通信挂断了。好像是下达疏散指令后，她便单方面结束了通信，连反对意见都不让提。她居然没有任何解释，直接下令放弃了施工现场！

怎么能丢下重型工程车辆逃走呢？

埴田是真心这么想的。至少，他不想无条件接受指令。就算除了疏散再无选择，他也不想丢下重型工程车辆群，自己孤身离开。最起码也要下达自动驾驶命令，让重型工程车辆群前往安全地带。

如果时间充裕，埴田甚至想自己操控机械。因为无人驾驶模式无法处理预料之外的情况，要在未知地带行驶一百千米，太危险了。

而且如果没有迹象显示系泊缆索马上就会坠落，不就还有讨论的余地吗？于是他下定了决心。但坐在驾驶室里和上面联系不会有什么进展，至少要换成维护基地的通信系统，这样还能获取周边信息。

埴田焦急地等待对接完成。他开启气密门，钻过联络仓，来到了基地里的工作区域。可区域里没有人，相邻区域也没有声音。整个基地一片寂静。

奇怪，其他人去哪里了？不至于已经疏散完毕了吧？埴田想。他接收到疏散指令才几分钟。虽然常驻基地的人员有好几个，但也不可能几分钟内就撤离完毕。

就算已经开始疏散，他们应该也还在基地里。而且不等埴田回来自己先走，这也说不通。他们都知道埴田去了施工现场。虽然转移的车辆有好几辆，但不可能丢下他先走。

埴田正觉得奇怪时，忽然有声音叫他。不是人声，是控制系统内部搭载的虚拟人格"事务主任"。它不是埴田的专属人格，而是负责协助处理这个基地所有业务的人格。

也许是这个原因，显示在墙面显示器上的事务主任，并没有表现出什么个性。因为直接沿用了出厂设定，它没什么表情变化。事务主任做出略微探身的样子说："请尽快疏散。现在这里只剩下埴田先生您一个人了。可以使用的轻型车辆是……"

"其他人呢？先走了？"埴田有点不高兴地问。

但是事务主任不为所动。它没有换成殷勤的语气，依然淡淡地回答："大约十分钟前接到了援助请求。因为救援核心是轻量级的作业车辆，所以没有等埴田先生回来……"

"援助请求？什么援助？啊，先不用解释，把当时的通信记录给我看。"

埴田觉得这样更快。虽然事务主任被埴田打断了要说的话，但还是默默遵照了埴田的要求。画面迅速切换过去，显示出一个貌似后勤基地负责人的人物。埴田以为是梶山沙织，但并不是。

那是一名四十多岁的男性，讲起话来口若悬河，所以反而显得很不近人情。稍微调整一下，感觉事务主任都能代替他了。在短短的交流中，他多次提到"人道判断""艰难的选择"，总之就是要把救人放在首位，所以尽管明知勉强，还是请求这里派人前去救援。就是这个原因，让通信对象看起来像位政治家。

这也就罢了，但是埴田还是没弄明白关键问题：到底要去哪里救援？

"是要援救脱落的升力模块。计划使用作业车辆进行悬吊，协助它在平原上软着陆。慎重起见，我补充一句，这项任务没有什么危险，成功率预计超过百分之九十九。"

像是看出了埴田的焦躁，事务主任插话进来。它又调出周边地图，标出飘动的升力模块的当前位置。它说得没错。从位置关系和车辆性能上看，不可能发生次生灾难。

预定着陆地点是在距离施工现场一百多千米的高原地带。也就是说，即使系泊缆索掉落，也不会伤害到执行救援的人，所以相当于提前疏散了。

但这也很令人费解。这种没有什么危险的任务，为什么要搬出"人道判断"做理由呢？埴田虽然不解，但他现在没时间追问，当下首要的是讨论重型工程车辆群的问题。

埴田说："请呼叫1270空间站的值班人员，十分紧急！如果拒绝接通，就插入相邻线路。不管发生什么，都必须接通。"

埴田预感到，按照通常的做法，对方恐怕不会回应他的呼叫。事务主任大概也不会遵从指令，只会催促自己去避难。但埴田并不打算改变主意。

如果遭到反对，他就略过事务主任，自己手动连接。埴田下定决心的时候，事务主任难得显得有些犹豫。

"1270空间站没有值班人员。地址刚刚被删除了……怎么办？虽然能根据姓名从通信录中找出现在的联系地址……"

"不用了，直接接入吧。把线路设为不指定通信对象的公开通信，紧急度和重要度都设为最高。"

埴田当即回答道。他大致能推测出来后勤基地发生了什么。很简单，事故处理总部开始行使职权，直接解除了值班人员的职务。原本由值班人员掌握的权限，现由总部的成员接手了。

那个像政治家一样的人，会不会也是总部的成员？说不定还可能是总部部长。那么也就能理解他会反复提到"人道判断"这个词了。他是以尊重生命为借口，来逃避责任。

线路很快接通，但没有通话对象，屏幕上只显示出了处理总部的影像。埴田深深叹了一口气。这个总部的实力看来不行，似乎没什么能力。至少在信息安全方面简直是个笑话。

5

在发来的影像中,埴田没有看到像是梶山沙织的人。

只有几个人在操作通信终端,似乎都在忙着联络和收集信息,没有人注意到通信线路已经接通了。至少,没有人专门负责与外部沟通。

很明显,他们人手不足,但要维持现在的状态就很难增派人手。说是事故处理总部,其实只是增强了后勤基地的功能而已。而且基地在轨道上,没有多余的空间容纳那么多人。

考虑到移动所需的人力和时间,把所有人集中在一个地方没什么意义。很可能只是把人员登记在册,实际工作和讨论都通过通信系统进行。这个方式很合理的,但还是会产生不合理的情况。

后勤基地也好,处理总部也好,一开始就应该设置在地面上,或者把一部分功能留在轨道上,将大部分权限转移到地面。

这种做法当然也有风险,因为可能会遇到次生灾难,导致处理总部遭受极大损失。但这个风险是可以避免的。金星地表上有很多建好的建筑物。在不受事故影响的地区,有许多建筑能用作处理总部。实际上,其中一个观测站就被预设为疏散点了。

虽然现在已经来不及了,但如果平时就做好准备,完全可以在地面上设立处理总部。那样的话,许多问题都能一次性解决了。这样既可以根据情况增加人力,也可以在事态得到缓解时迅速缩减规模。而且能及时共享信息,自然也不会在发生紧急情况时产生分歧。这样一来,处理总部和施工现场就能合二为一齐心协力。

遗憾的是现实并非如此。

最重要的是，设立事故处理总部一事并没有传达给施工现场。并不是只有埴田一个人不知道，其他人员出发去援救升力模块的时候，事故处理总部尚未成立。至少记录上并没有关于这个部门的说明。

埴田有些在意。他再次检查记录，发现了一件奇怪的事情。处理总部实际采取行动的时间，是他刚刚返回维护基地的时候。而在他完成对接进入作业区域时，这个总部刚刚成立。

也就是说，梶山沙织下达的前往观测站避难的指令，是她作为值班人员的最后指令。而在此之前，她的指令都是"中止目前的全部工作，保持待命以便随时应对"。在突然发出疏散指令后，她的值班职务便被解除了。

埴田皱起眉头，感到有些蹊跷。刚才浮现在他脑海的"逃避责任"这个词，突然间带上了几分真实性。那个像政治家一样的人物，是不是把重大决定和相应的责任都强推给了梶山沙织？

很难预测系泊缆索断裂和坠落的时间。本来应该尽早制定对策，但这就必须在明知危险的情况下，要求技术人员留在那里。如果发生次生灾难并导致技术人员死亡，那么要求人员驻守的人必然会被追究责任。

但反过来说，直接让全员避难，就等于放弃了"风筝"本体和系泊缆索。即使没有人员伤亡，但事故导致的经济损失也无法估量。项目会严重受挫，金星的开发将会大大停滞。

也就是说，不管选择哪种方案，事后追责都无可避免。普通人恐怕会被沉重的压力压垮，但那位人物却想用"巧妙"的方法逃避责任。他让梶山沙织下命令，于是自己便成了帮她收尾的角色。

不过，他倒是抢着主持升力模块的救援工作。因为这项任务没有风险，所以他一点都不犹豫。任务必定会成功，他也就留下了成绩。实在是很巧妙圆滑的办法。

埴田想联系梶山沙织，于是列出了事故处理总部的成员名单。也就在这时，他发现自己的推测相当准确。那位人物确实是总部长，也是甲方的董事，不过并不是元老。

这位董事是由项目主导方——日本政府机构临时派来的官僚。只要在两三年的任期里没什么大的过失，便可以作为"主持过大型工程"的人物回归政府。所以不管他遇到什么情况，首先要避免自己犯错。

这也就罢了，但名单上没有梶山沙织的名字，连后勤人员和相关机构的列表中也没有。虽然很难相信，但看来她被踢出了总部。也许她是和总部人员发生了冲突，但埴田无从了解实情。

他束手无策，带着自己可能看漏的想法，又仔细看了一遍名单。结果还是一样，至少名单里一名女性都没有。而且这是总共不到三十人的小规模机构，他不可能看漏。

就在埴田要放弃的时候，忽然看到了一个记忆中的名字。他有点怀疑自己的眼睛，以为是同名同姓的人，又看了看那个人的职务。没错，对方是甲方负责财务的主管，但与项目并没有直接关系，也不是技术人员。

这位财务主管的工作地点在日本国内的机构总部，和政府进行预算谈判时表现出色。据说原本是财务官员，年龄比总部部长还要大，总之就是退休的高级官员。这样的人物，为什么会加入处理总部呢？

难道……不止他一人？

埴田下意识地冒出了这个想法。所谓事故处理总部，很可能其实是一个善后组织。换句话说，他们也许一开始就决定放弃。

埴田很想不管不问，但理智还是占了上风。他又仔细看了看名单上记载的头衔。他想得没错，名单上的大多数姓名，都带着董事之类的头衔，专业五花八门，但并没有技术部门的管理职位，反倒有负责法务的董事的名字。恐怕他们是预见到这次的事故之后要对簿公堂吧。

上面还有许多在其他政府机构任职的"技术顾问"。但即使挂着这个头衔，也不能指望他们提出什么技术上的建议。目前这个放弃抢修、从事故现场全面撤离的方针，只能认为是为了维护权威而实施的。

其他没有头衔的人员是工作队伍，但情况也和那些人相似。唯一的优点是，大部分人都在金星周围工作，年龄也比这些大人物年轻许多。但所谓的金星周围，也只是在轨道上，一个常驻地面的技术人员都没有。

也就是说，施工现场的技术人员作为亲历者，没有一个加入处理总部的。这好像并不是因为他们正在疏散中，所以无法参加，而是从一开始就被排除在外了。

埴田哑然失语。这就是事故处理总部的实际情况。他们只盯着自己的老巢，毫不关心现场情况。

这不该叫事故处理总部，而该叫负责善后的调查委员会。

实在太可笑了。处理总部本应该着力将损失控制到最小范围，可竟然是以放弃项目为前提在采取行动。那位总部部长看来确实打算明哲保身，放弃这个项目，所以将事故处理总部转为私有物，封锁批评渠道。

要直接和他谈判吗？埴田很自然地想。

他想说的话很多很多，但不能直截了当地表达自己的想法。对方必然也预想到了这种情况。如果可以有理有据地驳斥倒也不错，但对方恐怕只会给出近乎无视的反应。

然而，实际情况比埴田预想的发展更快。他还在想该怎么做，不经意间察觉到了一道视线——在画面的角落里，有个正在操作通信系统的人。对方正带着怀疑的目光看着接通的终端显示器。那人在短暂的停顿后，又迅速操作起手上的终端，并把画面切换过去。下一秒，那人的身影占满了整个屏幕。

此人虽然年轻，应对倒是很迅速。他没有露出任何破绽，直接问埴田有什么事。

埴田不能退缩。不管结果如何，都要坚持自己的想法。埴田先报上名字，顿了一顿，然后一口气说出自己的想法：他有件事情想向事故处理总部部长申请，时间紧迫，希望尽快联系上。

埴田没抱什么期待，说不定还会碰个软钉子。他带着这个想法等回复，对方倒是一直保持着公事公办的态度，用含糊的声音说了句"我把你转给负责人"，然后就把画面切过去了。

这预料外的反应让埴田有点疑惑。而出现在画面上的人物，正是梶山沙织。虽然是第一次看到她的相貌，但埴田立刻就知道是她，连名字都不用看。虽然和听声音的感觉不一样，但埴田并不怀疑自己的判断。

她好像正在和谁沟通，表情严肃地说着什么。她很快发现线路接通了，轻轻瞥了一眼，就朝画面外走去。

"对不起，我先挂了，等下再打给你。不……不会逃跑。因为有其他人投诉……处理投诉的只有我一人，确实忙不过来。很抱歉……"

处理投诉？

埴田很奇怪。他好像被当成投诉人员了，所以梶山纱织要先处理他的"投诉"。因此她的态度很强硬，不顾对方还在说话，就强行切断了通信。

6

影像里的梶山沙织，看起来相当憔悴。

可能是由于没化妆，而且她头发很短，让人感觉很中性，不过操作终端的手法上还是很女人。也许她自己不喜欢这样，所以有时好像也会故意做些粗暴的动作。

即便如此，埴田也只能装作没看到。想到这里，他看着画面上的人。他没有四处乱看，是因为觉得这样很不礼貌，不过对方的视线转向一边，似乎在看什么东西。好像是在同一个画面上显示的文字信息。

情况很快就清楚了。她立刻直视埴田，语气中带着责备，"您目前还在维护基地，是出了什么问题吗？下达疏散指令以后，已经过了不少时间。如果出于什么原因导致不能马上转移，请立即说明，我会考虑对策。"

埴田以为她是个喜欢抢占先机的人，不过他自己也只是没有先说出口而已。对方的表情变得很严厉，埴田决定不再顾虑。

他气势汹汹，一口气说道："我不能丢下重型工程车辆逃跑。我之前也说过，我们的机械价格很高，而且作业环境很恶劣，日常维护决不能少。稍有疏忽，机器的运转就会不正常。

"所以我不能丢下重型工程车辆，明白吗？没有人在旁边，机器很快就会坏。这都是些精密设备，不能就这么丢下不管。"

埴田想摸摸对方的态度，所以故意只说了重型工程车辆的事，但还没提具体要求。如果她接受自己的要求，让重型工程车辆自主行驶到安全地带，那么目的也算达成了。

其实对于埴田来说，实在不想以自己难以接受的理由去避难。虽然并不想逼迫她，但如果有明确的依据，还是希望她能给出说明。到底是系泊缆索马上就要断，还是说仅仅因为谨慎而要求避难？

他并不认为梶山沙织的回答能解释所有的疑问，但多少能透露一点线索。她应该不会给出虚伪的套话。虽然埴田不应该带有很高的期待，但希望多少能有点进展。

埴田自己是这么想的。然而梶山沙织的回答里，还是没有透露任何具体内容。

她表情没有任何变化，说道："之前我也说过，绝不会给贵公司添麻烦。在此基础上，我再通知一遍：请立刻停止现在的作业，马上转移。"

说的话和以前一样，但现在的意义完全不同。在单方面准备诉讼的情况下，所谓的"不添麻烦"毫无说服力。但是埴田并不想纠缠这一点，还有更重要的事。

他紧盯着画面上的梶山沙织，开门见山地问："根据呢？有什么征兆显示系泊缆索马上就要断了吗？如果有什么客观的依据，请告诉我。没有的话，我只能留在这里不走。"

埴田自己也不认为会有那样的根据。高空的"风筝"本体上，还有好几个技术人员。如果真的毁坏在即，他们应该紧急撤离才对。但是现在还没有收到那样的信息。

正如预想的那样，她的回答变得吞吞吐吐，话语中失去了情绪，表情也捉摸不透，但仍旧没有移开视线。

她看起来很疲惫，开口说道："没有可靠的方法能预测今后的情况。如果能预测的话，我会马上通知你。但是危险确实迫在眉睫。系泊缆索可能几秒后就会断裂，也可能再撑一段时间。

"我说过很多次了，预测是不可能的。现在什么事都没发生，只任凭时间流逝，但也许就在人遗忘的时候爆发危机，然后什么都没了。无论如何，你必须遵守疏散指令。基于人道判断，我不能接受你留在现场的要求。"

"人道判断？"埴田很气愤。

现场人员要求留下，她反倒搬出"人道"这个词，简直无法理喻。而且这个词不是发自梶山沙织的真心，她只是照搬了那个总部部长的话。

换言之，这是他人的意见，而梶山沙织只是鹦鹉学舌，她自己的想法并没有包含在内。这一点让埴田很生气。

他下定决心："是谁做的判断？是事故处理总部部长吗？"

如果她不否认，那么他就只能无视她了。之后他要说的话就很简单，也就一句"我和你没什么可说的了，换总部部长通话"而已。当然，他知道这句话很危险。

如果做法有误，不仅她会受影响，埴田自己也无法全身而退，但他不会犹豫。如果对方的回答还是含糊不清，埴田打算当场甩开她。

也许是感受到了埴田的气势，她毅然抬起头说："不，这是我的判断。这是我身为值班人员时，基于职责，做出的全面疏散决定。"

埴田差点脱口而出"是总部部长强迫的吗"，但他很快失去了说这句话的气势。梶山沙织的脸上本来像是戴了面具，此刻却开始有了表情。也许是燃起了斗志，她用尖刻的眼神瞪着埴田。

这在埴田的预料之外，他很是迷惑。从梶山沙织的表情中，他感到了一种真诚，看着不像是借口或者推脱。但就算是真的，他还是无法释怀。在事故处理总部设立之前就决定疏散，怎么看都很不合理。

但埴田还是没有说出下一句话。他想问的问题太多,一时没有头绪。不过埴田也不想就此退缩。他沉默不语,隔着通信终端回瞪对方。

突如其来的信号打破了平衡。显示器一角闪烁起收到讯息的标记。没有名字,埴田也不知道是谁发来的,不过发信地点似乎是在施工现场内部。紧急度被设为最高,埴田不能无视。

他想看看是谁发来的消息,同时也打开了消息的内容。发来的是短短一行文字:"是你在和处理投诉的负责人沟通吗?"埴田对一同显示出的名字也有印象。

是堂岛所长本人吗?

堂岛所长是"风筝"本体的工程负责人。

埴田一下子难以相信这个事实,不禁念出了这个名字。堂岛所长擅长修建飘浮构造物,成绩也受到业界的广泛认可。他还参加过木星大气层内巨型飘浮构造物的工程。

不过,埴田虽然听说过这个名字,但并没有见过对方。就是这位堂岛所长,直接插进了双方的通信。不能无视他,埴田迅速操作终端,将两条线路设为同时接收状态。屏幕一分为二,堂岛所长的影像显示在另一半屏幕上。

所长开门见山地说:"这条线路和她接通了吗?没有的话请帮我马上转接。抱歉这个要求很冒失,但我现在没时间解释。要抓紧时间,不然就来不及了。"

埴田没空犹豫。梶山沙织一脸惊讶地看着他。埴田虽然不清楚情况,但好像也不需要征求她的同意。他心里这样想着,手上已经作出了反应。几下操作,模式便切换过去。梶山沙织瞪大了眼睛,"堂岛所长,刚才说过稍后我一定联系您……"

"抱歉,那个等下再说。你先看看这个。只要十秒钟。我不指望你全部理解，掌握大概情况就行。这样可以节约很多时间。

"另外……那边那位，很抱歉打断你们。我马上就好，请稍微给我点时间。"

就在堂岛说话时，大量数据涌了进来。最终目的地是梶山沙织的通信终端，不过经由埴田中转，所以他的终端上也有一份拷贝的资料。

系统还是设置为自动启动，屏幕上立刻填满了数据。埴田本以为送来的是图纸，结果显示出来的都是简单的图表。感觉像是匆忙制作出来的，带有一种未经整理的杂乱。

不过理解它也不是难事。记录的数值和单位，是在计算"风筝"的稳定飘浮情况。里面包含了各处产生的浮力、升力，还有自重随时间增加的数据。

以此为基础调整系泊缆索的张力，便有可能实现"风筝"的稳定。数据不止一种，他还对气象状况、"风筝"自身的高度等初始条件做了各种不同的设定，给出了计算结果。虽然是自动计算的，但完成这张表应该也花费了很多心血。

埴田怀着期待去看结果，但很快就失望了。不管采取什么方法都来不及。目的是要维持"风筝"本体的稳定，直到将脱落的升力模块重新连接上去。让模块迫降然后应急抢修，再使之升空与"风筝"本体连接。而在这段时间里，"风筝"必须完全自主飘浮。

看来，为了实现这个目标，堂岛所长尝试了所有方法。

他抛弃所有不需要的质量，重新研究整个"风筝"的重量分布，不放过任何微小的气流变化，大胆采用姿态控制系统以产生最大升力。在这些措施的基础上反复进行模拟测算，判断效果。

然而没有得到预期的结果，所有的措施都是徒劳。在升力模块再次连接之前，"风筝"就会失去平衡，无法维持飘浮状态。

看着模拟计算的结果，只能得出这个结论。

堂岛所长强行插话进来，就是为了给梶山沙织看这种结果吗？

埴田不太明白，于是滚动画面往下看。也许看漏了什么地方，但他没时间细看，十秒马上就要到了。可他往下看也没发现什么值得欣慰的结果。

梶山沙织好像也是同样的想法，隔着通信线路都能感受到她的失望。不过情况很快发生了变化。她叫了起来，接着又小声说了什么。埴田听不清楚，但能感到她的兴奋。

就在这时，埴田也发现了。表格的最后一行被设为突出显示，结果振奋人心。唯有这一行，给出了截然不同的数据。虽然非常勉强，但来得及。"风筝"可以坚持到升力模块的再连接。

这个方法如同奇迹，是反复尝试之后才找到的答案。当然，实现起来很不容易，预计会遇到各种困难，但必须试一试。就算除了这个方法以外还有其他办法，但等发现之时，恐怕也来不及了。

"我不认为……这种方法可行，太危险了。而且……不确定的地方太多，也没有先例……"

梶山沙织的声音越来越小，几近消失。这是埴田第一次看到她露出软弱的一面。

堂岛所长的声音里带了一些怒气，"是你自己决定人员全面撤离施工现场的吧？事故处理总部部长因为没有先例而不肯采取行动，不是你生米煮成熟饭逼迫他行动了吗？这样的人，现在说什么没有先例，难道不是自相矛盾吗？

"听好了，没有先例，我们就创造先例，也为先例负责。我们搞技术的人，就是为了这个而存在的。不管是中央政府的技术官僚，还是民间企业的技术人员，大家都一样。只要牢记这一点，就不会作出错误的决定。"

这番话铿锵有力，埴田听得热血沸腾。过往的疑问全都烟消云散。那位总部部长看来是个优柔寡断的人，大概是因为"没有先例"的紧急事态而慌乱不已，不敢轻易决定。说不定他还打算把事情全部交给政府解决，所以梶山沙织才代替他下令。她对总部部长犹豫不决的态度非常不满，这才下达了全面中止作业、撤离施工现场的指令。

而这成了她的枷锁。一旦做出决定并下达了通知，就没那么容易撤回。作出的决定已经实施，又束缚了她这个当事人的行动。全面中止施工作业已成事实，之后总部部长采取的措施又强化了它。

这么看来，部长的举动既不是为了保护自己，也并不是支持她的决定，大概是为了保护官僚组织而采取的自卫措施。

堂岛所长严厉地说："现在有权改变方案的只有总部部长。而能说服他的，只有你。我知道这很难，但如果现在回避新决定，金星开发将会遭遇极大的阻碍，说不定再也没有开发的机会了。"

但梶山沙织还是没能下定决心。她一脸茫然，絮絮叨叨地说着"地面的能源工厂还在试运行""单是铺设管道就要很长时间"之类的话。

堂岛所长耐着性子打断了她："集中使用建设用的重型工程车辆，可以大幅缩短土木工程所需的时间。再换掉通用型重型工程车辆的附件，也能用于铺设管道工程。不需要设计图纸和计算，只要是能力过硬的技术人员，看一眼现场就知道该做什么，可以大致估算工程量和成本。所以现在最需要的是把重型工程车辆的专家从疏散地点叫回来。"

埴田差点脱口而出道：重型工程车辆的专家就在这里。但他犹豫了一下，又咽下了这句话。

他确实是重型工程车辆的专家，但不敢断言自己是能力过硬的技术人员。

179

7

堂岛所长提议的方法，原理非常简单。

用能源工厂的管道来加热"风筝"的内部，而工厂的能源来自地表和高空的温度差。即使输送到高空四万米处，地表附近超过四百摄氏度的气体也能保持足够的温度。

让这种高温气体在"风筝"内部循环，增加浮力。也就是说，"风筝"就像热气球一样，但是加热装置在地面，通过管道输送热气让"风筝"稳定飘浮。根据具体情况，也可以向"风筝"内部压力不足的气囊直接输送高温气体。

用于气体输送的管道大部分已经完成。铺设管道本来就是和安装系泊缆索同时开工的，而且空中部分早就铺设完成了，剩下的只是把两端连接起来。其中"风筝"方面的工程由堂岛所长负责，而地面部分只能交给埴田。

接了个很棘手的工作。

这是埴田的真实想法。铺设在地面上的管道总长只有不到三百米。技术上没有难度，物资的调度也有现成的方案，但是工期太短了。一切必须在地球时间的二十四小时内完成并投入使用，连通气试验都没时间做。如果有问题，只能现场调整。而且连设计图都没有，只能靠他的经验和技术。

但这还不是最大的问题。尽管有梶山沙织的同意和协助，可总部部长还是没有解除疏散指令。埴田一度考虑无视指令强行施工，不过在开工之前还是拿到了折中方案。

即以紧急疏散工程的名义，进行非正式施工。但要注意的是，如果发生任何事故或次生灾难，甲方不承担任何责任。

这其实毫无意义，只是给已成为现实的命令加一道保险而已，但埴田还是感觉很不舒服。他重新坐进重型工程车辆的驾驶室，迅速输入施工概要，配合地形设置直线工程，分配挖掘和填埋的部分。

作业很快就能结束。剩下的就是观察实际运转情况，再根据具体情况加以调整。埴田心满意足，敲下开始作业的指令。

"能力过硬的技术人员"是指他吗？埴田忽然想起了这句话。

引擎的声音迅速增大，伴随着强有力的轰鸣声，重型工程车辆开始前进。

VI

大马士革第三工区

土星卫星沉陷事件

1

机体经受了微弱的冲击。

表示系泊完成的指示灯依次亮起。墙壁的控制面板上出现"土卫二地表"几个字，显示了当前所在位置。原本一直轻晃的轨道穿梭机稳定下来，姿态控制系统发出的喷射声渐渐远去。

但和预期的相反，没有收到新信息。穿梭机没有观察外部的窗户，只在墙壁的屏幕上显示出三维影像。虽然降落过程中能看到地面，但看不到工地，所以显示的应该不是实时影像，而是施工前的地形图。穿梭机外面还是开工前的模样。也就是说，在抵达事故现场后，安保部仍没有解除信息限制。

有点夸张了，山崎部长想。在泰坦星的企业总部接到第一份事故报告的时候，事故现场就已经被安保部控制起来了。他们还要求向事故现场派遣常驻泰坦的管理人员。

根据不同的情况，可能要从整个土星系调集人力和机械。为此，要让有权限、能力强的技术人员前往一线。所以，来人必须精通各种施工现场的情况。

山崎部长听到要求后就觉得很奇怪。通常来说，只要不是非常特殊的情况，管理层一般不会涉足现场，日常的会议和讨论都利用通信线路远程进行，并通过构建在虚拟空间中的三维影像确认现场情况。

所以，很可能即使发生了重大事故，但他们却不知道具体情况。倒不是一无所知，而是安保部限制了信息的发送。他们只对甲方和政府监察部门作了最低限度的说明，可负责处理事故的企业总部却什么都不知道。

山崎部长有点犹豫，不过他最后还是认为只能自己前往。这件事没法交给其他人，如果应对失误，很可能引发重大问题。安保部依旧没有给出事故的详细信息，但这个推断应该不会错。

他的决定中也含有个人因素。常驻土卫二现场的人员中，有一位是他当年的同事。同事性格有点不合群，不过是位值得信赖的优秀技术人员。

在施工人员名单上看到同事名字的时候，山崎部长心中还有一些不知从何而来的感慨。他询问过同事是否安全，但没有得到确切的回复。安保部已经掌管了土卫二的通信线路。

虽说都是公司的部门，但安保部的性质非常特殊。它通常负责工程的安全管理、法规遵守情况等内部监察事务。但在发生事故的时候，就会全权负责危机管理工作。

由于工作性质特殊，所以安保部与其他部门没有人事方面的交流，很多人是从军队或政府机构进入公司的，简直像是另一个组织。正常情况下，其他部门也不会意识到这个部门的存在。而此时此刻，这个安保部全权负责危机管理工作——虽然只是暂时的。

哪怕不是山崎，换成别人恐怕也会心生警惕。其实安保部的行动存在很多令人费解的地方。事故发生后，他们立刻派出部门人员，迅速封锁施工现场，关闭相邻工区间的空中廊道，还管控了穿梭机的领航系统。没有安保部的允许，连公司职员都不能靠近现场。

这阻断的不仅仅是人员的流动，连信息都无法顺利传达，所以无从得知事故的大致情况，甚至不知道救援行动需要准备什么。

不过，目前零零散散传来的大多是好消息。比如山崎部长听到的消息说，没什么大事，只是设备损坏而已；或者是现场的救援体制很完善，避免了最坏的结果等等。

也许是这个缘故，很少有人反对安保部，大家都在容忍他们。安保部可能有点过激，但他们的选择都是基于合理判断得出的，在危机管理的大方向上，并没有出什么错。

在可能发生次生灾难的时候，禁止人员进入现场附近地区的做法并不少见。有时也会把指定地区内的人员和设备都归拢在一处，统一管理。即使不会发生次生灾难，从原则上来说，也应当尽可能疏散剩余人员。

这是为了有效开展救援行动。不要说土卫二，只要是恶劣环境下的施工现场，每个施工人员的成本都非常高。即使他们什么事也不做，仅仅是出现在现场，就会消耗不少经费。

生存必不可少的氧气、二氧化碳吸附剂等等，目前必须全部从外部运输。同样，工程用的工程重机也会产生巨额的维护管理费用。因为只要稍有疏忽，机械就无法正常运转。

而在事故发生的时候，人员和设备都要以最高效率运转。工程重机和临时建筑的材料都会被用作救援物资，连维持生命所必需的消耗物资，也会被归为危机管理物资，控制使用。

有人调侃说，安保部一旦出动，连呼吸都会受限，但都没有当面说。而在整个太阳系，本次发生事故的土卫二地表劳动环境迟迟未能改善。

土卫二必要物资的补给线很脆弱，稍有疏忽就会立即消耗殆尽。而且发生事故的时候，物资的消耗量和供给量常常会变得不规律。同时管理工作十分马虎，施工人员维持生存都很困难，更没有多余的工夫接纳外部人员进入。

这些情况相关人士都知道。但即使如此，这次的应对方式还是让山崎部长觉得不太正常。连具体的受损情况都不知道，事故现场就在安保部的主持下全面封锁起来。至于信息的封锁，他都到了土卫二还没有放开。

驳接完成之后过了好几分钟，穿梭机外的景象还是没有变化。他的视线里大部分都是凹凸不平的灰色冰块。施工现场位于土卫二的南极附近，受火山活动影响，表面温度相当高。

话虽如此，其实地表的温度还是很少超过零下一百摄氏度。这么冷的冰，物理性质和岩石没什么差别。虽然反射率很高，整体发白，但看起来并不像冰，反而像是表面细碎的花岗岩。

立体影像准确地反映了现实情况，但并没有反映出建设中的建筑。这样山崎部长就无法从中了解现实情况。而能够推算出日期时间的星星、土星环的碎片等等也都略过不显示了。虽然是实拍影像，但与现实的景象之间还是有明确的差别。

时间一点点过去。但管制设施还是没有发来任何消息。穿梭机通常都是无人驾驶，而且也没有其他乘客，如果没有通知，就只能等着，因为气密门只能从地面打开。

是为了防备媒体采访吗？

山崎部长觉得自己这个推测很恰当。但极端的信息控制，反而会刺激采访欲望。穿梭机刚从泰坦出发的时候，便陆续收到了很多试着联系山崎部长的非法通信。这些人插进管制系统的专用线路，想了解他的看法。

他们目前阶段暂时只干了这些，将来还不知道会变成什么样。随着事情的发展，说不定还会有记者亲自乘坐穿梭机，想闯进施工现场。哪怕不可能强行接驳，很多时候也会进入危险的近地轨道。

大报社为了获得独家新闻，从不吝惜采访费。他们借用研究机构的光学望远镜、对事故现场进行航拍等行为早就不足为奇，有时候还会发射无人探测机，掠过事故现场上空。

这些行为本身并不违法，但给管理设备的研究者添了很多麻烦。而现场的技术人员受到的危害更大。为了抢新闻，探测机常常会加速到极限猛冲过来。这其中还有贴着地面飞行的，很容易引发重大事故。探测机的构造简单，不能修改轨道，对方也不会预先通知飞行计划。而且完成任务以后，许多探测机就会停在周边轨道上，变成太空垃圾。

即便是被动性的光学观测，也常常影响现场工作。为了收集相关信息，他们经常会同时采用雷达观测，并且为了提高分辨率而采用大功率的激光，于是导致测量设备发生故障。

说到底是因为人手不足吗？

山崎部长只能想到这个原因。在行星和卫星上的工程，不管什么地方，派驻的人员都会保持最低人数。靠近地球轨道的行星情况稍好一点，但如果超出小行星带，无人工程并不少见。虽说发生了事故，也不能指望大幅增加人手。

所以自然也就没有办法配备专门应对媒体的人员。给新闻机构的正式通报，由距施工现场很远的企业总部负责，没有现场影像报道和第一手报告。

如果需要"现场的声音"，那么无一例外都来自虚拟人格。这令老派记者们很不满。他们认为，建立在电脑里的虚拟人格不会说出真相。

实际上，虚拟人格自始至终都给出模范回答，从没有说过真心话，也没有失言，因为程序就是这么写的。虽然也能给虚拟人格构建出带有人情味的语气，但并没有人真的开发这种东西。

因此，现场传递出来的声音都是优等生一般的回答，这当然不足以构成新闻"内容"。记者们似乎认为，没有充满紧迫感的影像，就没有报道的价值。结果自然会想方设法前往现场，不管会不会惹麻烦。

可以说，这是受过往时代的价值观束缚，但这也不单纯是新闻机构的问题。要知道，接收新闻报道的观众和听众追求的正是这些。更麻烦的是，他们大部分都生活在地球上。

不论飞向宇宙变得多么普及，判断标准还是不会脱离地球。所以只要没有来自现场的声音或影像，人们在情感上就无法接受。记者就是以纳税人的知情权为盾牌，高喊新闻自由。

有什么东西在山崎部长眼前飞舞。

东西不大，好像隔热板的碎片。在占据大部分飞行时间的无重力状态下，好多东西都被吸进了空调系统。如果没有仔细固定，再大的东西也会被吸得贴在通风口上。

着陆以后，那些东西开始一点点落下来。土卫二的地表重力很小，只有地球上的百分之一左右，不过还是具有拉扯隔热板的力量。哪怕是重量小到可以无视的隔热板，也无法战胜土卫二的引力。

隔热板在人工气流中翻滚着缓缓下落。看到这幅景象，山崎部长终于相信自己真的着陆了。虽然显示的机外景象都是地表风景，但他总觉得都是假的，不像是现实。

因为他看不到本该映入眼帘的临时建筑，也看不到在地沟底部延伸的重型物资运输线路。显示的影像都是旧的，仿佛在否定所有的工程成果，也让山崎部长几乎迷失了自我。

他感觉像在做梦，很不真实。不过看到下落的隔热板，才终于感觉到了微弱的重力。没错，他确实在土卫二的地面。

也就是在这个时候，他察觉到了不对劲的地方。

山崎部长皱起眉头。他意识到发生了什么。景色变了。画面分辨率提升，可以辨认出细节了。刚才没有察觉到的颜色，也在地形上呈现出来了。

但最大的差别还是建筑。刚才的影像中被抹除的人工构造物,全都展现了出来。

切换成实时影像了?

山崎部长立刻意识到这个变化。他相信,气密门马上就要打开了。

2

山崎部长在机舱里没有等太久。

着陆不到五分钟,气密门就打开了。显示地表影像的屏幕上出现了一个人,看外表很憨厚。这位安保部成员说自己叫木和田,带着一脸惶恐,对山崎部长的等待表示歉意。

据木和田说,在穿梭机正要着陆的时候,土卫二突然发生了地壳运动,不得不紧急处理。山崎部长不认识木和田,但对方很了解他,不过似乎没有想到他会亲自前来。

是公司内部的联络机制有问题吗?山崎部长生出这样的想法,但没有说出口。因为光是通过画面看木和田的表情,他就能感受到对方的困惑。木和田又一次为自己迎接来迟道歉不已。

"地壳运动?是火山活动的影响吗?施工现场有崩塌吗?"

山崎部长有意打断木和田冗长的道歉,开口问道。他觉得如果自己再不开口,木和田可能会无休无止地道歉下去。木和田大概是来自政府部门吧,稍有错误便立刻道歉,但这一行为的背后却隐隐透出了他的不好对付。

承认显而易见的错误，但不会让步。为了不留下话柄，所以对自己的言行都十分小心。这位木和田，在政府部门任职的时候，恐怕是位精明的官僚。一方面姿态做得很足，但关键部分绝不妥协。

"目前还没有直接受损的报告，但也不能疏忽大意。施工现场周边的地基不够稳定，只是暂时还没有以肉眼可见的形式表现出来。最坏情况下，有可能发生次生灾难。"木和田回答说。

山崎部长说了句"知道了，详细情况去事故处理总部说吧"，便转过身子。气密门周围没有人，通信线路上也没有其他人接入的迹象。既然如此，就没必要继续留在这里了。

他没有等木和田的回答，就动身了。山崎部长抓住安装在墙面上的导轨，让身体快速前进。通道前方应该是重型机械的维护基地，同时也是事故发生时的事故处理总部所在地，那里应该有人。

在发生事故的工区，除了安保部的人员外，还有五名常驻技术员。就算他们全都忙于处理事故，至少也有人驻守事故处理总部，可能还会见到当年的同事。山崎部长希望尽早与他们会合，了解情况。

这不代表他不信任安保部门的木和田。他当然也有这方面的顾虑，但还有更深层的原因。木和田的言行举止非常官僚，无懈可击，所以山崎部长怀疑他从一开始就故意扮演了这类人。或者说，木和田压抑了自己的个性，着重表现官僚体制需要的资质。最近这段时间，各个职业都出现了典型人物，所以也有人参照典型改变自己的性格。这种选择差强人意，因为确实有效。

不过，木和田的情况好像没那么简单。他不仅行为举止和思维方式很典型，连声音都很类型化。换句话说，就是平板单调，缺乏抑扬顿挫，恐怕是电子合成的声音。画面上所显示的木和田的影像，感觉也不像是人类。

所以原因只有一个。安保部木和田这个人，并非现实存在的人物。通信线路另一头的人，可能只是构建在计算机内部的虚拟人格。

这么一想，很多疑惑都可以解释了。因为他是一个完美的官僚形象，所以感觉不到个性。仅仅是通过通信线路接触了对方，山崎部长就感受到了他的滴水不漏。这种优等生一般的应对方式，正是虚拟人格的共同特征。

这也可以理解。也许是他们认为没必要承担巨额成本，冒着风险把人送过来。另外，也能合理解释为什么刚发生事故，木和田就迅速到达了现场。应该是从距离最近的后勤基地传送了虚拟人格。

传送行为本身和发一份邮件差不多，到场所需的时间自然比乘坐穿梭机要快。既可以忽略通信的开销，也不会危及现实中的人。虽然虚拟人格的综合判断力不如人类，但也有办法弥补。

理解了情况的山崎部长陷入了无尽的虚脱感中。他认为无法委托给别人，所以才亲自前往现场，结果这个行为几乎毫无意义。而且安保部的保密主义实在是令人气愤。早知道如此，还不如换个选择。

我是被虚拟人格叫到土卫二的啊。

说一千道一万，他最不能容忍的就是这一点。虚拟人格不对行动和判断负责。即使有重大错误，最多也只是将他们当作没有存在价值的程序，直接删除而已。所以虚拟人格没有指挥人类的权限。承担责任是人类独有的特权。

反过来说，如果发生了什么问题，那么责任归属有可能变得模糊不清。假如出现了次生灾难，导致山崎部长死亡，而安保部作为虚拟人格的管理者，却未必需要承担责任。

因为决定来土卫二出差的是山崎部长自己，所以出事故也是他自己的责任。他觉得这可不是开玩笑的事，必须尽快与现场的技术人员会合，决定好撤离之前的安排。

他不想久留，应该没有多少事是必须在现场才能完成的。安排妥当的话，估计几个小时就能处理完。剩下的事情等回到泰坦后再考虑也不迟。也许这么做有点不近人情，不过山崎部长并不想改变做法。

他凭着记忆在通道里前进，来到了事故处理总部所在的建筑。建筑的基本构造用的是寒冷地区的通用设施。虽然受火山活动影响，表面温度相对较高，但基地周围依然是极度低温的世界。

尽管有好几层隔热层保护，建筑内部还是很冷。不知道是不是空调系统没起作用，人一停下来就会感受到逼人的寒气。呼出的气都是白色的，吸进去的冷空气让肺部隐隐作痛。

没有人……

事故处理总部不大，里面一个人都没有。不可能所有人都刚好离开。建筑内部的气温降到现在这么低，说明至少过了土卫二的一昼夜——即三十多个小时了。如果有人在，肯定会注意到气温的异常，去修理空调系统。山崎部长认为那不会是很严重的故障。大概只是空调系统的进气口被什么飘浮的东西堵住。东西贴在上面没掉下来，于是结霜，导致系统无法正常工作。

在重力很小的卫星上，这类故障十分常见。空调系统需要经常有人清扫，不过这里没人。就是这一点很不寻常。如果事故处理总部无人驻守，那还怎么和外界的联络？

山崎部长无法理解现在的情况。常驻技术员去哪里了？他走到墙壁上设置的"窗户"旁边，想寻找线索。其实那只是在屏幕上显示外面的景象，但感觉和透过窗户往外看没什么区别。

从墙壁上的"窗户"里，能看到施工现场所在的大马士革地沟。事故处理总部所在的维护基地位于地沟边缘,本该看得到整个施工现场,就像从悬崖俯瞰峡谷一样。

但是部长发出了失望的叹息。他根本看不到建设中的建筑。水资源工厂的勘探井、电源供应设施就更不用说了,连地沟底部铺设的临时道路都无影无踪。

是那个虚拟人格干的吗?山崎部长想。不知道木和田到底想干什么,连这里都抹去了工程的痕迹。显示出来的恐怕还是施工前的录像。安保部的保密措施,直到现在都没解除。

他一开始是这么想的,但很快就发现了矛盾之处。那是车辆行驶留下的车辙,从维护基地出发,延伸到地沟的边缘。看样子是轮式建设用重型机械,冰原上留下了明显的痕迹。

如果是施工前的旧录像,应该不会拍到建设重机的车辙。只有在工程中后期,才会用到轮式行驶的重量级建设机械。

但是,车辙消失在悬崖边上,就像被冰原吞没了一样。仿佛唯有维护基地周围是当前的影像,而施工现场的核心地区却都退回到了过去。

这不大可能是合成影像,也不像是编辑过的。山崎部长看不出有做过手脚的痕迹,而且从低角度照射下来的阳光也没有不自然的地方。影子的长度和延伸的角度都一样,与现在的时间也一致。

或许是他眼睛的错觉?地沟深度足有五百米,太阳光照不到底部。可能是建设中的建筑沉在黑暗里,肉眼很难分辨。

想到这,山崎部长睁大眼睛寻找,但还是什么都没发现。他提高了影像的亮度,如果确实存在某些东西,不应该显示不出来。而且地沟侧壁的反射率很高,足以弥补五百米的高度差。尽管阳光无法直射谷底,侧壁的反射应该也足够了。实际上,虽然不太清晰,但还是能分辨出谷底的地形。那么大马士革第三工区到底哪去了?

山崎部长一头雾水，只能再次仔细观察画面。他想自己是不是漏掉了什么，结果还是没有新发现。就在这时，他看到了一个移动的点，正从地沟底部急速上升。

3

移动的小点飞速接近。

好像是架小型通用型飞行器，正朝着维护基地笔直飞来。山崎部长松了一口气。尽管情况还不容乐观，但飞行器上很可能搭乘了常驻技术员。也许对方注意到穿梭机的到来，所以从施工现场回来了。

运气好的话，还可能见到他当年的同事克里希那。如果飞行器上没人，他自己坐上去飞往现场也没关系。只要查阅飞行器内的航行记录，应该很容易设定目的地。

飞行器的高度迅速提升，来到了维护基地的上空，似乎要降落在基地的附属设施上。随后很快传来了驳接的动静，监视画面中，气密门打开，从飞行器里走出来一个人。

山崎部长凝神细看。那个人在画面上一闪而过，转眼就走到画面外去了。不过一瞥之间，山崎部长也认出了来人。是不是看错了？部长思索着。

因为那是不会存在于现实中的人，山崎部长怎么都不信。他觉得很可疑，仔细回想刚才看到的画面。没错，不可能是其他人。山崎部长糊涂了，他想不到究竟发生了什么。

飞行器里的人大踏步走过来。监视器画面上,他正沿着停机坪到基地的空中廊道前进。随后,事故处理总部的气密门打开了。来人正是安保部的木和田,他不是虚拟人格,是具有实体的人类。

木和田哈了口气,又朝山崎部长点头致意,但并不打算开口寒暄。尽管外表相似,真正的木和田与虚拟人格完全不同,态度也大相径庭。

木和田的脏脸埋在没有修剪的胡子里,眼神犀利,感觉难以亲近,脸颊瘦削,又显得很落魄,不知道是不是在地沟底部工作了很久,他的防寒夹克上满是油脂污垢。

也许他是去修理故障的重型机械了。固化的油脂附着在头盔下面伸出的头发上。可能就是这个原因,人类木和田要比虚拟人格显得老了不止十岁,而且也感受不到那种官僚气息。

影像上的虚拟人格太缺乏人情味,言行举止都很夸张,像是特意规定好的。人类木和田是自然体,所以虚拟人格刻意强调了与之不同的地方。

木和田裹紧夹克,随手打落空调系统上结的霜。可能早就习以为常了,还专门准备了棍子。他粗粗打扫一番,原本停止运行的系统开始提升功率。

排气口立刻吹出了暖风,霜冻迅速融化,逐渐变成透明的水滴。不过重力不够,水滴无法落下,于是它们汇聚成一个大水滴,摇摇欲坠。

"你掌握大致情况了吗?我安排了事务主任在我没回来的时候接待你……"

木和田收起棍子说。好不容易能喘口气了,但他的手并没有停,而是飞快取下安装在身体上的测量设备和通信终端,又检查一遍,把终端和单元内的系统同步,发送测量设备的数据。

"事务主任?"山崎部长疑惑地问。

木和田迅速回答道："我脱不开身，所以就交给他了……你没见到吗？他像是我的分身，所以容易弄混吧。"

是说那个虚拟人格吗？

山崎主任从木和田的话中推测。他知道有些虚拟人格是从人复制来的"分身"，用于协助极其繁忙的管理人员，但是很容易发生混乱，所以极少实际投入使用。而且也存在被用于犯罪的风险，因此在构建和使用上存在许多限制。

不过这都是地球上的情况，在行星和卫星上并没有法律约束。使用虚拟人格的情况很普遍，只要花些时间，自己制造"分身"也不是不可能。

但即便如此，实际案例还是很少，可能是因为心理上的抵触感很大。换句话说，给自己制造"分身"的木和田，恐怕是个怪人。他和虚拟人格也许只是"外表相似的两个人"，但内心或许共享了同一个人格。不然，他不会自己说出"分身"这个词。这个词给人的感觉不像是单纯的外表相似，而是连思维模式和判断标准都保持一致。说得明确点，就好像是木和田自己的复制品。

带着这样的想法，山崎部长看木和田的眼神有了微妙的变化。他下意识地警惕起来。虽然木和田看起来是位值得信赖的管理者，但内里或许是个墨守成规、不肯通融的人。

山崎部长难以平静，有种终于抓到对方隐藏一面的感觉，不过还不至于被对方看出来。他保持着自然的态度，详详细细说明了自己抵达后的经过。说完这些，他又坦诚地说："我并没有掌握事故的基本情况。我本来以为到了事故处理总部，就能找到人了解……"

山崎部长停住了。木和田正用犀利的眼神瞪着他，似乎很不高兴。木和田脸上的表情异常严肃，就像换了一个人。

山崎部长很不解，不过倒不是对木和田的态度。因为如果是他刚才接触的"事务主任"，绝对不会是这个反应，而是应该带着暧昧的表情，对部长的话置若罔闻。也就是说，"事务主任"并不是木和田的复制品，而是应该在某些地方有意做出了改变。

"你可能误会了。事务主任说的话，就是我说的话。没理解这一点，就会产生矛盾造成困扰。"

木和田一边说，一边看了看结束同步的信息终端。可能是在查阅虚拟人格和山崎部长的对话。但他的脸色没有缓和，反而变得更加严肃。

我刚刚以为安保部没有派人，只是派了虚拟人格前来处理事故——这个想法还是不说为好了。确实是他误会了，那么就该道歉。想到这里，山崎部长简单地说："以后我会注意。"

"嗯，为了避免以后再误会，我先解释一下。事务主任一共有三个，都是同一规格，定期同步彼此的记忆。不过，经验导致的人格变化并不属于同步的内容。"

木和田说得轻描淡写，所以山崎部长一时没反应过来，过了一会儿才开始惊讶。在他这个土木工程部长一无所知的情况下，安保部就进行了改组，不知道究竟引入了多少分身。

但出人意料的事情不止这一点。木和田继续淡淡地说道："刚才接待你的是三个人格当中资格最老的事务主任。为了和其他两个区分，有时候也会管他叫现场主任。他在这个工区开始施工前就常驻了，不过平时并不出现，只是在后台管理通信系统和重要数据，相当于处在休眠状态，所以常驻技术员并不会意识到他的存在，扫描系统内存也发现不了。

"但是，一旦发生紧急情况，他就会迅速恢复功能，然后在安保人员抵达前，接管危机处理的核心任务。不过他没有指挥权，也不能承担责任，所以才把我这个原生人类紧急派来。待在泰坦的安保总部什么都做不了，即使能够指挥全局，也无法承担责任。不到现场，很多事情就搞不清楚……这话虽然是老生常谈，但也确实有它的道理。"

"我能问个问题吗？如果不涉及机密的话，能告诉我为什么会有三个事务主任吗？"

等着木和田说完这番话，山崎部长问道。不知不觉间，他的语气变得很礼貌，可能是因为看木和田的眼神发生了变化。这么多的人格，让他心生疑问。施工现场再怎么大，需要配备三个人格吗？

他不清楚虚拟人格的规格，但通常都能在多个地点同时工作。只要通信系统正常，一个虚拟人格就足以管理整个施工现场。这是山崎部长的想法，不过木和田的回答也很明确。

"这里和泰坦的安保总部各配备了一个人格。第三个是以防不测而留的备份，通常不会激活。方便起见，通常将现场主任之外的两个人格，称为总部主任和后勤主任。这三个人，再加上原生的我，一共是四个人。但我们不会同时在场。这是为了避免混乱而做的自我约束。所以事务主任不会来这里，在这个意义上，称他为分身也是有道理的。"

山崎部长理解了。他确实误会了。要说明事故的基本情况，最合适的确实是那个虚拟人格。

4

这是一场令人费解的事故。

终于了解了事故情况的山崎部长，反而生出这样的想法。

整个施工现场都被冰原吞没，但如此大规模的灾难，却完全不清楚原因。所以，当下还无法建立事故的力学模型。

简而言之，目前根本不知道到底发生了什么。施工现场发生的异常情况当然都有记录，好像是地基应力上升，产生了应变。也有一部分地下温度急剧变化的痕迹，但都还没有得到确认。

因此不知该怎么抢修，毕竟无法确定今后会不会再次发生同样的情况。注意不到任何预兆，也就无法提前发现异常情况从而避难。现在连靠近施工现场都很危险。

尽管如此，木和田还是坚持守在现场。因为包括克里希那在内的五名常驻技术员，全被关在施工现场的建筑里。麻烦的是，五个人的位置都是分散的，并不在一起。他们在广阔的施工现场各自工作的时候，事故发生了。于是，五个人连同所在的建筑一起被埋在了冰原下面。幸好所有人都没有生命危险，都在等待救援，但情况不容乐观。

所有建筑都被埋在大量的冰块中，很难施救。目前建筑还不至于被压垮，里面也有足够的生存物资，但周围的地壳正在频繁活动，地基很不稳定，所以无法使用重型机械正式展开救援。眼下只能专注于维持通信线路通畅和保证物资供应。这已经牵扯了木和田的全部精力，其他事情只能交给山崎部长来做。

讨论结束后，木和田匆匆返回现场。避免"同时出场"的事务主任，在通用型飞行器离开后立刻现身。他和山崎部长确定了救援工作的顺序，随后他将在事故处理总部全面协助救援。

"能不能帮我把可以自主移动到事故现场的挖掘型重机全部列出来？如果有办法运输，或者可以自行移动，从其他工区调集也可以。"

"从其他地方调集很不现实。虽然建设了重型机械的专用道路，但没有仔细维护，通行很花时间。而且最近的工区距离这里也有四十千米，中间的路段都是没有修整的,车辆难以行驶。而能空运的轻量级挖掘机,挖掘能力又不够,从作业中的维护能力考虑,还是能够自主运转的重型机械最有效率。"

事务主任立即答复道。他的语气依然很严谨,不过山崎部长并不反感。因为事务主任的话语中有着充分的说服力。

但实际显示出来的清单,却让山崎部长很失望。

"这就是……所有的车辆了?是不是搞错了?"

山崎部长难以接受眼前的事实,忍不住问了一句。清单上列举的重型机械数量,只有他预想的一成,而且大部分都是轻量级的挖掘机,也就是事务主任认为"能力不够"的小型机械。

但事务主任不为所动,淡淡地说:"说起来您可能不爱听,您好像还没有准确把握现状。本工区的重机,差不多都在事故中折损了。它们和正在建设中的建筑一起,埋在无数冰块下面。我们尝试挖出那些被埋的重型机械,但都以失败告终。一旦开始挖掘,周围的冰块就会开始膨胀,无法支撑自重从而崩塌,且多次引发了次生灾难。救援被掩埋的技术人员时,也遭遇了同样的情况。只要用重型机械强行挖开冰块,冰原必定崩塌。这种情况使用轻量级的机械都是极限了。而且即便如此,也无法保证绝对安全。说得极端一点,如果要确保万无一失,除了人力挖掘,没有其他办法。但那需要无穷的人力和时间……"

山崎部长愣住了。这简直就是去冥河河滩堆石头[1],又或者像西西弗斯推石头的苦役一样,是永无尽头的重体力劳动。零下一百摄氏度的冰块,怎么可能靠人力挖掘?

即使成功救出幸存者,后续工作也不见得能顺利开展。如果费了半

---

[1] 冥河河滩堆石头,日本传说,如果孩子比父母先死,就会在死后去冥河河滩上一边被鬼欺负一边堆石头赎罪,意为白费功夫。

天力气重启本体工程,结果又发生同样的事故,那就毫无意义了。而最坏的情况就是在无法修复的情况下,直接放弃工程。

看完事故录像,山崎部长就十分在意。那段录像很奇怪,冰块像活物一样移动起来,吞掉了现有的建筑。冰块的行动虽然缓慢,但却无法抵抗。

难道这个星球上的冰块有自主意识?

不知怎么的,山崎部长生出了这样的想法。这个想法毫无来由,却有着连他自己都诧异的说服力。他实在想不到其他可能性,说不定有某种超越人类智慧的未知之物隐藏在这条地沟里。

在发生事故的大马士革第三工区周边,陨石坑很少,但有好几条大规模地沟。地沟的地表温度比周围高出许多,有火山活动,下面可能存在液态水。这是土星系中为数不多的可以开采的水资源。如果开采步入正轨,有望满足整个土星系的水资源消耗量。

前期调查的时间很充分,水资源开发项目也正式启动。针对南极地区的四条显著地沟群,按照各自的地形情况进行了试开采。

而建在大马士革第三工区的工厂,预计拥有最大规模的水资源供应能力。既是因为这里水资源预估储存量大,也是因为开采成本较低。所以工程难度虽然大,但也不能放弃。

在开采前的调查中,并没有发现有发生大规模事故的可能性。虽然观测到了火山活动,但调查认为对工程没有影响。工区内的地基很稳定,观测到的火山活动规模都很小。

然而,这使得救援工作更加困难。施工人员滞留的建筑全都在地沟底部。这是因为边缘处的水脉较浅,挖掘工作较少,主要任务都集中在地沟底部。相应地,修建了从边缘到底部的倾斜道路,供重量级的机械自主行驶,轻量级的挖掘机械可以用运输机运输。

但现在这条倾斜道路也因为事故被掩埋了，就像山崎部长从事故处理总部的"窗户"看到的那样，建在冰崖上的道路消失得无影无踪。

换句话说，事故把地沟底部和边缘部切断了。大部分重型机械还在地沟底部工作，便被掩埋在冰块下面。只有在边缘部基地中维护的机械逃过一劫。

事故发生后，这些幸存的重型机械被迅速用于重新开挖道路，但所有恢复工程都以失败告终。只要开挖冰面，周围的冰层就会膨胀起来，埋掉道路。

剩下的办法只有通过空运向地沟底部投放轻型机械，但这同样存在风险。虽然降低了崩塌的风险，但也不能确定一定不会崩塌。

哪条路都走不通。不管怎么做，作业成果都会被冰原迅速吞没。在山崎部长看来，这不是在挖掘冰块覆盖的大地，而是在挖漫天大雪的雪原。轻飘飘的雪花就像水一样无孔不入，难以紧握。它们看似没有实体，但只要一停下来就会迅速变得像岩石一样坚硬。它们乘风而来，填满每一道狭小的缝隙。事故现场也在发生同样的情况。

这不正是月面的隧道工程吗？

山崎部长忽然想起年轻时候负责过的工程，那是他和克里希那首次合作。当时的问题来源是喷出的干燥细沙，而这次是无法预测动向的冰块。虽然当时和现在的情况没什么相通之处，但可能也有值得参考的地方。

不过，在那之前还有件事要做，那就是掌握现在的情况，认清事故的本质。这件事他试过好几次了，但还是没有得到结果。可能是他漏掉了某些重要信息。

山崎部长呼叫事务主任："我想再看一遍事故当时的录像。你能帮我放一下吗？"

他下意识地变得很客气。事务主任出现在终端屏幕上，听到山崎部长的话，表情有些微妙的变化，叹了一口气，一副欲言又止的样子。

随后，"窗户"中的景色发生了改变。画面角落显示的时间跳回到事故之前，差不多是土卫二深夜的时候。土卫二的自转周期与公转周期一致，所以一天约为三十三小时。

在这个时间点，土星与太阳处于同一方向，照到地面上的光线很弱。除了泰坦等遥远的卫星群，以及点缀在夜空里的恒星之外，没有其他光源。不过，深夜里工程也没有停止，大部分作业都是在无人状态下进行的。

山崎部长仔细看了看时间。事故发生的具体时间没法确定，但可以大致估算。画面角落里显示的是最先观测到异常的时间，但可能在那之前就发生了异变。

山崎部长全神贯注地盯着屏幕，以防自己漏掉什么，但并没有发现遗漏的迹象。到目前为止，倾斜道路上似乎没有异常，去维护基地定期检修的大型重机沿着道路缓缓攀登，散布在地沟底部的勘探井也都正常地运转着。

对于眼前看到的所有景象，山崎部长都记得清清楚楚，一个细节也没漏。因为这是他进入总部之后第十次看这段录像了。估计事务主任一脸无奈吧。但不管看上多少次，他还是没找到任何线索。

画面很快就播到了出现异常的时间。紧接着，整个画面都暗了下去。像是电源断了，几乎所有的作业灯都灭了，只有作业中的重机和车辆上的灯还亮着，但这些灯也没坚持多久。没过几分钟，所有的灯都灭了。

山崎部长说："请放大画面中央的重量级挖掘机，就是在整地作业的那台……"

话还没说完，事务主任便调整画面，放大了重型机械的影像。但由于距离太远,而且角度不好,看不清楚发生了什么。光亮不足,只能靠数据加工来调整,分辨率也很差。

山崎部长只能看到亮色涂装的重机在极短的时间里变成了白色。随后画面中的时间飞速流逝,曙光照到地面,地沟底部也明亮起来。但无法行驶的重型机械却消失得无影无踪,就像被趁夜涨起的冰层吞没了一般。

令人费解的正是这一点。地表的重力很小,也没有气流,怎么就埋掉重型机械了呢?

5

没有其他办法,山崎部长只能反复观看录像。

几乎每一帧他都很熟悉了。他想从中寻找线索,所以看了好多遍。不只维护基地拍摄了俯瞰录像,建设中的建筑也都安装了监控摄像头。后者位于地沟底部,拍摄的录像画质很好,角度也不错。只是地沟底部的机械几乎全毁,就算机械完好,通信线路也断了,无法获取数据。尽管通信系统已经恢复,但最优先的任务是联系幸存者,回收数据倒是次要的。

不过,随着时间的流逝,近距离拍摄的事故录像也一点点传了回来。但也不能等太久,如果不抓紧时间救援,说不定会发生更为严重的事情,而且幸存者的体力也快到极限了。

新传来的录像拍摄的是日落下的施工现场。勘探井的作业监控摄像头，偶然间拍到了事故发生的瞬间。

不过事务主任并不确定，一开始只是客气地提醒了一声："那个……右侧后面有个看似光点的东西在移动……"

山崎部长瞪大眼睛，注视着光点。影像上的那个部分立刻被放大，看着像是重量级挖掘机的影子。但灯光正对着摄像头照射，而且还飘着细小的冰尘，所以看不清影子的轮廓。

就在山崎部长想着"这段影像数据没法处理得更清晰吧"的时候，画面突然暗了，影子的轮廓清晰显现出来。安装在建筑上的作业灯灭了，随后重型机械的灯也灭了，影子停了下来。

山崎部长情不自禁向前探出身子。车身停止之后不久，遮挡视线的冰尘逐渐扩散开去，与此同时，重型机械的影像也变得愈发清晰，唯有轮子周围的冰尘没有消失。

那不是冰尘滞留在轮子周围，而像是不断补充着新的冰尘，或是地下正喷出白烟，所以重型机械接近地面的部分始终模糊不清。

"能切换到红外线图像吗？"山崎部长看着录像问道。

事务主任当即做出反应。新画面的中央部分显示出橙红色的亮块，这个巨大的热源好像是重型机械的引擎。引擎应该包裹了隔热材料，但热量似乎还在往外泄漏。

相对的，温度稍低的周边部分呈现淡黄色，而与地面接触的驱动部分则是温度更低的绿色。但和极端低温的地表、崖壁相比，温度还是很高。整台重型机械的轮廓清晰地浮现出来。

随着时间的推移，轮廓的明亮色彩一点点褪色。估计是因为引擎紧急关闭，冷气逐渐从地面传了上来。再过一阵，应该会变成和地表一样的黑色。

不过影像很快就中止了，大概是监控摄像头停止运作了。

山崎部长说:"请再把最后的部分重放一遍。不要热源,突出车体的低温部分。"

"需要提高传感器灵敏度,突出显示温度变化吗?"事务主任问,他似乎察觉到部长的意图。

山崎部长想了想说:"不,先和刚才一样。"

他对于录像有几个疑问,其中之一是关于重型机械的温度变化。在近乎真空的环境中,车体温度下降得似乎过快。要确认这一点,得先重新检查下正常的灵敏度。

果然和他预想的一样,重新计算的结果显示,重型机械确实有强制冷却的迹象。但仅仅是接触到低温的冰尘或白烟,温度不应该下降得这么快。那些媒介很稀薄,不可能迅速剥夺热量。

粗略估算的结果证实了山崎部长的推测。车体周围恐怕发生了某种化学反应,施工现场可能也发生了同样的现象,于是导致整个工程逆转到施工前的状态。

要抓紧时间。在他们调查的这段时间里,冰层也在变得更厚。再拖下去,救援就会愈发困难。他呼叫事务主任,只说了一句"突出显示同样的位置"。

事务主任也短短地回应道:"了解。灵敏度提高十倍。如果不够,可以再进一步突出显示。"

不需要更多的说明,也没工夫详细解释,时间比什么都宝贵。话音未落,影像便动了起来。除了必要的部分,其他都被裁掉了,图像看着好似抽象画。

只有重型机械的驱动轮和接地面[1]能勉强看出模样。除此之外的部分

---

1. 接地面,轮胎与路面接触的区域。亦称"足印"。

都不成形状，只有用黑色和深蓝色显示的稀薄飘浮物。

十倍还不够，山崎部长想。事务主任似乎也是同样的想法，把倍率一口气提升到一百倍。这回更清晰了，只有重型机械周边是亮色，其他部分都沉在黑暗里。

随后，地表的一部分开始变亮，温度也在上升，不过与周边的温度只差几度。这部分正在迅速靠近停止的重型机械。

山崎部长有种错觉，这像是某种放射明亮光芒的东西在冻结的地面上移动。但再怎么仔细看，也找不到什么东西在动。这是当然的，因为地面上什么都没有，只是出现在地下浅层的热源。热源在地下移动，给地面留下了明亮的痕迹，随后停在重型机械附近，亮度急速增加。

是在积蓄热量吗？山崎部长想。

积蓄的热量没有宣泄的去处，滞留在地下浅层，随后立即喷出地表。不过高温状态只持续了片刻。喷出地表后，影像上的这一部分又变黑了，温度迅速降低。

难道是绝热膨胀[1]？

山崎部长感觉这个推测有些道理。这虽是他的直觉，但也有足够的证据。地下水脉和重型机械周围飘浮的白烟，以及在地下移动的热源，都证实了他的推测，也合理解释了为什么边缘的建筑会免遭事故。

从地下深处升上来的高温高压水蒸气，在喷出地表的同时膨胀，因而温度迅速下降。地沟底部很可能滞留着稀薄的大气，否则也不会发生绝热膨胀现象。

强制冷却的水蒸气化作冰粒继续流动，随后附着在重型机械的表面，形成冰块。

---

1. 绝热膨胀，指与外界没有热量交换，但气体对外界做功，气体膨胀。经常用于降低气体的温度，起到冷冻的效果。

209

所以并不是冰块膨胀导致建筑和重型机械被淹没,而是来自地下的水,形成了新的冰层。

这便可以解释,为什么施工现场会被冰块掩埋了。但最核心的问题还没找到答案。地下喷出的水蒸气怎么能这么精准地冻住重型机械?这实在不像是纯粹的偶然。

山崎部长从中察觉到某种不自然,但这感觉来自何方?精准的冻结现象一齐发生,不仅冻住了工程机械,连正在建设中的建筑物也没能幸免。

事故肯定很突然,持续时间也很短,否则无法解释为什么一个技术员都没逃出来。也就是说,在相隔很远的范围内,同时发生了冻结现象。因此,基本可以排除水蒸气随机喷发的可能性。

也许存在用于了解情况的传感器,以及控制水蒸气流动的管道系统。如果真的存在,那系统必然非常精密。问题恰恰就在这里——施工现场发生的事故,真的是自然灾害造成的吗?

换句话说,这可能是某种智慧生命特地准备的破坏行动。不管是什么生命,总之不可能是人类。如果不是超越了人类智慧的神,谁有可能在冰冻的星球上建设出如此先进的系统呢?

山崎部长知道这个想法非常荒诞。正因为太荒诞,所以他一直有意识地不往这个方向考虑。这也是个超出技术人员理解范畴的概念。但从实际发生的情况看,却无法忽视这一可能。

没时间字斟句酌了。山崎部长单刀直入地问:"这是自然现象吗?还是说,更应该视为某种智慧生命构建的系统?比如说……具有高度文明的地外生命……"

事务主任似乎吃了一惊,盯着部长看了片刻,然后慌忙移开视线。不知怎么,山崎部长感觉对方的表现颇为狼狈。这预想之外的反应让部长有些困惑,他没想到事务主任会露出这样的表情。

"这……我无法回答。关于地外生命,我没有足够的能力给出个人见解……"

事务主任小心翼翼地说。他像是从刚才的狼狈中恢复过来,语气显得从容含蓄。但为什么刚才有点慌乱呢?

难道……山崎部长想,他隐瞒了什么重要的信息?

6

终端屏幕上的事务主任,宛如静态图片一样纹丝不动。

其实本来只要有声音就行了,不过通常情况下事务主任就是这副形态。也许是还记得刚才的慌乱,他的动作特别少,表情也几乎没有变化,像是将自己封闭在外壳里,不让别人看穿内心。

事务主任果然隐瞒了有关地外生命的重要信息。

山崎部长十分肯定。早在开工前的调查阶段,事务主任就常驻在基地电脑里,任何琐碎的信息都不可能错过。不过那些信息都封存在事务主任内部,即使他自己知道,也无法说出来。

关于地外生命,他说自己"没有足够的能力给出个人见解"指的就是这个意思吧。说不定都不能告诉真实的木和田。一旦这些信息泄露,公司里必然有人要为此承担责任。

不过即使不能公开说明,事务主任与木和田之间也应该暗中达成了一致。甚至可以说,不仅是木和田,整个安保部都有了共识。否则无法解释为什么安保部要封锁现场的所有信息。

地外生命的存在会带来复杂且棘手的问题。这是史无前例的发现。唯一可以确定的是，如果是在施工现场发现了证据，那么工程必定会无条件中止。国际机构将管理施工现场，并展开大规模调查。

虽然公司不会因此产生直接费用，但还是不能避免经济损失。如果处理不当，公司有可能陷入存亡危机。不过，不能无视地外生命存在的证据，毕竟隐瞒事实太危险了。

作为安保部成员的副本，事务主任的存在可能是一个苦肉计。即使发现了地外生命存在的证据，事务主任也可以自行决定封锁相关信息。而作为本体的木和田本人，又能从事务主任的表现中察觉到这一事实。这么大费周章是为了争取时间，等到做好充分的准备，能承担工程中断带来的损失后，自然可以提交正式的报告。

这绝不是要无视地外生命的存在，更不是为完成工程而不管人类存亡。这个方案是为了争取时间而作出的痛苦选择。

不过，就眼下的情况来看，这种安排恐怕起到了反效果。

土卫二上存在的很可能不止地外生命，还有高度文明的遗迹。事故发生的原因可能就是无视遗迹强行施工，但现在说这些也无济于事。山崎部长下定决心，开口问道："关于这件事，你有什么想法吗？什么都可以。"

这种问法很拐弯抹角。不过事务主任马上就理解了，表情忽然变得开朗起来。

"如果可以如实表达我的感想……当然这只是我个人的粗浅想法，可能不足以参考。"

事务主任的话平平无奇，却蕴含了强烈的感情。他继续保持着淡淡的语气说道："在我看来，土卫二非常痛苦，像是在流血……我们在地沟这个旧伤口上使用了很多重型机械，开挖冰层、掘出深井。如果放任不管，我们会强行抽走地下水，系统将无法正常运转……"

也就是说，喷射的水蒸气是为了自卫而流的血。

山崎部长这么理解事务主任的话。这个星球的一连串行动都有着明确的目的，它为了驱除深入体内的异物，用冰掩埋了整个施工现场。

所以人类的恢复工程自然会困难重重。挖开厚厚的冰层，就像是强行剥开结疤的伤口。重新撕开快要痊愈的伤口，当然会流出新的血。换句话说，按通常的做法救援，只会加深伤口，连技术人员都救不出来。

不过，办法还是有的，而且很简单。只要暂时阻止伤口流血，或者让流出的血不凝固就可以了。

虽然详细的作业步骤需要根据现场的地下水脉来决定，但原理上是可行的，而且估计也不会有很大的难度。所需的信息都很齐全，不需要重新调查。

想避免水蒸气的喷涌，只要切断供给源头的水脉即可。哪怕断口处喷出再多的水蒸气，只要距离救援现场足够远，就不会产生阻碍。但这个疗法很粗暴，好比为了阻止伤口出血，而切断心脏附近的动脉一样，不过这么做的确能把人救出来。

任务的目标是救出幸存者，而不是保全系统。

原理上，阻止水蒸气急速冷却的方法也很简单，只要把滞留在所涉区域的稀薄大气预先排空即可。这样就不会发生绝热膨胀，从而阻止水蒸气结冰。

当然，用这种办法救出技术人员的代价就是伤害土卫二。这相当于切开伤口，并且进一步扩大它，同时无视大量失血的问题，强行手术。

但山崎部长没有犹豫，因为他又想起了当年克里希那说过的话——

"我们是不是太急了？"

山崎部长又在问自己。自从负责月面隧道工程以来，他无数次地问过自己这个问题，却至今都没有找到明确的答案。但在目前的状况下，他可以自信地给出回答：不是，绝不是。

如果能从冰块深处救出克里希那，他要先告诉他这个答案。山崎部长很确定，如果有什么东西想阻止救援，那么哪怕要碾碎它，他也会继续施救。

即使是超越人类智慧的神，也不能挫败我们的意志。

VII

星之创造者

2014年第45届日本星云赏最佳日本短篇小说

日曜太阳消亡事件

1

飘浮在空中的土星，没有光环。

眼前的投影只有主星。光看星球的全貌就能发现，这是可见光模式下的集成影像。星球上没有黑夜，到处都是明亮的，不过这并不是从太阳照射的同一角度拍摄的图像。它和自然真实的实拍影像区别很大，估计是用多份图像数据合成的虚拟立体影像，所以星球上没有阴影，即便是立体的，也依然显得很扁平。

还有其他别扭的地方。由于人工影像处于可见光模式下，缺乏红外反应，所以很难判断星球表面的温度差，这也使得土星特有的横纹变得很不清晰。不过色彩的变化还是能看出来。从淡如白桃的粉色到泛蓝的褐色，整个星球的色彩无缝变化。从这一点上说，影像准确把握了土星的特征。

如果这是构建在虚拟空间中的"土星仪"，那么可以说充分展现了制作意图。然而山崎部长还是觉得很不协调。光是没有土星环，还不至于让他产生这样的感觉。可见光模式中的土星影像，无法给他带来真实感。不过在山崎部长看来，这倒也是一种新鲜的感受。

山崎部长看惯了轨道上的土星。这段时间，他常驻在泰坦的企业总部，出差的时候也有很多机会从宇宙飞船上眺望土星。所以他认为从泰坦或宇宙飞船上看到的土星才是真的，不过那些景象其实好像也是经过图像处理的。

因此在山崎部长眼中，土星仅反而有些不真实。部长自己对此也很惊讶。

没有光环的土星停留了片刻，随即迅速缩小，仿佛一下子拉开很远的距离。与此同时，环绕土星的卫星群进入视线范围内。卫星数量很多，大部分都小到难以分辨细节，只能勉强辨认出最大的卫星泰坦。其他数十颗卫星，只用亮点来显示它们各自的位置。

土星与它周围的卫星群占据的空间很大，大到足以称为一个星系。虽然规模没有太阳系那么大，主星也不会放出热量，但在诸多卫星环绕下，确实也有自己的风格。

作为土星特征的华丽光环，也是由诸多卫星带来的。这是身为"家臣"的卫星奉上的"贡品"，更是与星系之主相称的王冠。飘浮在虚拟空间中的土星系，慢慢形成光环。

光环的原型是稀薄的云层，它们来自绕土星近距离轨道旋转的小卫星。不断坠落的陨石敲击卫星表面，让星球的碎片肆意飞散。碎片挣脱卫星的微弱重力，飘浮在卫星间的轨道上。

此外，卫星之间也会相互撞击，产生大量星尘。粉碎的冰块划出平缓的轨道落向土星，又被土星的强大潮汐力撕碎，化作细小的碎片滞留在轨道上，加入星尘之中。

星系外也在不断供应星尘。那是被土星的引力改变了轨道、迷失在星系里的彗星，而且不止一颗。它们划出杂乱的轨道，逐一朝土星坠落。其中一些被土星的潮汐力破坏，或者与卫星撞击，被还原成细碎的冰粒。有些冰粒会进入土星附近的滞留轨道，但也有不少粒子无法保持稳定而坠落。这些无法维持轨道的粒子，会被土星吞没。

这些都让光环变得更加光滑。跟不上轨道的粒子被筛除，参差不齐的外观得到修整。随着时间的流逝，光环的轮廓逐渐变得清晰起来，然后变化成由若干空隙分隔的带状光环群——也就是现在的形状。

山崎部长轻轻呼了一口气。模拟影像快结束了，显示的时间正迅速变化，逐渐来到现在的时间。

影像模拟了土星光环群诞生的整个过程。但这只是前奏，是为了给参会人员共享背景知识，同时根据众人的反馈实时调整投影系统。

接下来才是正式报告。而土星周围的光环群，也不再是单纯的投影。淡到肉眼难以辨认的光环，有着非常重要的作用。

这是土卫二为土星生成的E环。它位于土星主环群的最外侧，宽度达三十万千米，是其他所有主环宽度合计的两倍多，但是密度很低，只有通过雷达观测才能看到。

"我们认为，E环的密度将会逐渐上升。原因在于土卫二的火山活动。自之前的事故以后，土卫二的火山活动便很活跃。"

说话的是调查组的克里希那，他的语气中没什么情感。影像的一部分随之放大，特写出了山崎部长记忆中的土卫二地表。不过，虽然克里希那说到了火山活动，但他并没有看到类似木星系的木卫一那么剧烈的喷发和熔岩流，只是从地沟里喷出细细的烟尘。火山性气体[1]喷发出来后，热量便迅速丧失，化作细碎的冰粒，流入土星轨道。经过漫长的岁月，形成了今天的E环。

冰粒不断从地沟喷出，但E环的密度并不会因此上升。由于偏离轨道和扩散作用，以及落入土星等因素，粒子不断丢失。粒子的供应量和逃逸量得以保持平衡。

但在大马士革第三工区发生事故后，情况有了重大变化。冰粒的喷出量急剧增大，E环密度有上升趋势。不过，这种趋势似乎很早以前就

---

1. 火山性气体，指高温高压下，天体内部岩石熔融而形成的岩浆中的挥发性成分。

开始了。

按照克里希那的说法，E环的外观在今后十万年里不会有变化。从太阳系的历史来看，这只是短短的一刹那，但对人类来说，却是无比遥远的未来。

这一点有着重要的意义。如果不公开这个事实，那么今后十万年可能都不会有人发现。不在土星系内进行长时间的观测，就不可能发现E环的变化。

但是，公开宣布这个事实也很危险。在场所有人沉默不语，眼神游离。参会人员彼此之间并不熟悉，都不知道该做出什么反应。

山崎部长也是一样。虽然他已经在一定程度上察觉到了真相，但参会人员中还有他根本不认识的陌生人，自然不能随便开口。这场会议是安保部主持的，仅此一条便足以让他谨慎了。

这间会议室设在泰坦的企业总部里。由于会议涉及机密事宜，所以参会人员要控制在最小范围内。调查组中只有克里希那出席。组织会议的安保部也只派来了木和田。

除了土木部长山崎之外，也只允许泰坦的企业总部再派一个人。然而企业总部代理部长的巴默刚刚到任，他好像还没弄清情况，一脸茫然地听着报告。

因为就算有什么地方不明白，会议室里的气氛也实在不适合提问。为了保密，这次会议不允许做笔记，也不准带终端。

远程参会也不行。这是担心通信被别人误收或窃听，不过更多的应该是考虑到效率。泰坦的企业总部与位于月球的公司总部之间，单程通信需要一个半小时，一来一回需要三个小时，不可能进行正常意义上的对话。

因此，会议的目的应该是召集核心人员，迅速作出决定。可以说，这场会议将会决定今后的大方向。不过在得出结论以前，会议本身并没有约束力，也没有人说明如何推进议程。

与其说会议是为了汇集参会人员的意见，不如说是为了安保部的木和田确认技术人员想法，所以会议上不允许任何私人记录，只有木和田带着终端，里面估计驻守着那个叫"分身"的虚拟人格。

"分身"不会和本体同时出场，所以应该不会在会议中发言。他相当于观察员，但却让山崎部长很介意，仿佛能感受到他的气息。山崎部长无法忽视"分身"的存在，但也只能视而不见。

会议室里还有一位技术出身的人员，他是来自金星区域企业总部的堂岛所长。山崎部长和他之前没有太多的接触，听说他擅长修建飘浮构造物，有过很多出色的成绩。

这当然非常了不起，但山崎部长不明白他为什么会在这里。既然是现任的所长，说明目前应该正在负责某处工程的施工，然而他却来到遥远的泰坦出差。

堂岛所长自己好像也不太清楚出现在这里的理由，一脸不解地看着土卫二的影像。他也是高重力行星的施工管理资格持有者，看得出全身肌肉都做了强化。他可能在金星区域的太空中乘坐的是高加速度飞船，这种飞船会持续产生高加速度，给乘客的身体带来巨大的负担，不过堂岛所长应该能撑得住。但在泰坦的低重力环境下，改造后的身体反而显得不适应。

或许是这个原因，堂岛所长给周围人留下了深刻的印象，其中自然也有对成绩卓著者的敬意。所以当他打断克里希那的说明时，其他人都默认了他的做法。

木和田本应制止不按顺序发言的堂岛所长，但他并没有出声，仿佛也与堂岛所长达成了协议。

所长说:"那地方我不熟悉,不掌握当地情况会很困难。所以如果没有充分地了解,接下来可能会对听到的内容产生误解。我知道自己打断了你的说明,但请让我问几个基本问题。大马士革第三工区的事故与E环的密度变化,是否存在因果关系?根据刚才听到的说明,我只能认为事故的原因尚不明确。能不能先解释一下这一点?还有一点,如果两者有任何关联,请展示这种判断的依据,或者相应的机制。否则我的理解跟不上,很难提供帮助。"

堂岛所长的态度很谦恭,但却暗藏着毫不退让的决心。如果得到的回答模棱两可,恐怕他会立刻离席返回金星。因为他很清楚,这不是公开会议,这么做也不会有什么大问题。

2

会议室内的气氛瞬间紧张起来。

因为木和田与堂岛所长正盯着彼此,互不退让。不过,这并没有持续很长时间。堂岛所长先移开了视线并垂下眼睛,朝木和田微微行礼。木和田依旧盯着所长,表情缓和下来。

但他之后的话却很直接。带着平静的表情,木和田提醒道:"您似乎有什么误解。我们并没有确定本次事故与E环密度变化之间的关联。土卫二的火山活动引发了这两种现象,我们并没有观察到其中一个现象引发了另一个现象。"

山崎部长皱起眉头。木和田的说法无懈可击,非常巧妙,但并不正确。虽然他没有故意说谎，但显然有意隐瞒了一部分事实。两种现象并不是同时发生的，它们之间有着明确的时间差。大马士革地沟的事故发生在工程中期。原本处于休眠状态的火山开始喷发且势头迅猛，迅速冻结了整个施工现场。而在事故平息之后，冰粒依然持续喷涌，不断提升E环的密度。

仅从这一点上看，就不能否定因果关系。可以肯定，正是由于施工挖掘了地沟底部，才导致休眠的火山复苏。

但木和田却说火山复苏在先。他认为冰粒喷涌引发事故，同时也让E环密度上升。这种说法虽然没错，但他故意忽略了时间差，从而巧妙地否定了因果关系。木和田这么做的动机显而易见，自然是为了避免工程被迫中止。

因为宇宙开发中有着这样的原则：要尽可能避免人为改变环境。

可是不管什么工程，都免不了对环境的影响。说极端一点，从人类进入太空开始，就已经影响环境了。但导致土星外观变化的情况，显然不在接受范围内。E环再怎么稀薄，也是土星的重要特征，哪怕十万年间都不会出现明显改变，但工程还是得无条件中止；而且一旦中止，重新开工也将遥遥无期；即使再次开工，也必然会彻底修改设计方案。

所以，在当前这个时间点上，木和田自然不会承认两者之间的因果关系，因为他还没有做好相应的准备。

山崎部长对此心知肚明，所以反倒没有开口。他能切身体会到木和田的苦恼。而且木和田说的是没有确定两者之间的关联，他从这句话里听出了对方在努力让步。木和田并没有斩钉截铁地否定，而是说没有足够的证据来确定。

以山崎部长的立场来看，他只能静观其变，不偏袒任何一方，静候事情发展。木和田应该会想出一个折中方案，提交给堂岛所长。带着这

223

样的想法，他等待着事态平息。

但堂岛所长没有轻易让步。他没接受木和田的解释，依旧紧追不放："那么，还有一点。土卫二地表上的地沟，是地外生命留下的遗迹吗？关于这个问题，我想听听调查组的见解。不需要统一的看法，说说个人想法就行。可以吗？"

说这话的时候，堂岛所长看了克里希那一眼，那眼神十分严厉。山崎部长深吸了一口气。堂岛所长无视了木和田，将质问的矛头指向了克里希那。这是无视惯例的奇招，也是有可能招致非议的做法。

堂岛所长之所以敢这么做，是因为他满怀信心吧。他相信克里希那不会用模棱两可的话语逃避，而是坦诚地回答问题。更重要的是，堂岛所长有着超乎常人的洞察力。

只有少数几个人意识到地沟是外星文明的遗迹，但堂岛所长从有限的信息中发现了本质。他之所以询问克里希那而不是木和田，恐怕也是因为察觉到了隐情。这个问题，木和田不能回答，因为它涉及了比保护环境更为复杂且微妙的问题。

是不是因为地沟启动了自动修复功能，引发了这次的事故呢？

向山崎部长提出这个观点的，正是木和田的人格副本，即事务主任。他没有指出地沟可能是外星遗迹，但也没有否认，因为这也是木和田自己的观点。

山崎部长猜得没错。木和田沉默不语，一副事不关己的态度。因为如果他贸然插话，反而会落人话柄失去主动权。他现在是很敷衍，但也有交给克里希那处理的意思。

看到木和田的态度，堂岛部长立刻示意克里希那回答。于是克里希那顺势说了下去，但他说的内容，却与山崎部长预想的相去甚远。

"我认为询问个人想法没有意义。作出判断是我们每个人都应承担的义务。不阐明自己的想法,而去追问他人的看法,难免有偷懒的嫌疑。所以,我选择保留自己的回答。此外很抱歉的是,刚才您提的问题与'是否相信外星人的存在'一样,都是很危险的问题。罔顾事实而先要结论,只能说明自己无法摆脱僵化的思考方式。至少这不是技术人员应有的态度。"

山崎部长哑口无言。他本以为克里希那会承认遗迹的存在,然后再报告调查的结果。木和田应该也是这么想的。但克里希那却拒绝回答,甚至还说些套话指责提问者偷懒。说白了他的意思是:"想知道就自己动脑子想想"。这简直是在挑事。

果然,堂岛所长很生气。他瞪着克里希那,眼神里满含怒气:"这真是奇怪了,说是义务,但又不给足够判断的信息。而且重要的信息什么都……"

"我接下来正要报告。"克里希那淡淡地说。

这句话让堂岛所长气势顿失。他惊讶地瞪大眼睛,注视着克里希那,眼神中的犀利消失了。到底是老练的所长,他并没有失去冷静,反而微微行礼,像是意识到了自己的错误。

"抱歉打断你,请继续报告。"

插曲结束了,暂停的影像又播放起来。放大的土卫二退到最深处,土星系的全貌便展现出来了,显示的时间也向未来流动。

许多卫星群绕着轨道旋转,令人眼花缭乱,转眼间便过去了十万年。接下来是连续的静态图像,每张图相隔十万年。

山崎部长凝神细看,试着了解土星系的未来,但还是没看明白。E环的密度非常低,稀薄到肉眼难以分辨,所以他无法感受到E环的变化。

克里希那到底为什么播放这段录像?

山崎部长很好奇,但不敢开口询问。其他人也一样,因为有了刚刚的交锋,所以没人开口询问他的想法。在此期间,画面上的时间还在持续变化,最终停止在一百万年后。

"这是在可见光模式下观测的未来土星系。由于很难看出变化,所以接下来我会叠加红外模式下的反应。"克里希那说道。

很快,影像发生了变化。只是变化很小,稍不留神就会错过。山崎部长下意识地探出身子。还是E环,亮度好像增加了一点,但他来不及确认。

意识到发生变化后不久,时间便回到了当下。显然这个时间点什么都还没有发生,即使以红外模式显示,也无法辨认出E环的存在。

克里希那一边操作一边说:"我再把刚才的过程重放一次。时间流动的比率是……十兆分之一。也就是说,三分钟相当于一百万年。另外再强调一下,这次的图像突出了红外线。取消暂停。"

随着克里希那的指令,暂停的时间又开始流动起来。但除了数字的变化,并没有什么能让人感受到时间的流逝。这并不奇怪,在这个时间尺度下,即便是最外围的卫星,也会在刹那间完成公转。

土星的公转周期算是比较长的,但一秒钟也会绕太阳旋转一百多圈。肉眼无法跟上这样的速度,只能感觉到土星的纹理变得模糊不清,而周围环绕着好几重稀薄的云。

过去十万年后,图像终于出现了变化。和刚才一样,E环所在的位置变得明亮起来。而且,随着时间的推移,E环的存在变得愈发清晰。

过了五十万年后,山崎部长终于意识到有些不对。他的头有点晕,于是用力眨了眨眼睛。E环的亮度并没有大的变化,但他的眼睛却非常疲劳。山崎部长下意识地眯起了眼睛。

很快,他发现问题出在哪里了。亮度增加的E环正在闪烁,不过周期很短,所以肉眼无法分辨出亮度的变化。而闪烁的E环,给他一种似曾相识的熟悉感。

　　山崎部长的心由于兴奋而狂跳了起来。那是灯塔，不过不是现代的灯塔，而应该说是古代的烽火台。闪烁的E环让人联想到更为简单、更为原始的灯火信号。但是，山崎部长犹豫着不敢开口。

　　就在这时，有人毫无顾忌地说："那是某种信号吗？"

　　所有人的视线瞬间集中到那个人身上。说话人是企业总部代理部长巴默。他只是说出了自己的想法，但并不离谱。在山崎部长看来，那闪烁的E环，确实像在传达什么信息。

3

　　闪烁还在继续。

　　但到了一百万年后，亮度便急速减弱，很快就淡到无法分辨，光环的轮廓也变得模糊不清，逐渐褪去色彩，似乎要融进黑暗里。快到一百五十万年时，整个E环都消失了，剩下的只有熟悉的主环。不过因为一直在盯着比主环更大的E环看，人难免会有种丧失感和失落感。

　　停下影像后，克里希那说道：

　　"请注意，关于E环结束变化的时间，有可能存在误差。因为用不同的数据模拟，结果会有较大的差异。不过从现实情况看，大致估算为一百五十万年左右。过了这段时间，土卫二的火山活动会自然平息，因为要喷射的物质都喷完了。土卫二的内部会被掏空，失去支撑力从而导致地壳塌陷。在此之前，冰粒的供应量也将无法填补扩散导致的损耗量。

227

E环将在土星及其卫星的引力干扰下,不断扩散,逐渐变细直至消失。"

用一百五十万年的时间,摧毁一颗卫星吗?

这个真相让山崎部长有些头晕。

如果这是信号,那它是什么信号?而收信人又在哪里?山崎部长的心中满是疑问,但还不能把它们说出来,因为克里希那的报告还没结束。他认为继续听下去,疑问自然会得到解答。在场所有人也是同样的想法,大家都用期待的眼神看着克里希那。

稍微停顿片刻,克里希那继续做报告。他并没有吊大家的胃口,只是淡淡地阐述事实。

"刚才的闪烁在可见光模式下无法辨别,只能在红外模式下观测到。这一点本身并不特殊,在亮度较低的天体上也有这种情况。但是,在考虑闪烁的意义时,这一点却可能成为重要的线索。不过,在验证它之前,我们需要进一步了解E环上到底在发生什么,这样能共同掌握E环的相关信息。所以接下来将展示闪烁最明显时的E环图像。

"切换画面。时间尺度改为现实的十亿分之一,起点是距今六十万年后。"

对投影系统下达指令后,克里希那便不再说话。山崎部长迅速计算了一下。时间流动的比率为十亿分之一,那么影像中的一秒相当于现实世界的三年多,一万年的时间,将会浓缩到一小时以内。

在刚才的时间尺度下,影像内的一秒钟相当于现实的五千到六千年,这期间E环闪烁了好几次。假设闪烁一次的周期是一千年,那么接下来的影像中,闪烁一次需要五分钟左右。

五分钟也不算长,但会显得很拖延。带着这个想法,山崎部长看向新的影像。但他的猜测在开头几秒就被推翻了。E环表面出现了一幅图案。

一开始山崎部长还以为设备出现故障，混进了无关的图像。乍一看像是某种简单的符号，E环表面浮现出的纹理带有明显的几何学特征，根本不像是自然现象。

山崎部长有些焦躁地挺直身体，他的角度不好，看不清楚。不过图像随即出现了变化，视角转到天空的北极方向，能够俯瞰整个E环。

这是……地图？

山崎部长很自然地冒出了这个想法。眼前的图案很难认为是巧合，用分形理论也无法解释。只要看到整个图案，很难再觉得它只是偶然形成的。

图案上显示的是人类所在的银河系。更准确地说，它重现了银河系外侧的旋臂和周围的星系。E环距离土星中心十八万千米，宽度达三十万千米，所以最外侧与土星的距离接近五十万千米。

如此辽阔的E环成为画布，上面画着群星盘旋的世界。除了含有太阳系的猎户旋臂，还有巨大的英仙旋臂、稀薄的外侧旋臂，都是按照真实情况画的，不过，并没有把多达两千亿颗星星都画出来。

画面中，现实世界的土星和土星环相当于银河系中心的核球。E环上画的是核球周围旋涡状的群星。画图的材料是土卫二喷出的冰粒，所以似乎没法画出那么多细节。

大致看来，E环上描绘的银河系，比例尺大约是一兆分之一。这是一幅足有一百万千米的巨大地图，但实际的银河系却比它大一兆倍，显然不可能完美地再现细节。

这幅图似乎是在提醒观测者注意，而不是在传递信息。

这是山崎部长的感觉。刚看到的时候，他联想到某种符号倒也不怎么离谱。E环上的图案不像是以传递和保存信息为目的的"地图"，而更像是带有某种"含义"的图像。

也许是为了向辽阔的外宇宙宣布自己的存在。虽然画图动机不明，但图案中仿佛带有这种强烈的意志。

想到这里，山崎部长看向克里希那，不过很快就改变了想法，他意识到克里希那可能还没讲到核心之处。尽管没有任何依据，但山崎部长就是有这种感觉。

E环的图案孤独地闪烁着，同时不停旋转。克里希那看着图案，再度开口：

"首先要说明的是，我们没有对这幅图像进行任何加工。它是被刻意绘制出的，不可能是巧合。如果有时间，我可以给诸位展示我们曾做过的各种尝试，不过现在只能请大家相信调查组的观测数据。

"总之可以断定，这幅图像的出现是必然的，是从一开始就安排好的，它不会因为某些不确定的因素变成其他图案。我们相信，即使冰粒的喷涌时间推迟到三百万年后，还是会出现同样的图案。

"原因很简单。供应冰粒的土卫二，与周边天体的力学位置关系是确定的。即使有外宇宙的彗星闯入，它们对E环的影响也可以忽略不计。

"因为周边天体的引力排除了这些外在因素。换句话说，土星与它的卫星群决定了冰粒的轨道。在土卫二的火山活动开始活跃的时候，就已经决定了六十万年后的图像必定会出现。

"这是一个超多体问题，在数学上无解，但可以通过模拟来大致预估未来的位置。模拟结果显示，存在着与土卫二具有共鸣关系的小卫星，这颗卫星最终决定了冰粒的轨道。"

也就是牧羊卫星吧，山崎部长想。土星内侧也存在若干光环，只是没有E环那么大。为了保持光环的形状，需要各天体在力学上保持稳定的关系，不过详细情况他也不清楚。

E环可能也是这样，尽管规模无法相提并论。冰粒的行动在模仿旋臂，这说明其中产生了密度波。单靠牧羊卫星的调节，可能并不足以描绘出整个银河系的形态。

"共鸣关系……牧羊卫星……"

巴默喃喃自语。他好像意识到了什么，眼神飘忽不定，但并没有说出自己的想法，也许是还没想清楚。他半闭起眼睛，嘴唇默默翕动。

就在这时，山崎部长忽然注意到了一个奇怪的地方。他有些疑惑地歪了歪头。与土卫二存在共鸣关系的卫星，具体是指哪颗呢？

土星系的卫星群，是适用提丢斯–波得定律[1]的。土星的主要卫星同样依照波得级数排列，只是没有太阳系的行星那么广为人知。也就是说，土卫二和周边卫星有着平缓的共鸣关系。除了距离过于遥远的卫星，它与任何一颗卫星的关系都符合这个定律。

但这个定律只是纯粹的经验规律，并没有力学上的证明。克里希那说的"具有共鸣关系的小卫星"，具体指的是哪颗？山崎部长本以为他会解释，但他并没有说明，而是继续往下说：

"E环的这个图案，只能维持不到一万年的时间，随后会慢慢消散，无法辨别。图案显现之前也一样。可以说是用了六十万年才画出这个图案。另外，我刚才也说过，一百万年后，连E环自身都会消失。这是因为土卫二的冰粒供应量逐渐下降，无法维持光环的形状。

"土卫二的内部构造还有许多未解之谜，很难准确预测火山活动。但是火山性气体的喷发是有波动的，我们了解到它以数百年为周期发生变化。相应地，冰粒的供应量也会变化，导致E环的亮度也发生周期性变化。

"如果长期观察，会看到E环自身在闪烁。当然，这只是表面现象，

---

1. 提丢斯–波得定律，Titius–Bode law，简称"波得定律"，是关于太阳系中行星轨道的一个简单的几何学规则。

实际上E环并没有消失,只是冰粒的密度下降,让它无法辨别而已。"

在显示的影像中,E环已经过了鼎盛期,亮度缓缓减弱,渐渐变得难以分辨。但它并没有就此消失,数百年后,它还会恢复以前的亮度。

山崎部长这样想着,抬眼一看,只见E环虽然稀薄,却还维持着那幅图案。想必是冰粒从土卫二喷涌而出,用了几十万年形成图案。然后,几乎在刹那之间,这个银河系缩略图一晃便消失了。

这到底是为了什么呢?

这是最核心的问题。然而克里希那并没有解答这个问题。不仅如此,他还说出了更令人费解的话:

"据推测,这一机制完成于六千六百万年前。或者说,促使这一机制形成的契机,发生于六千六百万年前。"

克里希那的语气太过平淡,所以山崎部长一开始没反应过来,之后才慢慢感到惊讶。

克里希那是参照什么给出这个数据的?

4

带着迷惑与不安,山崎部长向其他人看去。

似乎不止他一个人没有理解刚才那句话。因为克里希那语气毫无起伏,十分公事公办,仿佛只是在阐述一件无须解释的明显事实,但其他人显然无法接受,不仅是堂岛所长,连木和田都一脸困惑。巴默好像还在思考什么,也许是还在理解克里希那的话,可稍过片刻,他同样露出惊讶的表情。

克里希那好像没有预料到大家会是这个反应,他停下了自己的讲述,但没停很久。等了一会儿,克里希那说:"抱歉,我的结论好像太突然了。补充说明一下,E环上显示的是六千六百万年前的银河系。银河系的旋臂形状和现在的不同,标记太阳位置的指针位置也不一样。"

标记太阳位置的指针?

山崎部长第一次听到这个说法,至少他不记得自己听过解释。不过概念很好理解,找到指针也不难。在进入光衰期后渐渐融进黑暗的冰粒中,只有那一点还在亮着。

也就是说,这不是投影系统的光点,而是现实的E环内部有颗明亮的天体。虽然不是很大,但观测红外线就能清楚确定它。可能是反射率大的冰块,或者是比周围更"热"的碎石。

不管是哪个,都可以根据它做出推测。这个点位于猎户旋臂内部,和现实中的差别很大。太阳绕银河系宇宙旋转一圈大概需要两亿五千万年,这个点标记的应该是六千六百万年前太阳所在的位置。

所以E环上的银河系不是现在的形态,而是六千六百万年前的。

就像克里希那说的,要先考虑那个时代发生了什么。山崎部长首先想到的自然就是希克苏鲁伯陨石坑[1],但它与E环又有什么关系呢?

此外,指针的位置更让人在意。将标记太阳系位置的指针放在其内部的土星系中,到底有什么意义?这就像是在建筑物的大门上画一幅如何抵达该建筑的地图。

难道说,它不是位置信息,而是隐藏着其他含义?山崎部长想。但现实超出了他的想象。E环上描绘的信息比他想到的还多。

---

1. 希克苏鲁伯陨石坑,在墨西哥尤卡坦半岛发现的陨石撞击遗迹,曾经是地球最大的陨石坑。

克里希那继续说道:"至少还有其他三处相当于指针的奇点,它们分别是土卫二自身,以及和它有共鸣关系的两颗卫星。但两颗卫星都很小,只相当于稍大一点的冰块,可能称为微小卫星更合适。它们都是最近不久才被发现的。

"这些点都会干涉E环内部的冰粒,使其轨道发生变化。也就是说,它们都是实际绘图的质点。因此我们一度认为,只要E环上的图像描绘完成,它们便没有了存在价值,充其量只是起到继续维持图像的作用。

"但实际上,它们还有其他重要意义。请看标记太阳系位置的指针,与土卫二之间的位置关系。"

在克里希那说完这些话的几秒之后,影像发生了变化。标记太阳系位置的指针突然消失了。其实只是变暗了,但感觉上像消失了。紧接着,远处亮起了新的光芒。那是现实中位于E环内部的土卫二。它突然绽放出光芒,色彩与亮度都和消失的指针相同,所以在视觉上,像是指针瞬移了似的。瞬移的目的地是现实中的土卫二,而在显示的影像内部,则是距离两万光年的宇宙区域。

这是从猎户旋臂向英仙旋臂的上游溯行,又或者是向银河系宇宙的中心移动。虽然无法测算准确的移动速度,但显然超过了光速。在这段影像中,一秒相当于三年左右。所以,如果以光速穿过两个点之间的距离,至少需要两个小时。

距今六千六百万年前,有什么东西瞬移到了两万光年之外的宇宙中……

这种解释从常识的角度考虑很正常,但还是没有解决核心问题。到底是谁,又是为了什么,进行了这场两万光年的移动,还把这一行动画在了E环内部?六千六百万年前,到底发生了什么?

这是一个根本性的问题。克里希那的报告很具体,且易于理解,但都是零碎的信息，难以拼成一个整体。他似乎刻意避开了发展至这一情况的经过和背景，可能是为了防止把调查中查明的真相，与自身做出的推测混为一谈。

但这种方式也有它的缺陷。山崎部长很希望他能先从宏观上阐述整体印象，哪怕是他的个人见解也好。不止山崎部长有这种想法，其他人似乎也一样。

克里希那好像也看出了大家的想法。他观察着在场众人的反应，终于开始讲核心内容了。

"到目前为止，我汇报的E环的情况都是已经确认的。根据这些结果，可以进行一些推测。当然，以下我所说的都是推测，不是客观事实，而且也没有任何证据能佐证这些推测，此外，也存在没能准确推断出真实情况的可能性。如果各位发现了理论错误，请及时指出。"

山崎部长下意识地点点头。召集他们来这里开会，不就是这个目的吗？大家想法一致，都做好心理准备了吧。

在做了充分的预备说明之后，克里希那终于开口了：

"E环上的图案必定是某种信息。我们推测，土卫二上存在着某种利用火山活动的特殊通信系统。不过，我们并不认为目前已经掌握发送出去的全部信息。

"由于发送周期非常长，所以数据冗余度很大，通信量也很大。如果用来发送过于细节化的信息，效率未免太低。我们推测其中可能还隐藏了更多我们没发现的信息。

"因此，目前需要做的是进一步分析。随着分析工作的深入，可能会发现新信息。只有弄清了基本情况，才能给下一阶段的分析提供线索。

"不过在目前这个阶段，从E环上获得的信息应该已经足够了。综合我们已经掌握的内容，可以认为，E环是在向某个对象传递某种信息。

信息准确度很高，足以证明推测。"

这句话给在场的所有人带来了很大的冲击。听克里希那的意思，似乎已经知道信息是发给谁的了，好像连信息的内容都弄清楚了。

山崎部长有点怀疑，因为他没想到这么快就能弄清这些问题。

克里希那接着说："信息的基本内容就是 E 环上显示的图案。但是一般来说，不可能跨越恒星系发送视觉信号，搭建通信系统的智慧生命，应该也不会依赖这种方式。因此我们假定，接收讯息的是生活在太阳系内部的智慧生命。此外，他们必须具有相当发达的宇宙工程能力，至少能够在观测红外线时，认识到土星存在隐蔽的光环。

"说到这里，各位是否已经意识到了？这一信息的预期接收者，不是旁人，正是我们自己。土卫二上存在的通信系统，并不是用来与地外文明进行交流的，而是跨越六千万年的时间，向我们传递信息的时间胶囊。"

山崎部长的大脑瞬间停止了思考。太过震惊了，他一时间都没反应过来。不过他并不抗拒这个答案，而是自然接受了这一分析，自然到他自己都感到意外。也许是他已经有预感了，只是没有明确意识到。

如果是向太阳系外发送信息的通信系统，那么这么做效率确实太差，发送距离也很有限。而克里希那提出的理论就没有这些问题。

不过，他的理论还是有些无法解释的问题。

留下讯息的智慧生命，到底要向我们传达什么？如果我们无法理解他们的讯息，那么构建这么大规模的系统，岂不是没有任何意义？难道我们遗漏了某些重要线索？

山崎部长正打算开口询问，堂岛所长抢先要求发言。

他颇为客气地问道："首先要说明的是，我并不想因为一些细节上的问题而否定这个假说。大体而言，我支持您的推测，只是有几个地方还不太明白，希望得到您的指点。

"我记得六千六百万年前是恐龙生活的最后一个年代。在那个年代，人类的出现还遥遥无期。而在刚才的理论中，是不是隐含了这样一种假设，就是早在六千六百万年前，就已经预见了人类的进化？至少我不认为能否观测红外线可以作为判断宇宙工程能力的标准。极端一点，我们可能和可视域完全不同的生命体一同统治着太阳系。如果刚好某种生命体具有裸眼识别红外线的能力，那这个判断标准是否就会失效？

"那么，我们是否可以设想一些更为简单的机制？比如说……"

堂岛所长停住了。不过他好像并不是在寻找合适的语言，而是在犹豫到底该不该说出口。

既然堂岛所长有些犹豫，那么我来说吧。虽然山崎部长这么想，但其实并不需要他出面。因为木和田插话了。

"不介意的话，我来解释一下。"

堂岛所长惊讶地回过头来。他一脸困惑欲言又止，不过木和田并没有等待他的回答，而是抢在所长之前继续往下说："不可否认，土卫二上的一系列工程，以及与此相关的事故，可能与信息的发送之间存在某种联系。虽然尚未发现明确的证据证实因果关系，但间接证据已经相当充足了。我个人认为，今后应当以此为前提，讨论应对方案。"

终于承认了，山崎部长想。这一番话，相当于宣告土卫二的工程就此中止。此后的调查，将会在国际组织的主导下进行。

5

彻底完了。

山崎部长是真心这么想的。

如果在施工中发现了地外文明的痕迹，施工方必须立刻上报情况，同时有义务公开所有相关信息。对于违反者，虽然没有制定处罚措施，但以后再想拓展业务，必然会难上加难。

而且，除了中止施工，还必须协助政府开展调查。似乎也很麻烦，山崎部长想。调查并不是免费的，所有费用都必须及时支付。然而负责调查的都是预算有限的研究机构，且并不了解建筑行业，他们会把施工单价压得很低，而且常常拖延支付。哪怕建筑公司因此产生极大的财务压力，他们也不会关心。

最坏的情况下，调查土卫二与周边太空的工作，甚至可能导致公司破产。想到这里，山崎部长不禁觉得前景黯淡，可没有退路，木和田挑明的基本方案恐怕不会改变。

但木和田本人却好像并没有那么悲观。他不等众人提问，便说起了今后的方针：

"这是史无前例的情况，肯定有很多问题。不过我们没必要悲观。没有前例，我们就创造前例。只要把自己视作先驱，自然会有无数商机。现在不需要转入保守……"

山崎部长压抑着内心的焦躁，听着木和田的发言。他本来还有些期待，但听到后面只剩下失望。木和田说的都是期望，缺乏现实性，甚至有点胡言乱语。

木和田认为当下是绝好的机会，应当把它和开拓新事业联系起来。所以，他极力推动会议进程，是为了制定相关的计划，这或许才是他召开这场会议的最主要目的。

但对于了解现实情况的山崎部长来说，木和田的话都是纸上谈兵，根本无法引起共鸣，只能听听而已。其他人好像也是同样的想法。不管木和田的气势多足，他拿出来的都只是缺乏实质性内容的商业计划。

不过山崎部长与堂岛所长等人，还是保持着合作的态度。哪怕他们认为这是毫无意义的讨论，但如果群策群力，也可能诞生出起死回生的绝妙方案。山崎部长怀着最大的努力相信这一点，不过巴默和克里希那的态度截然不同。

巴默一直埋头操作终端——虽然是木和田的终端，但巴默并不在意。他推开木和田，霸占了终端，闷头操作，像是在撰写商业计划，但不知道他到底在干什么。

巴默没说自己要干吗，木和田也没有问。与其说他是被巴默的气势镇住，更可能是因为不再需要封锁通信了。公开调查结果以及相关信息已经是既定方案，也就无须再为信息的泄露费神了。

克里希那沉思了半晌才缓缓开口，但他说的内容并不是大家想要的。他只是在木和田的发言告一段落时，重新说回了刚才的话题。如果不是先说了一句"由于和商业计划有关"，说不定会被木和田打断。

"关于刚才堂岛所长提到的红外线观测能力问题，可能存在某些误会，所以我借这个机会补充说明一下……"

山崎部长正想说那个话题已经结束了，但准备开口时，他感受到了堂岛所长的视线。所长的眼神告诉他"总之先听听看"，于是他沉默地点

239

了点头。

克里希那继续说道:"先说结论。即使在六千六百万年前,也能预测人类的可视域。因为地球上大部分动物都没有识别红外线的能力。如果不考虑识别热源的能力,那么可以说红外线是不可见的,因为红外线并不在太阳光谱的主要区域内。也就是说,只要是在太阳光下进化,那么就很可能是看不见红外线的。而构成太阳光的波长区域,在六千六百万年里没有很大的变化。因此可以推测,信息的发送者,完全有理由将红外线的观测能力作为接收信息的条件。至少可以认为,他们所设想的信息接收者,应当是能够自由收发红外线的智慧生命。"

说的有道理,可现在说这个有什么意义呢?山崎部长想。

即使克里希那说的每句话都正确,可并不会改变土卫二工程与信息发送之间的关联。说到底,克里希那说的内容,和今后的商业计划有什么关系?

山崎部长没打算隐藏自己的失望,但克里希那并没有犹豫,继续说道:

"同样的推论,也可以应用在信息发送者身上。建造土卫二的智慧生命,不可能起源于太阳系。因为信息的主要内容必须通过红外线才能识别。

"他们很可能生活在红外线更加充沛的环境里。在那个世界,母星发出的光,要比我们的太阳更偏向红外区域。可能是表面温度较低的、偏离主序带的红色系恒星。对于他们来说,红外线才是可见光,也是主要的通信波长区域。在漫长的进化中,他们必然生长出了感知红外线的器官,可能也具有简单的发送器官。他们的日常交流很可能就是在红外区域进行的。

"所以他们的母星可能位于英仙旋臂,与我们有两万光年的距离。

换句话说,刚才影像中的指针,标记的是他们的母星。另外他们可能还在暗示,有某种手段能从太阳系瞬间移动到他们的母星。

"不过具体情况目前还不清楚。仅靠位置和粗略的光谱型[1],无法确定他们的母星。满足这些条件的恒星,可能会有上亿颗。

"需要提醒各位注意的是,模拟影像中的E环变化,是在六十万年后发生的。只知道能用红外线观测到,我们是无法掌握实际的波长区域和准确的光谱型的。

"但正因如此,新的事业才值得期待。如果调查能够取得进展,识别出他们的母星,那么人类也许会获得超光速移动的方法。预计会有前所未有的巨额预算投到以此为目标的综合性调查中。"

原来如此,山崎部长想。这么说来,即使土卫二的工程中止,也会获得足够的补偿。而且他们已经赶在其他公司前启动了初步调查。设备物资都早已到位,承包这一项目的概率岂不是相当大吗?

山崎部长决定表示赞同,他望向堂岛所长,想看看对方的意见,所长似乎也同意,向山崎部长点了点头。不过堂岛所长好像还有一些地方有点在意,他默默想了片刻,缓缓开口道:"您的观点非常深入,触及了问题的核心。不过我感觉,仅仅因为刚才的指针,就认为在那片宇宙中存在他们的母星,这个证据不够充分。至少在您刚才的讲述中,并没有给出明确的依据。

"我承认那个指针肯定是重要的位置信息,但也可以解释为单纯的中转站、经停地。如果是这样,那么新事业的前提条件也就不成立了。围绕红外线这个线索展开的调查,是否可能变得一场空呢?"

堂岛所长并非提出异议,而是通过指出逻辑上的不足,试着完善克

---

1. 光谱型,恒星的温度分类系统,依恒星光谱的类型,把恒星分成O、B、A、F、G、K和M等类型。

里希那的理论。克里希那也明白这一点，回答得很从容。他看向仍在播放的影像说道："基本上，这个信息可以理解为没有通信协议的数据通信。但只要通信双方共享了最核心的信息，那么接收方就有可能以此为线索，进一步获取新的信息。也就是说，核心信息相当于提供了通信协议。从某种意义上看，这和破解密码很相似，但难度完全不同。密码需要尽可能提高难度，拒绝一切没有权限的人解读。但信息必须向不特定的多数对象传达含义。

"如果一开始的核心信息不能正确传达，那么整个信息都将无法解读。因此，核心信息必须是简单的、易于理解的。如果核心信息存在多种解释，那它就失去了作为核心信息的价值。

"所以，从这一点上说，对于信息的发送方而言，那个指针所标记的宇宙空间，必然具有最为重要的意义。哪怕不是他们的母星，也应该是不容混淆的唯一地点。缺乏唯一性的中转站、经停地，没有那么重要的价值。"

堂岛所长点了点头，似乎很认同。

木和田在一旁默默看完这一切，才像要总结陈词似的开口道："如果没有异议，那么这就是我们的结论。本来应该就此散会，但因为时间紧迫，所以我希望立刻开始讨论具体的商业计划。辛苦各位了，期望大家继续建言献策。"

然后木和田低声叫了一下巴默，语气中带有几分不满。但巴默根本没有抬头，他不是无视木和田，而是整个人沉浸在工作中，没听到木和田在叫他。

巴默盯着终端屏幕，手上不停地操作着，然后忽然停了下来。他慢慢抬起头，望向还在播放的模拟影像。影像并无变化，但巴默的表情却变得越来越严肃。

然后,他低声道:"把控制权给我。我想确认一件事。"

听到这句话,克里希那一脸困惑地望向木和田。木和田皱起眉头,叹了一口气。"给你一分钟。时间一到立刻停止。"

巴默敷衍地答应了。他只向克里希那道了声谢,就开始用终端访问投影系统。影像立刻发生了变化。显示出的还是土星系,但E环内部的银河系不见了,E环本身也变成了不可见的状态。

山崎部长这才明白发生了什么。巴默把影像调回了可见光模式。不仅E环消失了,主环和土星也恢复了原本的色彩。巴默给他们看的是六十万年后的可见光区域下的土星系。

"我还在调整数据,只替换了太阳系的参数,土星系还是沿用了目前的数据。"

说话的同时巴默也在操作终端。数据传输很快完成,但影像没有改变。至少一眼看去没什么变化。

但克里希那马上发现了不同:"土星的颜色……变红了?"

"不只是土星……光环和卫星的颜色也在变化。"山崎部长补充说道。

巴默马上回答说:"原因在于太阳。我现在放大图像。"

他快速操作终端。视角开始移动,影像也随之迅速改变。本来占据视线大半的土星系,很快退到了角落里,展示出来的是整个太阳系。

但是山崎部长一下子没有反应过来,因为他看到的不是太阳,而是一颗刚刚吞噬了内行星的肥硕红巨星。

"这是……太阳吗?"

山崎部长下意识地问道,但没人能回答他的问题。所有人的视线都集中到巴默身上,等待他的解释。巴默的回答晚了片刻。他并不是在犹豫,因为结论早已经有了。

243

"这是六十万年后的太阳。两万光年外的邻居——因为他们具有感知红外线的能力,所以我姑且把他们叫作响尾蛇——看来他们不喜欢主序带的恒星,所以对我们的太阳做了改造,把它改造成和他们的母星一样的红巨星。不过在工程完成的时候,他们离开了太阳系,不知道去了哪里。这就是距今六千六百万年前发生的事情。工程已经完工,只是一直没有启动。但现在,由于某种未知的原因,它启动了。"

巴默的话很有说服力。在他说话期间,膨胀的太阳还在向外散发着巨量的红外线。

6

E环上发生的一系列变化,后来被称作"土卫二讯息"。

这不是正式名称,也没有正式定义。一开始是一名研究者出于方便这样称呼,后来逐渐普及开来。

但是,讯息的解读没有任何进展。各国研究者发表了许多论文,但没有研究出任何新的信息。除了进一步证实克里希那和巴默的调查结果之外,没有任何进展。

山崎部长早已预见到这样的结果。每次结束长期出差,回到水星领域的时候,他都很失望。这次也没什么期待,然而现实比他想象的更令人失望。

是否应该把"土卫二讯息"作为正式名称使用也引发了争论。听到这个消息时,山崎部长只觉得无语。已经过去一年多了,居然连个正式的名称都不下来。

学术界太习惯于学术讨论，丝毫没有危机感，他想。

山崎部长在泰坦星企业总部的会议上体验了高效的决策过程，也许是这个原因，所以感觉研究者的行动非常迟缓，慢到让人觉得他们是不是天天休息。

但其实研究者们并没有懈怠。他们面对的是未知的世界，要探索的是全新的领域。学术研究必须遵守既定程序，单单是准备工作就要花费无数的时间和精力。

这一点山崎部长能够理解。

而且还没有任何可供参考的资料，只能自己准备。草率行动有可能带来难以预料的后果。

这一点山崎部长也能理解。然而每当了解实际进度的时候，还是不由得焦躁起来。

如果继续这么毫无进展，地球迟早会被巨型化的太阳吞没。按巴默的估算，六十万年后，太阳将化作红巨星，而变成红巨星的过程是逐渐发展的，可能数万年后就会影响到地球的气候。

距离生态系统崩溃，也许还有一点时间，但终究是在朝着毁灭的方向发展。哪怕是最乐观的估计，十万年后地球上也不会再有生命。

这是非常危险的情况，但几乎没人严肃对待。毕竟是数万年后的事情，现在何必这么着急？晚几年处理，也不会有什么问题。

所以相关事务的进展非常缓慢，连基本的应对方案都没确定。在公开实际情况以及公布信息之后，为了回避这件事就再没有任何行动了。人们并没有意识到灾难在逼近。

这不仅是研究者的态度，就连本应制定具体对策的政治家和政府官员，也没有表现出太大的关心。至于对社会大众具有重要影响力的新闻记者，也几乎是无视这件事。虽然也有一些报道，但都在哗众取宠追求刺激，满是不负责任的虚假内容。社会影响越大，实际作用就越小。

甚至有人认为，不必惊慌，躲避危险就是个借口，这其实是建筑行业的新营销方案。而山崎部长所在的公司，恰好刚承接了环绕太阳的飘浮构造物"蛇夫座"建设项目。这个项目本来是很早以前就确定的，和太阳的红巨星化没有关系，但它还是变成了人们的抨击对象。因为在项目开工前夕，规划设计做了重要变更，大大强化了原本规划中没有的观测功能。

这是负责与甲方谈判的山崎部长力排众议加进去的。这个项目原先是为了有效利用太阳的能源，现在则加入了和目的没有直接关系的观测设备。

负责调查太阳红巨星化的研究机构有自己的观测计划，但山崎部长认为，不能坐等低效的研究机构慢吞吞实现他们的计划。而且，观测基地的建设计划在规划初期就遭遇了挫折。所以山崎部长把这一构想挪过来，和其他项目拼在一起。尽管与甲方和相关机构的谈判相当困难，但总算得到了理想的结果。

可问题是，设计的大幅变更，导致预算翻了一倍。不过山崎部长在变更之前就预料到了。他在获得甲方理解的基础上，也成功提高了预算。然而就是这个结果，招致了强烈的批评。

因为谈判过程是非公开的，没有得到舆论支持。像这种既不够迫切，又是不公开的公共工程，自然会成为舆论的攻击对象。在不了解内情的人看来，这其中很可能存在官商勾结。

主流媒体和新闻记者的论调非常一致。由于找不到行贿受贿的证据，所以论点都集中在建设观测基地的紧迫性上。今天的人类还面临着无数亟待解决的问题，有必要为应对六十万年后的灾难而投入金钱吗？

地球的环境确实面临着危机。二氧化碳浓度每年都在上升，大气污染和森林破坏情况日趋严重。按照最悲观的看法，也许几百年后地球便不再适合人类生存。

照这个逻辑，避免太阳在六十万年后发生异常是没有任何意义的。而且，太阳的寿命远比人类这一物种存活于世的时间长得多，即使异变缩短了它的寿命，人类也未必比它长寿。

也有人公开表示，如果地球终将毁灭，那人类不妨庄严赴死。当然，这个主张显然是胡说八道，甚至连诡辩都算不上。因为声称自己要殉葬的人，根本活不到那个时候。

山崎部长没有反驳这些观点，只是顶着压力推进项目。即使有发声的机会，他也不想谈论自己的想法。因为没人想正视现实，只会带着恶意故意歪曲事实。

最终结果是"六十万年后"这个词变得深入人心。人们逐渐产生了一个误解，仿佛异变会分毫不差，精准地发生在六十万年后，所以大家心照不宣地认为无须着急。

说极端点，大家似乎都认为，哪怕是五十九万九千年后再认真考虑对策，也有一千年的时间。这种想法当然是错误的，可谓是认知有误。通往红巨星的道路已经铺就，引发毁灭的系统很可能已经启动。自土卫二的事故以来，太阳的活动规律已经发生了变化，表面温度正在逐渐升高。可能在太阳的某处，核聚变正在加速。

根据之前的计算，人们估计太阳的变化会在几万年后影响地球，但实际上可能会更快。无论如何，在正常情况下，太阳的氢聚变反应本来还可以持续五十亿到六十亿年，现在则要在六十万年内全部耗尽，让太阳转变成以氦反应为主的红巨星，这显然将会以极其猛烈的速度消耗氢元素。这个过程中产生的多余热量将会涌向地球轨道，瞬间把地球烧成灰烬。

为达成这一目的而设的系统很可能已经启动了。如果真是这样,那么留给人类的时间就不多了。没时间犹豫,也没时间抢占舆论阵地。错过现在,等到系统彻底运转起来,再想阻止就来不及了。

7

在与水星轨道交叉的祝融星上,建有祝融星九十九分所。它不是个独立基地,而是在现有的祝融星二号事务所上增加了新的功能分所。登记地都在同一处,看着像是共同运营,其实主要靠二号事务所维持。

由于缺乏预算支持,从居住房间到生活用品,全都靠祝融星二号事务所提供。房间虽然小,但常驻人员的士气都非常高。

因为他们相信,这是太阳系里最重要的研究分所,人类的未来就托付在自己身上。尽管空间狭小,功能也不完善,但可以通过各种办法来弥补。

因为只要报上祝融星九十九分所的名号,其他事务所都会马上提供援助。哪怕是条件艰苦的偏远地区,也会把祝融星九十九分所的请求放在第一位。不过,这并不是身为所长的山崎部长四处求来的,而是大家都知道分所的重要性。它的设立,是为了协助近太阳表面飘浮的蛇夫座构造物。由于政治上错综复杂的关系,导致它不能被公开列入预算,但这并不会降低蛇夫座与祝融星九十九分所的功能。尤其是飘浮在太阳附近的蛇夫座,必须时刻保持着精确的平衡。如果太阳出现某些意料之外的动向，要马上采取措施，否则蛇夫座就可能暴露在喷射的离子流中，坠毁到太阳里。

蛇夫座的轨道比行星轨道低很多，依靠的是直径七十四千米的太阳帆维持浮力。由于体积很大，控制太阳帆需要花费一定的时间。如果在发现太阳有异常后才调整太阳帆就会来不及，所以必须依靠祝融星九十九分所分析数据，做出预警并通知蛇夫座。

虽然蛇夫座已经投入使用了，但终究是个不稳定的构造物。由于它长期停留在危险的低空，所以没有常驻作业员。虽然提升至安全的高度后可以派人值班，但环境还是非常恶劣，作业员难以长时间驻守。

而且，即使是所谓的安全高度，也会近距离感受到太阳的热辐射。再加上蛇夫座是飘浮构造物，所以内部会产生强大的重力，此外还有潮汐力和磁场的影响。因此，除非遭遇紧急情况，否则蛇夫座都是自主运行的。如果发生了预案之外的事情，则由祝融星九十九分所的常驻人员决定如何处理。

不过这一原则并没有被遵守，其实是山崎部长决定一切事务。

部长并非分所的常驻人员，他一般在其他企业总部或施工现场工作，有时还会去太阳系外缘宇宙出差，通信波需要十个小时才能抵达那里。但他还是不肯改变这种做法。因为真正决定蛇夫座大小事务的其实是事务主任宫园。宫园是堂岛所长从前上司高木部长那里接管的虚拟人格，早在设计阶段就参与了蛇夫座的建设工程，对蛇夫座了如指掌。

现在，宫园发来了紧急通信请求，要求最高优先级的实时通话。这个请求很少见。平时双方联系也很密切，但基本都是通过邮件交流。因为蛇夫座的距离很远，很难进行实时通信。蛇夫座保持着一定的高度，飘浮在太阳上空。此刻，哪怕是距离最近的祝融星，也在轨道半径四千多万千米的地方绕着太阳运行。所以两者之间的平均距离超过四千万千米。也就是说，哪怕用电磁波通信，也要五分钟才能收到回复。这样是没办法进行实时通话的。

这一点宫园当然也很清楚，但他还是坚持，那就说明情况可能非常复杂，单向通信无法解决问题。想到这里，山崎部长接受了宫园的通信请求。

当他抵达祝融星九十九分所的时候，宫园的分身已经启动了。山崎部长离开穿梭机，前往分所的时候（其实是祝融星二号事务所），在个人终端上听到了熟悉的声音。

不过，启动的只是部分功能，没有常规的问候和闲谈。虽然也聊了一些不相关的话题，但其实都是认证程序。山崎部长每给出一个回答，宫园的功能就会增加一点。

宫园的本体和主记忆目前存储在蛇夫座的中枢上，但为了应对突发事故，祝融星九十九分所也保存了他的备份，主记忆则会定期同步。所以即使蛇夫座坠毁，宫园也能复原。

目前和山崎部长交谈的正是保存在祝融星九十九分所的备份。他通常处于休眠状态，现在则是为了实现相隔四千万千米的实时会谈而启动的。不过没有启动所有功能。为了防止出现混乱，禁止同时启动两个副本。一旦祝融星九十九分所启动了宫园的部分功能，蛇夫座上相应的功能就会被锁定，否则宫园的行为会出现矛盾，影响今后的工作。

用于会谈的是一处毫不起眼的区域。祝融星二号事务所的空间本来就不大，再塞进九十九所，可用空间便更为有限。只能在通道单元尽头划出一块区域，用于会谈。

山崎部长按照宫园的提示访问终端。通道舱门关闭，虚拟会议室系统启动，狭小的空间变为功能性会议室。

一直以声音形式存在的宫园，在虚拟空间中显出自己的身影。他从座位上站起身行了个礼，绕过桌子走过来。系统读取到宫园的想法，迅速准备出相应的会议设备。

于是，会议的准备工作都完成了。这个虚拟空间本来是宫园的个人办公室，所以自然没什么人类气息，明显带有宫园的个性。也许是因为舍弃了一切不必要的装饰，反而有种功能之美。

宫园坐到简易会议桌前，单刀直入地说："太阳北半球出现的黑子群，不断表现出偏离以往观测数据的行为模式。从速度和规模上看，明显不是自然现象，而且目前还在加剧。可能有某种机制正在太阳内部发挥作用。"

山崎部长倒吸了一口气。这种情况也在意料之中，但他还是不由得紧张起来。宫园所说的机制，很可能是地外文明的手笔。也许是沉睡的遗迹启动了。

这时，虚拟空间中出现了一个光球。这是飘浮的蛇夫座绕太阳旋转时，近距离拍摄的太阳影像，不过似乎不是实时影像。即使考虑到两分钟的传输时间，时间差还是不容忽视。

山崎部长一开始以为，这是把过去的影像编辑之后合成的影像，但有点奇怪。以蛇夫座目前的位置，应该不可能直接观测到黑子群。可是在影像上，黑子群位于太阳正中央。

这是探测器拍摄的影像吗？

山崎部长认为这样考虑比较合适。探测器没有动力部件，一旦脱离蛇夫座，便会笔直下落。由于失去公转速度，理论上应该一直处于蛇夫座正下方。但从影像上看，它在飞速移动。虽然探测器没有搭载大功率引擎，不过可以利用空气动力学进行主动调控。总之，不像是被卷进了太阳离子流。

也许是为了近距离观察某个黑子吧。这也可以解释为什么影像中会出现视角变化。

但山崎部长随即又意识到了其中的不合理。一般来说，不可能在他不知情的情况下投放探测器。蛇夫座上搭载的探测器都有预定的投放计划，虽然也有计划外的投放，但应由业务主管决定。山崎部长就是其中之一，所以投放探测器不可能不通知他。

他有些不解。唯一的解释只能是宫园越权了。但宫园没有这个权限，而且从物理层面上就不可能。只有人类才有决定权，虚拟人格只能执行命令，没有自主决定的功能。不过，宫园诞生在古老的年代，可能不遵守现在的基本原则。山崎部长很在意这一点，但宫园没有给他提问的机会。

宫园把影像的中央部分放大，详细展示黑子群，同时叠加了观测数据，继续说道："在黑子群周围还观测到了奇怪的现象。局部范围内氢元素减少，能量增大，可能发生了非常规的核聚变，不过变化幅度较小，无法解析数据。"

非常规的核聚变……

这句话让山崎部长的心情异常沉重。地外文明留在太阳上的装置似乎真的启动了。它的规模可能远超土卫二的遗迹，将给周围的宇宙空间带来难以预估的影响。装置可能刚刚启动，功率不高，但用不了多久，"非常规的核聚变"就会扩展到整个太阳。

黑子周围的氢元素减少，意味着太阳一百多亿年的寿命将大大缩短，进化为红巨星的过程将会加快。要阻止这一趋势，必须在初期阶段尽快关闭遗迹。装置刚启动不久，应该还能控制。

根据具体情况，还会选择强行摧毁遗迹，哪怕不考虑保护遗迹和学术研究。山崎部长是这么想的，但宫园似乎想得更多。

忽然，宫园好像不动了，但并没有停机。他的身影还在，只是表情不再生动。他用毫无感情的声音说:"这是事后汇报。我已经将蛇夫座搭载的所有探测器全部投放下去。此刻,探测器正向疑似有遗迹的黑子降落。我认为会发生战斗,因此给所有探测器都配备了武装。蛇夫座也将切换到战斗模式,通信会受限。"

战斗模式?

山崎部长愣了一下才反应过来。他正要出声制止,但已经晚了。宫园的影像不动了。

8

宫园这个虚拟人格的设计思路,好像和一般设计相差很大。

即使没有上司的明确指示,他也会根据自己的判断采取行动。山崎部长听说,在宫园诞生的时代,通信环境恶劣,边境的施工现场经常出现信息不通畅的情况。为了应付这种情况,才有了能独立自主的虚拟人格。

不过无论人格的自由度设定得有多高,从逻辑结构上说,虚拟人格也无法做出违反命令的行为,但宫园用了一种巧妙的方法让这个原则失效。

宫园可能已经预料到,即使战斗不可避免,山崎部长也不会马上同意他的做法。而且山崎部长根本没有想到会发展成这样,就算他请求许可,山崎部长也不可能下达攻击指令。

不过,宫园也没有完全无视命令,强行展开攻击的权限。他切换到战斗模式、限制通信，恐怕都是为了打破僵局，并不是为躲避敌方探测才封锁通信的。因为山崎部长到现在都能收到蛇夫座发来的信息。

影像中的太阳表面还在不断变化，应该是探测器发来的最新影像。忽略长距离通信带来的时间差，也可以算是实时影像了。

至于宫园，虽然他现在已经没有任何表情动作，但如果向他提问，应该也会回答。

问题在于，山崎部长的声音传不到宫园那里。即使他下令停止战斗，宫园也可能接收不到。这就是限制通信的实际作用，也可以说是宫园的隐藏目的。所以宫园现在相当于在无人制止的情况下独立行动。

对宫园的直属领导山崎部长来说，这代表背叛。但宫园似乎不这么认为，因为他有正当理由，即警惕敌方的诡计和花言巧语。只要找到逻辑结构上的缺陷，策反虚拟人格绝非难事。

因此，转入战斗模式的虚拟人格，拒绝接收外部通信是合理的。而基于这一原则，宫园便可以将自己的行为正当化。所以在战斗结束之前，宫园恐怕都不会解除通信限制。

不过，宫园限制通信并不是为了自保。在解除限制的时候，他可能会先删除自己。客观地说，宫园的行为等同于失控。人类不可能允许他再像原来那样，以事务主任的身份继续工作，而是很可能锁定他的绝大部分功能，只保留核心部分以供研究。或是将他当作极其危险的程序，无条件地彻底删除。既然逃不掉这样的结局，那么他大约会选择在自己还有自我意识的时候，主动停止所有功能。

山崎部长想到这里，询问停止动作的宫园："你想自杀？"但宫园毫无反应，只是略微移开视线，没有回答他。他的问题被无视了。

从宫园的冷漠反应中，山崎部长推测宫园好像只回答特定问题。他问的不可能是位于蛇夫座的宫园本体。宫园应该预先设定了某些问题，将回答保存在祝融星九十九分所的存储空间中。只有问到了预先设定的问题，才会得到相应的答复。

宫园还有话想说，这也算是他留下的遗言。从残留的宫园影像中，山崎部长意识到，在宫园自我删除前，还留下了一些话。

山崎部长换了个问题："你为什么决定摧毁响尾蛇留下的遗迹？另外，你为什么自己去做，不告诉其他人？"

话音未落，宫园便恢复了正常的表情，面具般的脸重新变得生动，僵硬的动作也变得流畅起来。

山崎部长猜得没错，宫园确实还有话要说。他想对山崎部长这个唯一的证人袒露自己的内心。

山崎部长看向太阳表面的影像。这是投放的探测器群发来的。它们分得很散，一直向太阳表面下落。太阳上的重力加速度非常大，在自由落体状态下，探测器的速度提升很快。不过蛇夫座的高度也很高。虽然不清楚敌方的武器情况，但应该还没有进入攻击范围，距离真正的战斗还有一点时间。

但宫园似乎不愿浪费时间："因为我察觉到了响尾蛇的恶意。没有任何迹象显示他们关心太阳系的环境。对他们来说，太阳系只是一个消耗品，是一次性的实验材料。但对我们而言，太阳系是独一无二、不可替代的。我们双方没有任何可以妥协的地方。他们还想趁我们毫无防备的时候，强行改造太阳系。太阳的核聚变反应已被加速，正走向末路。

"而且他们的基地一直试着攻击我。一开始是简单的病毒攻击，但不久之后，攻击就变得更加巧妙。他们可能在系统性地捕捉我们散落在宇宙空间中的通信信息，以此加强自身的能力。目前只有我受到攻击，但绝不能疏忽大意。一旦他们控制了我，下一个目标就是祝融星和水星。到最后，太阳系内的所有系统都会受到控制，失去作用。再强调一遍，我们双方无法妥协。要么集合全人类的力量打退他们,要么全面投降。"

宫园已经和响尾蛇接触了?

这件事出乎山崎部长的意料。但只是个开始。

影像很快发生了变化。放大的太阳逐渐拉远,整个太阳系浮现出来。角落里的时间显示是距今六千六百万年前,不过正飞速变化着。时间流逝的速度和真实的不同,极短的时间内便过了一个时代。

山崎部长的视线落在其中一个小点上。那是水星。随着时间的推移,一些质点离开水星,进入环太阳轨道。

山崎部长想,这是用质量投射装置投射出的岩石吗?第一阶段质点绕着和水星交叉的轨道旋转,又在太阳和水星的重力影响下逐渐汇聚到轨道上的一点。于是,祝融星诞生了。

从这时候开始,质点投射进入第二阶段。有了沿交叉轨道旋转的祝融星,投射轨道的设置变得更为简单。投射频率逐渐增加,质点陆续进入预定轨道。

当轨道上的工程结束后,它们的高度缓缓降低,落进太阳里。宫园注视着这个过程,向山崎部长解释道:

"我试着入侵了响尾蛇的系统。这段影像就是根据入侵时获得的数据制作出来的。不过我的入侵程度并不高,基本相当于只读取到了公开的信息。也许这些都是响尾蛇故意让我读取的,为的是炫耀他们的技术,让我们主动投降,否则很难解释为什么我能轻松侵入他们的系统。如果是之前,我甚至无法接入系统。因为他们的系统构造和我们的完全不同,而且规模极其庞大,我无法掌握整体情况,一般只能放弃。不过我在反复接触的过程中找到了一条入侵路径,用我们的通信协议能访问系统的一小部分。

"但那是个非常精妙的陷阱。因为接入时间越长,我遭到反入侵的可能性就越大。当然，也能反过来利用这一点。我可以用它进行自杀性攻击，只是目前还没到时候。"

宫园停住了。山崎部长也保持着沉默，因为他不明白宫园的意图，不知道该说什么。

停了一会儿，宫园继续说道："或者是响尾蛇构建了一个专用工作区，用来模拟攻击过程。他们在这个工作区里分析我们的系统，开发新的入侵手段。不过，如果说他们是要恫吓我们，那么我觉得他们的目的并没有达到。

"尽管响尾蛇在太阳上安装了核聚变的控制装置，且工程规模巨大，工期极其漫长，也使用到了许多我们尚未掌握的技术，但客观地说，并没有用什么类似魔法的超级技术。虽然不清楚他们的具体施工步骤，但终归在理论上是可行的。假以时日，我们也能开发出来。

"从这段影像推测，太阳工程的建设周期应该是数万年。有这么长的时间，人类足以开发出任何一项技术。乐观地说，我们可能只需要一个世纪，就能完成同等规模的工程。"

从宫园的这番话中，山崎部长感受到了十足的自信和骄傲。当然，他的想法也和宫园一样。响尾蛇渐渐从来历不明的对手，变成了不足为惧的敌人。

不过宫园并没有提及响尾蛇的具体技术水平。他可能担心说得太多会让部长过于骄傲，导致盲目自信。

又停了片刻，影像再次改变。看到新的画面，山崎部长不禁眨了眨眼睛。

影像十分怪异，一个星系里出现了两个太阳。丑陋的主星膨胀着放射出刺眼的红光，照亮周围的行星，好像还吞没了一些内行星。透过稀薄的光球，能看到烧烂的碎块，好像是被业火肆掠后的行星残渣。主星膨胀带来的灾难波及了整个星系。

星系外缘的气态行星在外观上没有明显变化，但在主星强烈的红外线照射下，行星及其卫星群的环境都发生了巨变。与此同时，第二个太阳也在释放自己的热量。

那是一颗温度较低、光照微弱的太阳。但再小也不能忽略。在两个太阳的照射下，散布于中间轨道的小天体命运凄惨，地表的冰和水都蒸发殆尽。

其中一颗小天体上诞生了文明。在两颗太阳的光芒照不到的黑暗处，都市的灯火在闪耀着。

这是……响尾蛇的故乡吗？

山崎部长冒出了这么个想法。但是他想错了。小天体群的排列顺序很眼熟。闪着微弱光芒的第二颗太阳，应该是开始核聚变的土星，周围的小天体则是土星的卫星群。

那么这个星系就是被响尾蛇改造过的太阳系，膨胀的丑陋主星，是步入寿命终焉的未来太阳。

9

警报响了，但声音很小。

盘踞在攻击目标上空的蛇夫座，被卷进了大规模的太阳爆发中。分散下降的五架探测器，受到强力电磁波的照射。探测器发出的报告显示，观测值已大幅超过正常水平。

不过，这些情况都在预料之内。探测器的设计目的就是要进入太阳，所以既有应对策略，也考虑到了通信中断的情况。即使没有控制中心的指令，探测器群也会自主防御。

真正的问题在于进一步靠近时遭受的攻击。响尾蛇的控制技术应该相当先进，能随心所欲地激发太阳耀斑。他们可能会用大型等离子流袭击下落的探测器。

但应该还要再过一会儿才会发生。警报声逐渐降低，接着慢慢消失。探测器群没有损伤，依然都在蛇夫座的控制之下。

可是还没确定攻击目标。影像中央的黑子，其长轴超过一万千米，这个尺寸足以吞下地球，在当前高度很难分辨出目标的具体位置。

宫园并不着急。他监控着影像，语气很平静。刚刚展示的双恒星星系，就是响尾蛇按计划改造后的太阳系。他们不仅把太阳化作红巨星，还让土星开始核聚变反应。

山崎部长无法理解响尾蛇的意图。他原本以为响尾蛇改造太阳，只是为了把太阳系改造成类似他们母星的星系，以便进行大规模移民。换句话说，他以为响尾蛇是在进行星系规模的"地球化改造"。但如果出于这个目的，他们为什么又要改造土星？

双恒星星系的行星环境很不稳定，很难诞生生命。尽管化作第二太阳的土星活动较弱，但也无法忽视它对行星和卫星产生的影响。在这种星系环境中，即使会诞生原始生命，也不大可能产生文明。这类非常规星系，几乎不会发展出能进入宇宙太空的科技水平。

这说明响尾蛇的太阳系改造计划，并不是为了殖民或者移居。如果他们的母星是寿命将近的红巨星，那么只改造太阳就行了，根本没必要改造土星。

听到山崎部长的问题后，宫园罕见地显露出了厌恶的表情：

"我不知道他们的真实意图。关于这个问题，我入侵的系统中没有相应的信息，不过可以推测出来。我认为，他们是想把我们的太阳系改造成实验基地，用于武器开发。为此，他们破坏地球的生态系统，消灭恐龙。六千六百万年前的希克苏鲁伯撞击，就是水星上的质量投射装置造成的。水星投射出的岩石集合在一起，撞击地球，引发环境巨变，导致恐龙灭绝。恐龙灭绝让哺乳动物有机会崛起，促进了灵长类的进化。

"因为恐龙几乎不可能进入太空，而灵长类进入太空的可能性很高。事实上，我们也确实接触到土卫二的遗迹，触发了他们留下的讯息。于是，他们一度中断的武器开发重启了，并进入了新的阶段。

"您明白了吗？我们其实是响尾蛇开发的生物武器，是为对抗敌人的战略武器而储备的应急兵力。但我们无从得知响尾蛇的敌人是谁，以及他们在打一场什么样的战争。唯一可以确定的是，战争持续了上亿年，且战况激烈。战场无比辽阔，所以战略攻击的时间非常漫长。这种攻击的基本方式，就是用某种方法干扰敌方星系，让星系中的恒星失控。

"响尾蛇通过改变星系环境来摧毁整个生态系统。他们管控并提高统治星系的生产力，来保证自己的长期战斗力。因此，只要消灭敌方星系本土的高等生命，就能有效增强长期作战能力。

"显然，他们的敌人很了解这些手段。在被反制前，敌人便采取了快攻战术和奇袭战术，前者摧毁恒星，后者让防御薄弱的气态行星成为第二个太阳。而响尾蛇的反制策略，就是开发出我们这种生物武器。

"我们是诞生在地球上的本土物种，但也能在其他星球作业。我们能适应各种环境，也具备修复受损环境的能力。哪怕是在响尾蛇改造后的太阳系，我们应该也能生存下去。不仅如此，我们还有可能控制住土星太阳化的趋势，让它恢复到原本的状态。只要我们能够渡过这些危机，响尾蛇就可以把我们当作秘密武器，派往其他星系。"

这番话令山崎部长目瞪口呆。难怪宫园一脸厌恶，这不仅仅是无视人类的尊严，更是从根本上否定了人类所看重的东西，比如他们身为技术人员的尊严，还有他们完成的各项工程。人类到底为什么克服重重困难、完成一项又一项艰难的工程？一想到这里，山崎部长就怒火中烧。

决不能坐以待毙。如果不做任何抵抗，那么人类的一切努力都会失去意义。这等于人类接受了响尾蛇的计划，以往取得的所有成就都变得毫无价值。绝不能允许这种事发生！

但是宫园已经恢复了冷静，表情也变得和往常一样。他继续说道："探测器的攻击目标是响尾蛇的基地。基地已经正式开始加速太阳核聚变，但消耗的氢元素与释放出来的能量并不平衡。据此推测，响尾蛇部署军事力量而搭建的联络通道，很可能就依附着这个基地。缺失的能量恐怕都用在维持通道上。考虑到太阳与他们母星的距离，应该不可能大批量运输生命体，估计会把技术人员的基因信息作为原型传送回去。"

听宫园说到这里，接下来的发展山崎部长也能猜得到。响尾蛇获得人类的基因信息后，将会离开太阳系，前往下一个恒星系，启动新的项目。因强行改造而受到重创的太阳系，将无法修复。它会和仅存的人类一起遭到遗弃。而当荒芜的太阳系步入终结之时，在另一个星系又会上演同样的事情。

山崎部长发自内心地认为，绝不能让响尾蛇这么胡来。但他现在什么都做不了，只能在精神上支持宫园，可是他的声音也传不到宫园本体那里。然而部长还是情不自禁地说："我会承担一切后续责任，你只管放手去做。"

话音刚落，宫园的影像发生了变化。他看向山崎部长，轻轻地笑了一下。这不是预先设定好的，而是宫园的本体跨越了四千万千米做出的反应。

山崎部长知道这当然是不可能的，但在这一刹那，他感受到宫园就在自己身边。

突然，警报响了，声音比刚才刺耳许多，让人心慌意乱。

真正的战斗打响了。

10

双方都在尽情释放自己的火力。

太阳表面产生了许多耀斑。粗长的等离子流喷射出来，伸向周围的宇宙空间，试图摧毁急速靠近的探测器。奔腾的光流彼此缠绕着，横扫过太空。

不断下降的探测器群又预测到了敌方的动向。它们预先察觉到耀斑的动向，提前计算了路径并停止攻击，在千钧一发之际穿过等离子流，冲向显露出真容的响尾蛇基地。

没有一架探测器被击中。它们反而利用等离子流的压力，灵活地改变前进路线，有时还借助等离子流提供升力，让垂直下降的机体转弯。而且多架探测器还会协同作战，朝下方的响尾蛇基地发射激光。

但探测器装备的激光器都是小功率的，没什么效果。它们本来就是经过改造的测量器材，即使击中基地也造不成伤害。而且，虽然敌方基地靠近太阳表面，但还是在太阳内部。肯定有某种保护性结构，有效防止它被猛烈的光热伤害。基地外部可能是曲面的，打磨得像镜子一样光滑，所以小功率激光照在上面不会造成任何损害。

不过，如果能击中外部突出的传感器，便能给突击带来效果。而且哪怕没有威胁，只能干扰敌方的视线，激光发射也不能停止。

在微微泛着白光的等离子流和激光轨迹的交错中，双方的距离迅速拉近。

探测器在不断下落，它的最强武器其实是势能。在太阳的强大引力作用下，探测器下落不到一分钟，速度就超过了每秒十千米。

太阳周围存在着等离子态的大气，所以速度越快，阻力越大。探测器的形状和表面材质也有影响，不过从影像上看，最终速度应该稳定在每秒三十千米左右。如果能以这么高的速度撞击，再坚固的建筑也无法幸免。至少有一些重要功能会遭到破坏。即使第一次撞击破坏不了，再根据受损情况继续撞击就好。只要没有意外情况，胜利是必然的。

所以本不必担心，但山崎部长还是放不下心来。不知道是不是他的错觉，持续不断的警报声听起来十分刺耳。

就在这时，意外发生了。

山崎部长瞪大眼睛。太阳上出现了新的耀斑，规模非常大，相当于此前的几十个耀斑之和。攻击目标所在的黑子附近，隆起了一个可怕的光球。光球迅速膨胀，仿佛要破坏太阳的平衡一般。山崎部长以为马上就会喷出等离子流，手心里捏了一把汗，但其实喷出的却是奔腾的火焰。

巨大的日珥冲破光球，汹涌而出。

火柱无比庞大，足以吞下地球，但十分迅速。它沿着在空中展开的磁力线急速升高，冲向太空。

看到这一幕，山崎部长的眉头微微舒展。日珥没有射准。它与探测器的前进方向没有交汇。

他想，照这样下去，探测器可以躲过吧。

然而敌人远比他想的狡猾。与日珥同时出现的冲击波，扩散到周围的空间中。一架探测器被迎面击中，机体顿时失去平衡。还没来得及重新调整，等离子流便追上了它。刹那间，探测器化作火球，像流星一样拖着长长的尾巴，掉出视线之外，不知道坠到哪里去了。响尾蛇的基地毫发无损，又对第二架探测器发起同样的攻击。

不过，这一架探测器很顽强，它及时恢复了平衡，冲向攻击目标。基地看起来只有芝麻粒大小，很难用肉眼识别，但真实直径估计超过十千米。

山崎部长期待探测器能命中目标，但他没看到撞击的闪光。位置偏了。就在这段时间里，又有三架探测器被陆续击中，不过第四架好像造成了一定的伤害。伴随着刺眼的闪光，被击中的敌方基地终于露出来庐山真面目。

那是一座外形诡异的建筑，看着十分吓人，毫无美感可言。似乎是在六千六百万年里不断维护、叠加新的构造而形成的。

根据撞击瞬间的影像，宫园缩小了攻击范围。然而，第五架，也是最后一架探测器，在冲向目标的过程中爆炸了。虽然闪光的碎片落在攻击目标上，但并没有产生什么效果。

还需要继续攻击，但宫园已经没有可用的武器了。蛇夫座完好无损，但不能用于攻击。它太过笨重，恐怕没什么成效。一旦攻击失败，那就连攻击基地都没有了。

当下唯一能做的，是把蛇夫座升到安全高度，重整旗鼓。想到这里，山崎部长打算告诉宫园，这时他却感受到了一道视线——竟然是宫园在看他，太不可思议了。

宫园脸上带着和刚才一样的笑容，向山崎部长说道："这么多年，承蒙您的照顾了，请代我向大家道别。"

山崎部长愣了一下才理解这句话的含义。他吃惊地大叫道:"等等!不要!"

太迟了。宫园已经走了。他的影像迅速消失,无影无踪。

几分钟后,太阳表面发生了爆炸。悬浮的响尾蛇基地失去平衡,坠落下去。

山崎部长没来得及确认基地的坠毁情况。影像上的太阳逐渐远去,很快就看不见下坠的基地了。结束攻击的蛇夫座开始上升。

但宫园应该也不在蛇夫座里了。他在最后一刻开启了与敌方的通信连接,侵入了响尾蛇的系统。当响尾蛇的基地坠毁时,他也一同消失在了太阳里。

宫园无法在安全区域远程操控响尾蛇的系统,也不可能把自己的副本送进去。

他从一开始,就决定要孤身赴死了。

山崎部长向着远去的太阳庄严地敬了一个礼。

随后,他切换终端画面,开始撰写报告。

作者后记

本书收录的七篇系列短篇小说中，第一篇《哥白尼隧道》刊登于第三期《小说奇想天外》杂志。刊登时间是一九八八年四月，距今已经四分之一个世纪了。那一年还刊登了《极冠基地》和《热极基准点》，所以原本很可能实现以系列短篇小说的形式，汇编成册的计划。按照预定的想法，故事舞台在月球、火星、水星间转移，接下来再加上木星、金星、土星以及太阳，应该就能完成创造天地的一周了。

但是刊登三篇小说以后，就没有新的约稿了。而杂志也很快宣布停刊。结果，系列短篇小说就以未完成的状态束之高阁了。我没继续写剩下的故事，写完的三篇小说也没有机会再次呈现给读者。过了几年，在某出版社任职的日下三藏老师联系我，问我要不要把剩下的内容写完。但日程没有协调好，终究还是放弃了。之后也没有其他机会，但我并没有忘记太阳系内的土木工程故事。它就像是我欠下的债，让我无法释怀。

大约三年之前，情况有了变化。河出书房新社推出了科幻选集

《NOVA》，问我要不要写点什么。讨论之后我得知，也可以写上述的系列短篇小说。这下一举解决遗留了二十多年的问题。新写的《美杜莎复合体》得到好评，随后《灼热的维纳斯》和《大马士革第三工区》也得以问世。接着只要再写最后一篇就可以了，但这时我又迷茫了。因为中间有着二十多年的空白，所以三篇旧作与三篇新作之间产生了无法忽视的割裂感。

一言以蔽之，就是写得太差（当然是指旧作）。故事很单薄，文笔很幼稚，而且结束得太突然，读者看完不能回味无穷。这样当然不行，于是我彻底修订了一遍，花费的工夫几乎和撰写新作没什么差别，不过好在能埋下最终篇的伏笔。而最终篇的结局，也是我在二十五年前动笔写下《哥白尼隧道》时，完全想象不到的。连我这个作者都想不到，所以我相信对于各位读者而言，也会是出乎意料的故事。

那么，期待大家在阅读后能大吃一惊。

谷甲州

2013年8月于小松市

译后记：谷甲州的土木魂

日文原版的《星之创造者》我大约是在十年前读到的。之前我从没接触过这种题材的科幻小说（实际上至今也没有读到过第二部同样题材的作品），惊奇之余，我在豆瓣上总结了这本小说的几个特点：

- 闻所未闻的土木工程科幻
- 每篇都是现场技术者的视角
- 各项工程都显得很有价值与可行性
- 没有感情戏，只有技术男之间的浓浓兄弟情！

近十年后重新再看当年的这几条评价，除了这些比较中二的感想之外，我还想补充的一点是：这部作品里没有超人。故事中登场的每个人都很平凡，行事动机都只是为了完成自己的本职工作。但正是这群平凡的人，在月球上修起铁路、在木星上建起机场、在太阳近处架起监测站……他们真正诠释了什么叫作"创造历史的是人民"。恰如故事中所说:"没有先例,我们创造先例,我们也为先例负责。我们搞技术的人,可以说就是为了这个才存在。"而在访谈中被问到为什么要写这本书时,作者谷甲州回答道:"我并没有因为从工程师转向写作而后悔,不过在我内心深处依然还有牵挂。我想写那些每天从事平凡工作的人,他们是最伟大的,英雄就在他们当中。"

尽管我在读完本书后毫不犹豫地打了五星,但并没想到会出中文版,原因很简单:故事太硬。正如上面的几条评价所写,书中的七个短篇,每篇都是在讲技术,几乎没有任何感情戏。所以,当八光分的编辑老师找到我,说要出版这本书的时候,我的惊奇程度不亚于当年第一次读到这本书。

不过,回顾八光分历年来在科幻领域所做的种种努力,又觉得引进这本书并不奇怪。不管是《小镇奇谈》还是《星星是冰冷的玩具》,都不是相对常见的欧美科幻范式,但是每一本都走出了成功的道路。这本《星之创造者》同样也是游离于主干脉络之外的科幻小说,也同样具有吸引读者的特点。毕竟对于硬核的科幻爱好者来说,还有什么事情能比在太阳系里搭乐高更激动人心呢?

至于为什么会有这样一部"太空土木工程"主题的科幻,答案当然要从谷甲州这位作者的经历中去找寻。

谷甲州自小就是科幻迷,早在高中时代便受到星新一的影响开始创作科幻小说。不过在选择大学专业的时候,他并没有选择文学专业,而是选择了土木工程专业。谷甲州后来解释说:"我觉得一个人随时都可以写小说,但我更希望做一名土木工程师,建造出足以流传后世的建筑。"

毕业以后，谷甲州确实也进入了建筑公司。但与期待相悖的是，公司分配给他的职务是"现场监督"，相当于施工监理的角色。这份工作实际上大部分时间都是在处理客户投诉，因而在工作了四年多以后，谷甲州感觉到"这不是土木工程师应该做的事"，于是辞去了工作，转而报名参加"青年海外协助队"，前往尼泊尔，帮助当地启动农业灌溉、住宅建设等工程。

　　在尼泊尔的那段时间，除了终于可以在真正意义上参与土木工程建设之外，他的另一个重要爱好也得到了极大的满足，那就是登山。早在大学时期，谷甲州就曾经加入候鸟运动部。这是一个以登山、野营为主题的学生团体。走上社会之后，他也依然保持着登山的爱好，所以尼泊尔作为一个多山的国家，自然是他极其向往的地方。后来谷甲州写出了不少脍炙人口的山岳小说[1]，显然也得益于他在尼泊尔的生活经历。

　　尼泊尔也和作者走上作家道路密切相关。谷甲州在尼泊尔负责的一项主要工作是测量。这正是本书第三篇《热极基准点》的主要素材来源。更重要的是，他的出道作品《137机动旅团》就是在尼泊尔写的。关于这篇小说，还有一段趣事。谷甲州用这篇小说参加了一九七九年日本第二届"奇想天外"科幻新人赏。当时的几位大咖评委，包括星新一、小松左京、筒井康隆等人，虽然认可他的小说内容，却对他的投稿格式非常不满。因为日本的投稿要求是从右往左纵向书写，谷甲州的稿子偏偏是从左往右横向书写的。不过，实际情况并非谷甲州罔顾规则，而是尼泊尔买不到日本要求的那种稿纸，他不得不采用这种退而求其次的方法。好在几位评委没有为难他，后来谷甲州还在七十五岁高龄的小松左京授权下，执笔撰写《日本沉没》第二部，足见小松左京对这位后辈的

---

1. 山岳小说，没有明确的定义，但一般指山岳推理、山岳冒险以及以山川或登山家为原型的小说作品。

肯定。

尼泊尔的经历对谷甲州的创作风格也有很大影响。"喜马拉雅的雄伟冰川与尼泊尔人的生活气质，在不知不觉间影响着我的作品。"在这本《星之创造者》中，想来各位也能领会到那种潜移默化的影响。

在早川书房出版的《2021年度最想读的科幻》中，谷甲州谈及自己的二〇二一年时说："不经意间我已年近七十。如今是人生百年可期的时代。剩下的三十年，以一年一作的频率计算，我还可以再写三十部作品。"

顺带一提，据说《星之创造者》已有后续的写作计划，书名暂定为《叛徒珀耳修斯的终焉》。

期待早日读到续篇。

丁丁虫

2022年9月13日